빠딱선

─ 손가락 · 그리고 달 ─

손가락 · 그리고 달
설묵 지음

펴 낸 날   2012년 1월 28일

지 은 이   설묵
펴 낸 곳   지혜의눈
편   집   지혜의눈 편집부
디 자 인   푸른향기

출판등록   2007년 11월 30일 224-90-76015
주   소   경상북도 상주시 공검면 오태지동길 185-15 / 742-821
이 메 일   rafulra@naver.com
전화번호   054-541-2057
팩   스   054-541-9030
홈페이지   http://cafe.naver.com/rafulra

I S B N   978-89-958954-5-0 03800

값 12,000원

삐딱선

—손가락 · 그리고 달—

설묵 지음

지혜의 숲

표지판

유럽의 시골길을 여행하던 한 관광객이 어느 오래된 농가의 벽에 2차대전 때 생긴 총알 자국을 발견하고 주인에게 물었다고 합니다.

"저건 총알이 박혔던 자국 같은데 왜 아직도 수리를 안 하십니까?"
그러자 주인은 이렇게 대답했다고 합니다.
"그래야 내 아들이 전쟁이 무서운 줄 알죠."

대학시절 역사교육을 전공하던 친구에게 일본의 식민지였던 한국 역사의 흉터를 제거하는 것이 후세에게 긍정적인 영향을 줄 것인가에 대한 질문을 받은 적이 있습니다. 치욕적인 침략의 잔재를 뿌리 뽑는다는 이유로 그와 관련된 국내의 지명, 건물, 인명, 유물 등을 전부 긁

어모아 때려 부수고 증오의 불을 놓는 것이 과거의 아픈 역사를 멀찍이 서서 배우는 오늘날의 젊은이들에게 애국심과 건전한 역사관을 배양시키는 참된 교육이 될 수 있을까 하는 질문이었습니다.

새로 배우는 이에게 있어 앞서간 자가 남긴 오류의 발자국은 어쩌면 가장 가깝고도 강력한 길잡이가 될 수 있습니다. 특히 세상과 스스로를 버리는 대용단(大勇斷)을 내린 수행자에게 앞서간 납자(衲子)의 경험이란 더욱 값질 것입니다. 세상이라는 밀림 속에서 부처님의 가사 끝을 붙잡고 따라가는 길 잃은 우리들이 조금이나마 그분의 가르침을 오해 없이 실천하기 위해 진흙탕에 빠졌던 스님과 절벽을 만났던 스님, 독초와 맹수와 악천후 속에서 살아나온 스님들의 경험담을 듣는 것은 무척 중요한 일입니다.

어른스님들께서 저의 행자시절 일기를 보시고는 후배들과 처음 공부하시는 불자들에게 도움이 될 일이라 하시며 출판을 권유하시기 전만 해도, 이것을 세상에 내놓으리라는 일말의 생각도 지은 적이 없었습니다. 부처님의 가르침은 시비와 선악과 고락을 떠난 진정한 대장부의 길이었음에도 그것을 미처 깨닫기도 전에 재고 궁리했던 어리석음의 자국들이라, 솔직히 출판을 위한 수정작업 전까지 한 번도 다시 꺼내 읽은 적이 없었습니다. 이제와 보니 올바로 공부하시는 많은 분들의 비난과 손가락질을 받아 마땅한, 참으로 얕고 거친 번뇌의 글들입니다.

하지만 원고를 읽으면서 처음 출가하며 가졌던 뜨거운 각오가 느껴져 홀로 앉아 많이 웃었습니다. 가끔은 일기장에 떨어뜨린 눈물로 번진 글씨들을 보며 당시의 답답했던 마음이 떠올라 아프기도 했고, 어떤 부분에서는 지금 생각해봐도 기특한 깨달음과 안목이 보여 스스로 칭찬하기도 했습니다. 어머니같이 자애로운 눈빛은 없었지만 흔들리지 않으려 부릅뜬 두 눈이 있었고, 따뜻하게 안아주지는 못했지만 불의를 보고 분노했던 두 주먹이 있었습니다. 배운 대로 보고, 다시 본 대로 기억하려는 배움의 열정이 매 장마다 담겨 있어 날이 갈수록 게을러지는 지금의 제 모습이 부끄러워질 정도였습니다.

마음에 옳고 그름이 많아 싸움이 끊이지 않았던 투쟁의 흔적이지만, 지우거나 감추고 싶지는 않습니다. 시중에 있는 큰스님들의 행자 시절에 관한 책들을 읽어보면 중생으로서 이해하거나 흉내 내기 힘들 정도로 대단한 열정과 흔들리지 않는 대기(大器)를 가지신 듯하지만, 이 책 속의 행자는 매 순간 흔들리고 갈등하고 물러서고 나아가길 반복하고 있는 것 같습니다. 결코 뛰어나지도 특이하지도 않은, 다만 부처님을 사랑하고 그 말씀에 감동해 인생을 걸었던 눈 푸른 젊은이가 스스로를 깎아 나가는 배움의 일기라 생각해주신다면 더없이 기쁠 것입니다.

비밀선

누군가 이 글의 모순에 대해 지적하신다면 함께 박수치겠습니다. 부처님의 가르침은 처음과 중간과 끝이 모두 지극히 안락한 감로수이기에 만일 지금의 공부가 고단하고 더디다면 이 글에 쓰여 있는 것처럼, 이것은 맞고 저것은 틀리다는 분별의 오해가 남아 있지는 않은지 타산지석의 본이 되길 기원합니다.

끝으로 저의 모든 견해에 불법의 긴 그림자를 드리우신 스승님과 언제나 후배들을 위해 격려와 배려를 아끼지 않으신 도각사의 여러 대중 스님들께 합장 삼배 올립니다. 아울러 이 책의 편집과 디자인을 맡아주신 푸른향기의 대표님과 편집장님께 감사의 뜻을 전합니다. 아무쪼록 부처님과 그 가르침을 사모하는 모든 분들의 가슴에 깨달음의 만다라화가 피어나길 간절히 엎드려 기도합니다.

2012년 1월

게으른 사문, **설묵 합장**

차 례

2부 수행자

3부 눈속의 티끌보다 작아지다

4부 나만의 세계

5부 스승은 제자가 만든다

1부

·

삭

발

·

시 작

이 일기가 어디서 끝날 것인가는 중요하지 않다
그 사연이 무엇이었는가도 중요하지 않다
단지 나는 '지금 여기'에 있다

무엇을 어디서 시작해야 옳은 것인가 하는 생각뿐이다. 내가 가졌다고 믿고 있었던 모든 것들은 언제나처럼 사라져 이번에도 역시 추억만 남았을 뿐인데, 모르는 척 뒷짐 진 나의 손은 아직도 미련의 끄트머리를 잡고 있다. 하지만 아무래도 좋다. 난 더 큰 바다로 왔다. 아니, 적어도 그래야만 한다.

이 일기가 어디서 끝날 것인가는 중요하지 않다. 그 사연이 무엇이었는가도 중요하지 않다. 단지 나는 '지금 여기'에 있다. 색깔도, 소리도, 냄새도 있지 아니한 이놈은 세상에 미련도 가질 줄 알고, 냉정하게 버릴 줄도 안다. 이 기막힌 연장을 가지고 어떻게 사용하든 그것은 내 마음이지만 가장 아름답게 만들고 싶은 건 사실이다.

드디어 그 결전의 시간이 왔다. 내가 기억하지 못하는 과거에서

부터 서원을 세워 이 자리까지 왔다는 것은 확실하다. 이제 시작이다. 가장 멋진 대장부가 되자. 세상을 한 손에 잡고 뒤흔드는 거인이 되자. 무엇이든 마음대로 자유롭게 만들어내는 최고의 대장장이가 되는 거다. 사랑도, 미움도….

내가 가진 보물

너희들은 이름뿐이야
그것도 욕심만 가득한 이름
그것은 현실이 아니었다
그것은 내 행복과 아무 관계도 없었다

방에서 짐을 정리했다. 아무것도 쓰여 있지 않은 책들이 내 짐 속에서 쏟아져 나왔다. 저자들에게는 미안한 얘기지만, 그 책들에는 정말 아무 내용도 없었다. 일곱 살 때부터 한글을 배워 책을 읽었지만, 정말이지 종교에 관련된 책은 하나같이 알 듯하면서도 알 수가 없다. 외국어로 된 한국서적을 읽는 느낌이다. 줄을 맞춰선 소리 없는 잉크들이 마치 수천, 수만 개의 검은 우물 같아 그 깊이를 헤아릴 수 없는 양서들이 있는 반면에, 내가 가진 이놈들은 도저히 표면을 뚫고 진입할 길이 없는 인조 대리석 같다. 19,000원, 9,500원, 30,000원. 모서리가 닳아빠진 책표지 귀퉁이에 작게 숨어있는 숫자들이 나를 보고 진정으로 부끄럽고 미안해하고 있다. 그래, 그래야지. 너희들은 이름뿐이야. 그것도 욕심만 가득한 이름. 그 숫자들은 책 무게만큼도 내게 실감을 주지 못했다. 그것은 현실이 아니었다. 그것은 내 행복과 아무 관계도 없었다.

그 아래에는 화선지로 싸인 물건이 있었다. 녹색 비단으로 싸인 내 보물이다. 그건 참 웃기는 놈이라 언제나 내 눈과 마주칠 때마다 그 가운데 눈물을 만들어 낸다. 지금도 그렇다. 그건 적어도 내가 알고 있는 이 세상에서 가장 큰 분의 머리칼이다. 세상의 오해와 그 분의 깨달음 사이에서 생겨난 분노는 이것을 내 손에 쥐어주었다. 언제나 적멸의 가슴 속에다 오늘의 의미를 세워주셨다. 나라는 놈을 위해 큰 은혜를 베푸셨다. 삼배를 올리는 내 모습을 바라보는 그 눈빛과 굳게 안아주시는 그 가슴에서 감당할 수 없는, 그러나 반드시 이루고야 말 믿음이 전해졌다.

모든 스님들, 감사합니다.

모두 생각난다. 모두에게 약속했다. 이 세상에서 가장 멋진 중이 되겠다고. 할 수 있다. 반드시 더 커진 내 모습을 보여드릴 것이다. 나에겐 보물이 너무나도 많다. 나 그렇게 약하지 않다.

배딱선

부처님도 외로우셨다는데

의미를 만들어서 슬퍼해야 한다고 누구도 강요하지 않았는데
인간들은 정말 너무 똑똑하다
그래서 아프다

외로움은 정말 큰 적이다. 수많은 친구에 둘러싸여 있어도 그 가슴은 외롭다. 혼자 와서 혼자 떠나는 이 세상은 외로움으로 가득 차 있다. 세상은 진정 거대한 고아원인가. 석가모니 부처님께서도 궁전에 계시는 동안 지독히 외로워하셨다는데, 그런 느낌이셨을까?

어젯밤에는 자다가 문득 깨어나 시간을 확인하려고 전화기를 들여다보았다. 메시지가 하나 와 있었다. 대학 때 만난 친구였다. 보고 싶다는 짧은 글 속에 내 지난 추억들이 담겨 있음을 보았다. 갑자기 가슴이 뛰었다. 문득 가슴 저 깊은 곳에서 '그리움'이라는 감정이 불쑥 솟아오르는 것을 보았기 때문이다. 그 감정 자체가 두렵진 않다. 하지만 그 감정을 인정한 뒤에 반드시 '외로움'이라는

불청객이 찾아오리라는 것, 그리고 그 불청객이 나를 극도로 작고 초라하게 만든다는 것은 사회에서도 이미 지겹게 겪어왔던 뻔한 줄거리다. 나는 전화기를 껐다. 내가 정식으로 스님이 되기 전까지 이 전화기는 다시 켜지지 않을 것이다.

이야기도 많이 못하고 자주 만나지도 못했지만 진실한 마음이 참 좋았던 친구였는데, 사회에서 스스로 감당할 수 없는 힘에 무릎 꿇고는 '사는 게 다 그렇지.' 하고 체념할까 걱정된다. '남들도 모두 다 그렇게 사니까 나도…' 이것은 정신의 패배요, 청춘의 굴복이요, 희망의 골절이다. 이 세상에 아직 이렇게 아름다운 길이 있다고 가끔 말해 준 것을 그 친구는 얼마나 이해했을까.

언제나 만남에는 이별이 수반된다. 그리고 이별은 재회를 약속한다. 부처님께서도 말씀하시지 않았던가. 애별리고(愛別離苦), 원증회고(怨憎會苦). 사랑하면 헤어져야 하고, 미워하면 반드시 만나게 된다. 사실 내가 그렇다고 말하지 않아도 이 세상에는 항상 만남과 헤어짐이 존재하지만 문제는 내 의미다. 사랑이라는 의미를 두면 헤어짐의 무게가 너무 크다. 미움이라는 의미는 반대로 만남을 거북하게 만든다. 결국 자기가 지어낸 스스로의 모든 의미가 가지가지의 고통을 만드는 것이다. 의미를 만들어서 슬퍼해야 한다고 누구도 강요하지 않았는데 인간들은 정말 너무 똑똑하다. 그래서 아프다.

삭 발

출가는 자신의 자발적인 의지이며 새로운 탄생이다
하고 싶은데 하지 못하는 것이 아니라 이제야 비로소 쉴 수 있게 된 것이고
그리워하며 이별하는 것이 아니라 드디어 미련과 속박으로부터 해방된 것이다

예불이 끝나고 은사스님께서 나를 부르셨다. 아직 해도 뜨지 않은 추운 동짓날 아침이었다. 나에게 삭발을 시켜주고 법명을 내리겠다고 하셨다. 어차피 한 줌도 되지 않는 머리칼, 그래도 새로운 마음으로 스님 앞에 무릎 꿇고 앉았다. 몇 분 후에 막내 사형스님이 될 M스님은 나에게 두 손을 가슴에 모으고 눈을 감으라고 시켰다.

"머리칼은 번뇌초(煩惱草)다. 그래서 수행자는 머리를 깨끗이 깎는다."

은사스님께서는 1960년대에 출가를 하셨다고 했다. 확실하진 않지만 은사스님과 인연을 맺어준 어른께선 그렇게 말씀하셨다. 스님은 언제나 한결같아 아직까지 한 번도 흐트러진 모습을 보지 못했

다는 말과 함께, 평생을 오직 공부에만 매진하셨다고 했다. 그 긴 세월 동안 스님께서는 무슨 공부를 하셨을까. 먹을 것도, 입을 것도 흔치 않던 시절에 오히려 산 속으로 들어가 배를 곯아가며 찾고자 하셨던 것은 어떤 경치였을까.

난 스승님께 이미 머리를 깎았다. 하지만 머리카락은 중요하지 않다. 보름만 지나면 누구의 손으로든지 깎여야 하니까. 지금 이 순간에도 수없는 사람들이 다른 이의 손을 빌려 자신의 머리를 깎고 있다. 하지만 내 가슴 속 공부는 그렇게 다른 이의 손을 빌릴 수가 없다. 그래서 난 이곳에 와서 다시 머리를 깎고 있다. 어쩌면 은사 스님의 긴 수행의 여정이 나에게 새로운 공부의 방향을 제시해 줄지도 모른다. 더 큰 것을 보고 돌아오겠다는 내 소리 없는 독백이 스승님의 가슴에 실망을 안겨드렸을 것이다. 그러나 한 번 마음먹은 일을 되돌릴 수는 없다.

거의 삭발이 끝나갈 때였다. 갑자기 어디선가 훌쩍이는 울음소리가 들렸다. 나와 은사스님은 '작업'을 멈추고 고개를 들었다. 공양주보살님이었다. 은사스님께서 보살님에게 이렇게 좋은 날에 왜 울고 있느냐고 물으셨다. 보살님은 대답 대신 공양실로 돌아가 버렸다. 잠시 후 은사스님은 공양주보살님의 행동을 이렇게 평가했다. "주책은…."

비탈선

저녁공양이 끝나고 내가 조용히 물었다.

"아까 아침에 왜 우셨어요?"

그래도 출가하는 날인데 아무도 없이 외롭게 머리 깎는 게 서글 퍼 보여서 울었단다.

사람들은 출가라는 것의 의미를 죽음과 같이 생각한다. 그래서 지금까지 해오던 모든 일들을 더 이상 '하지 못하게' 되고, 사랑하 는 사람들과 '이별하여' 앞으로 오직 홀로 남게 된다고 마음속에 참으로 가여운 그림을 그려놓았다. 그러나 출가는 자신의 자발적인 의지이며 새로운 탄생이다. 하고 싶은데 하지 못하는 것이 아니라 이제야 비로소 쉴 수 있게 된 것이고, 그리워하며 이별하는 것이 아 니라 드디어 미련과 속박으로부터 해방된 것이다. 외롭게 홀로 남 는 것이 아니라 책임져야 할 인연에서 자유로워진 것이다.

거울을 보았다. 내 눈을 보았다. 파랗게 깎은 머리를 보았다. 그 리고 때가 채 지지 않은 해진 행자복을 보았다. 나는 거울을 짚고 웃었다. 세상에는 나같이 아무것도 없는 바보도 있다. 내가 가진 모 든 것을 팔아도 천 원짜리 하나 받기 어려운 완벽한 가난함.

날씨가 무척이나 추웠지만, 새로 받은 낡은 행자복이 그리 나쁘 지는 않았다. 이 행자복이 그동안 몇 분의 스님을 만들었을까.

인연을 놓는 것, 얻는 것

여기서는 이 절에 들어오기 이전의 사연들을 묻는 것이
암암리에 금지되어 있는 듯하다
아무도 가르쳐주지 않을 뿐 아니라 알고 싶어 하지도 않는다

이름을 불러주던 가족과 친구들 대신, 이곳에는 'P행자'라고 불리는 까까머리의 이상한 놈—나다—과 그놈을 불러주는 다른 까까머리들, 그리고 자꾸 내 이름을 잊어버리는 공양주보살님과 그 이름마저 불러주지 않는 금색(金色)의 할아버지만 살고 있다.

시간 참 빨리 간다. 스님들께서 하루 종일 하시는 일이라곤 밥 먹고 염불 외는 것뿐이다. 대화도 없다. 여기 식구들은 모두 웃고 있지만 자주 이야기할 기회는 없는 것 같다. 그중에서도 가장 겉도는 분은 공양주보살님이다. 성함도, 나이도 모른다. 여기서는 이 절에 들어오기 이전의 사연들을 묻는 것이 암암리에 금지되어 있는

듯하다. 아무도 가르쳐주지 않을 뿐 아니라, 알고 싶어 하지도 않는다. 보살님은 나보다 며칠 더 먼저 오셨다고 한다. 그래서인지 아직까지 이곳 생활에 적응하지 못하는 모습이 보인다. 잘 웃지도 않고 말도 없다. 농담은 기대할 수도 없다. 가끔씩 얘기하는 걸 들어보면 심성은 정말 착한 것 같다. 기회가 되면 이것저것 물어봐야겠다. 절에 들어와 혼자 사는 것이 뭔가 사연이 있는 듯하다. (설마 돈 벌러 들어온 건 아니겠지.) 좀 더 친해져야겠다.

코끼리의 쇠말뚝

코끼리를 온순하게 만드는 것은
쇠말뚝이나 쇠사슬이 아니라
나는 묶여 있는 존재라는 기억이다

성격이나 자존심이란 눈에 보이는 물질이 아니다. 그러므로 그것들은 누군가에게 주거나 받을 수 있는 종류의 것이 아니다. 결국 자기 스스로만이 느낄 수 있을 뿐 실제로 존재하는 것은 아니라는 말이다. 이렇게 보이지도 않는 성격이나 자존심이 생겨나고 사라짐은 곧 '나'라는 생각이 생겨나고 사라진다는 말과 동의어다. 기쁠 때는 '기쁜 나'가 생겨나고 슬플 때는 '슬픈 나'가 생겨나는 반면에 아무런 성격도 드러내지 않고 자존심을 내세우거나 상하지도 않은 상태라면 '나'라고 특정하게 드러낼 그 어떤 색깔도 없게 된다. 그러므로 성격이나 자존심이 문득 생겨나고 형성되며 또 사라지는 원리와 이치를 살펴보면 그것을 좀 더 효과적으로 개선할 수 있을 뿐 아니라, 무아(無我)의 실현에 지대한 영향을 줄 수 있을 것이라 예상한다.

성격과 자존심의 형성은 반드시 그런 것은 아니지만 보통 유년 시절에 결정된다고 한다. 가까운 예를 들어본다. 인도에서는 예로 부터 코끼리를 농업이나 전쟁에 이용하였다. 그것은 코끼리의 유순 함과 난폭함을 잘 조종할 수 있었다는 말인데 그 커다란 코끼리의 힘을 누를 수 있던 것은 매서운 채찍도 수천 볼트의 전기도 아닌 작은 쇠말뚝 하나였다고 한다. 그 방법이란 코끼리가 새끼였을 때부 터 쇠사슬이 연결된 쇠말뚝을 땅에 박고 코끼리의 목에 연결하는 것이다. 그것이 전부다. 매우 단순하지 않은가. 코끼리는 자유롭게 움직이지 못하게 되어 처음에는 쇠사슬을 끊거나 쇠말뚝을 뽑기 위 해 이리저리 노력하지만 아직 어리기 때문에 큰 힘을 쓰지 못하고 결국 자신은 '묶여 있는 존재'라는 사실을 자각하고 인정하게 된 다. 시간이 흘러 어느 정도 길이 들게 되면 더 이상 코끼리는 쇠사 슬과 쇠말뚝에서 벗어나려는 생각을 갖지 않게 되는데 그것은 언제 나 묶여 있었다는 사실과 자신의 힘으로는 그것에서 벗어날 수 없 다는 기억을 가지게 되었기 때문이다. 그 후에 코끼리가 어른이 되 었다 하더라도 가느다란 쇠사슬과 쇠말뚝만 박아놓게 되면 어릴 적 기억을 떠올려 더 이상 탈출하기 위해 노력하지 않고 얌전히 묶이 게 된다는 것이다.

코끼리를 온순하게 만드는 것은 쇠말뚝이나 쇠사슬이 아니라 '나는 묶여 있는 존재'라는 기억이었다. 그 기억은 코끼리가 평소의 상태를 벗어나 새로운 성질을 갖지 못하게 만드는 울타리와 같다.

우리의 기억은 울타리를 만든다. 기억은 비단 어린 시절에만 생기는 것이 아니라 정신이 깨어 있는 순간에는 언제나 만들어지고 있다. 만약 시간이 흐르고 있음을 인식한다면 그 시간 동안 우리의 정신은 끊임없이 기억을 만들어 쌓아가고 있다는 것을 알아야 한다. 그 기억들은 '나는 남자다.', '나는 학생이다.', '나는 아버지다.', '나는 ○○회사를 다닌다.', '나의 이름은 무엇이다.', '나의 부모님은 누구이다.', '나의 손가락은 열 개다.' 등의 단순한 설명을 포함해, '나는 인간적이다.', '나는 불의(不義)를 싫어한다.', '나는 요즘 우울하다.'는 감정들과 가치관에 이르기까지 셀 수 없이 많은 조건들을 만들어 '나'라는 하나의 존재를 이루어가는 것이다. 그것이 곧 자존심이요, 성격이다. 고통스럽고 힘든 일이 많았던 사람에게는 슬프고 억울한 기억이 쌓이게 되고, 그 사람은 '슬프고 억울한 사람'이 되는 것이다. 또 세상을 꿈과 같이 보고 그 무엇에도 걸림이 없었던 기억을 가진 사람은 '자유로운' 성격을 가진 사람이 되는 것이며, 자신은 굉장히 중요하고 올바른 사람이라고 생각하였던 기억은 '자존심이 강한 사람'을 만들어낸다.

이렇듯 개인의 성격과 자존심의 형성은 전적으로 기억에 의지한다. 기억이 전무한 사람이 있다면 그에게는 개성도, 품위도, 아만심이나 자괴감도 있을 수 없기 때문이다. 곧 나의 기억에 어떠한 사연을 쌓아가는가에 따라 나의 성격과 자존심은 달라진다는 것이다. 그렇다면 이제 그것들을 결정짓는 '기억'이란 무엇인지 살펴볼 필요가 있다.

기억은 세상[色]을 느끼고[受] 분별하고[想] 의지를 내며[行] 추억하는[識] 다섯 가지 능력[五蘊]의 결과물이다. 그러나 그 다섯 가지 일련의 과정을 반복하는 것에는 단 한 순간의 정지된 시간도 있을 수 없으니, 세상을 느낄 때에는 이미 세상은 변해버렸고, 느낀 것을 분별할 때에는 이미 느낀 감각은 사라져 버렸으며, 분별하여 의지를 낼 때에는 새로운 의욕만 남았을 뿐, 의욕을 낳았던 나의 분별은 역시 어디에도 남아 있지 않은 것이다. 그리고 마지막으로 의지에 의한 믿음과 행위가 끝난 뒤에야 그것에 대한 추억이 쌓이므로 결국은 기억으로 귀결되어 작용을 멈추는 이 다섯 가지 능력 중 어느 하나도 '같은 시간상에 존재하는 것은 없다.'라는 결론에 닿는다. 다시 말해 생각은 시간의 흐름에 따라 순차적으로 진행된다는 것이다.

따라서 그 기억은 모두가 시간을 따라 지나간 과거의 것이고, 과거의 것은 다시 지금이라는 현실로 가져올 수 없는 환상과 같고 꿈과 같다. 내 인생을 수놓던 그 모든 시간들은 자기의 기억으로 들어가 쌓였고 그것은 오직 자신만이 반추할 수 있을 뿐, 시간 자체를 객관적으로 되돌릴 수 있는 어떠한 방법도 없다는 것이다.

자신에게는 분명히 있는 듯하게 느껴지지만 다른 이에게 단 한 가지의 기억도 보여주거나 존재를 증명할 수 없는 이유가 바로 그것이다. 이렇게 찰나에 지나가 과거로 사라져버리는 허망한 기억으로 만들어진 울타리이기 때문에 '나' 라는 것 역시 그 실체가 허망하다는 것을 알 수 있다.

기억으로 둘러쳐진 '나' 의 영역은 기억의 수준과 범위에 따라 그 넓이와 분위기가 결정된다. 그러므로 어떤 기억을 쌓아가느냐는 문제는 '나' 의 존재를 변화시키는 가장 중요한 작업이라 할 수 있으니, 어떠한 기억을 쌓더라도 '나' 라는 개념은 반드시 생기게 되어 있기 때문이다. 울타리가 쳐진 이상 넓고 좁음을 떠나 울타리 안의 한정된 공간이 항상 존재하게 되는 것과 같다. 안과 밖이 있다면 나와 남이 있게 되고 나와 남이 있다면 이익과 손해, 사랑과 미움이 반드시 수반된다. 또한 울타리가 생겨났다면[生] 언젠가는 반드시 사라지게 되니[滅] 태어남과 죽음을 피할 수 없게 되는 것이다. 그러므로 생사의 윤회를 벗어날 수 없는 중생들에게 부처님께서는 그 기억의 본질이 본래 허망하다는 '사실' 을 알려주셨다.

앞에서 설명한 바와 같이 기억이라는 것은 잡을 수도, 다시 가져올 수도 없으며 자신만이 있는 듯 느끼게 되는 꿈과 같다고 하였다. 그 기억이 모여 '나' 를 이룬다면 '나' 역시 꿈과 같은 재료로 만들어진 존재라는 사실을 미루어 짐작할 수 있을 것이다. 그러므로 기억이라는 것을 제외하면 실제로 존재하는 '나' 란 없다[無我]. 울타리를 제거하였다고 생각해보라. 과연 어디까지를 '나' 의 영역이라고 경계 지을 수 있겠는가. 역시 태어날 때에는 쌓인 기억이 없으므로 '나' 라는 생각이 없고, 그래서 갓 태어난 아기에게는 성격도 자존심도 찾을 수 없는 것이다. 그러나 시간이 흐를수록 부모와 사회에서 얻게 되는 기억들이 '나' 를 만들게 되어 스스로의 모습이 본래 울타리 바깥과 다름없음을 알지 못하고, 생멸을 거듭하는 기억으로 잠시 쌓아놓은 '나' 를 영원한 것인 양 오해한 채, 선(善)과 악(惡), 애(愛)와 증(憎), 생(生)과 사(死)의 굴레에서 영원히 벗어나지 못하는 것이 중생들의 일반적인 모습인 것이다.

기억은 본래 존재하는 것이 아니다. 누군가 기억이 존재한다고 한다면 나는 반드시 물을 것이다. 기억의 재료는 무엇입니까? 기억의 무게는? 기억의 색깔은? 기억의 소리는? 냄새는? 맛은? 감촉은? 기억을 있다고 생각한다면 그 기억으로 만들어진 '나' 도 반드시 존재하고, 그 '나' 는 필연적인 죽음을 맞게 된다. '나' 도 '성격' 도 '자존심' 도 모두 지나가 사라져버린 기억으로 만들어져 이름뿐인 환상이라는 사실을 반드시 깨달아야 할 것이다. 그것이 생사의 윤회(輪廻)가 본래 없었음을 통달하는 영원한 자유의 길인 것이다.

신년운세

진실한 말씀은 그렇게 노력해도 믿어지지 않건만
내 운세는 지나가다 주워들어도 하루 종일 머릿속을 떠나지 않는 것을 보면
참으로 기가 찬다

사형스님은 보통 주말을 제외하고는 다른 절에 가서 공부를 하는데 이번에는 꽤 오랫동안 절을 비울 것 같다. 사형스님이 가는 날짜는 다가오고 아직 외워야 할 것들은 너무 많다. 배워야 할 것들이 산더미 같은데 마음이 조금 급해졌다. 경전의 내용을 공부하다 보면 자연스레 외워질 텐데, 요즘 절에서는 행자에게 뜻보다 소리를 먼저 가르친다. 목탁 두드리고 종 치고 요령 흔들고 게송을 외우는 것이 마치 불도를 닦는 일인 것처럼 말한다. 물론 부처님께서는 일체중생이 본래 부처로 이루어졌다고 말씀하셨으니 따지고 보면 무엇을 해도 불도를 닦는 것 아님이 없겠지만, 바로 그렇다는 이 사실을 먼저 가르쳐 주는 것이 순서 아닐까.

은사스님께서는 참 많은 스님들을 알고 계신 것 같다. 몇 명만 건너 여쭤보면 "아~ 그놈!" 하신다. 확실히 불가(佛家)라는 곳이 좁긴 좁은가 보다. 아까는 사주와 운세로 유명한 J스님이 은사스님께 소포를 보내왔다. 뜯어보니 책이 한 권 들어 있다. 아니나 다를까. 『○○년 운세』였다. 공양실에 앉아 있던 온 대중이 혀를 찼다.

"이놈은 언제쯤 정신 차릴까."

이어 은사스님께서 스님이란 이 운명을 뛰어넘는 공부를 하고 있는 거라고 하셨다. 하지만 그 공부가 어떤 것인지, 그리고 어째서 그것이 운명을 뛰어넘는 공부인지에 대해선 말씀하지 않으셨다.

내가 공양주보살님과 은사스님의 운세를 읽어 드렸다. 크게 다르진 않았다. 나는 그 말들에 매이게 될까 염려되어 별로 듣고 싶지 않았는데 사형스님이 내 운세를 읽어 주었다. 내 운세에는 '광대한 포부를 가지고 구도의 길에 들어섰으니 동료들과 잘 협력하면 천지신명이 지켜주어 이룰 수도 있을 듯하다.'고 쓰여 있었다.

있을 듯하다? '있다'도 아니고, '없다'도 아니고, '있을 듯하다'라고? 나는 그런 말을 좋아하지 않는다. 특히 남에게 조언을 해주거나 충고를 할 때 부정확한 표현과 말투는 그를 오히려 불안하고 혼란스럽게 만들 뿐이다. 어떻게 이런 말로 먹고 사는 이들이 생길 수 있는지, 게다가 그가 부처님의 제자인 스님이라니 한심하다. 하긴 수요 없는 공급은 없지만 말이다. 천지신명(天地神明)…. 예전에 스승님께서 하신 말씀이 기억난다.

"만약에 신이 있다면 내 마음 안에 있고 나를 위해 있으며, 내가 그들을 부린다."

스승님께서는 우리의 생각 하나를 이루기 위해서는 온 우주의 허공이 작용해야 한다고 하셨다. 마치 꿈속에서 도망가야겠다는 생각을 이루기 위해서는 먼저 꿈속의 내가 만들어져야 하고, 다음으로 나에게 공포를 느끼게 하는 꿈속의 세상이 만들어져야 하며, 마지막으로 그 둘에서 비롯된 진실한 공포가 만들어져야 하는 것과 같다. 꿈속의 나와 꿈속의 세상과 꿈속의 진실한 생각까지 모두가 '도망가야겠다.' 라는 하나의 생각을 창조하기 위해 준비되어야 할 요소들이었던 것이다.

이런 것들에 대해 깊이 생각하지 않는다고 하더라도, 우리 모두가 죽음이라는 절대적인 숙제 앞에 놓인 문제아라는 사실을 뒤돌아본다면 미래를 점치겠다거나 그 점괘에 따라 행동하겠다는 말은 의미를 잃어버린다. 죽음은 점괘를 포함한 일체 모든 것을 앗아가기 때문이다. 점괘를 믿는 사람도 죽고, 믿지 않는 사람도 죽는다. 점괘를 따라 흥한 사람도 죽고, 망한 사람도 죽는다. 점괘를 묻는 사람도 죽고, 점괘를 말한 사람도 죽는다. 로마가 그 아무리 화려했으면 무엇하랴. 진시황이 그 아무리 당당했으면 무엇하랴. 지금은 그저 이름만 남았을 뿐이다. 가끔은 후세의 역사책에 새겨지는 내 이름 석 자가 인생의 진정한 의미라고 말하는 사람도 있다. 하지만 그 이름을 배우고 기억하는 후대들도 역시 죽음을 피할 수는 없다. 그리고는 아무 것도 남지 않는다.

석가모니 부처님께서 왕궁을 뛰쳐나와 처음으로 구도의 길을 떠나게 되신 가장 근본적인 이유가 바로 이것 아니었던가. 생사(生死). 그것은 누구에게나 평등하고 무엇보다 진실하며, 언제 어디서나 잊혀질 수 없는 운명의 동반자다. J스님은 언제 자기 자신에게로 눈을 돌릴까. 다른 이의 운명이 아닌, 바로 눈앞에 닥쳐 있는 죽음이라는 자신의 운명과 대면할 수 있을까. 한 번도 만나본 적 없는 인연이었지만 문득 가슴이 답답해졌다. 그분은 떠나는 순간에 편안할까. 그때에도 자기 자신을 점칠 수 있을까.

사람들은 운세 책에 나와 있는 글자들이 자신들의 이야기인 줄로 착각한다. 신해생(申亥生), 무오생(戊午生), 을축생(乙丑生)…. ○○생(生)이라는 단 세 글자에 그것을 자기에게 하는 말로 믿어버린다. 불경(佛經)에는 부처님께서 '이렇게 아름다운 것이 너의 진정한 모습이다.' 라고 끝없이 말씀하시지만, 사람들은 기를 쓰고 그것을 믿으려 하지 않는다. 나 역시 육신은 진정한 내가 아니라고 수없이 들어왔고 또 스스로 옳다고 인정하였으나 어두운 새벽에 계단에서 한 걸음만 발을 헛디뎌도 식은땀을 흘리며 여전히 "죽을 뻔했네."가 순간에 튀어나오니 부끄럽고 가슴 터질 노릇이다. 진실한 말씀은 그렇게 노력해도 믿어지지 않건만, 내 운세는 지나가다 주워들어도 하루 종일 머릿속을 떠나지 않는 것을 보면 참으로 기가 찬다.

스승님께서는 자주 말씀하셨다.

"이 세상 그 누가 죽어 본 기억을 갖고 있는가. 아니면 태어난 기억을 갖고 있는가."

자신은 기억을 빼고 나면 그 어떠한 것도 남아 있지 않다는 사실을 부정하지도 못하면서 누군가로부터, 아니 본인을 제외한 모든 이로부터 학습된 생(生)과 사(死)를 맹신한다.

부처님 당시에도 운명을 점치는 바라문이 많았다는데, 지금이라는 이 순간이 찰나에 사라진다는 무상법(無常法)과 그것을 알고 있는 이 정신[是]의 항상(恒常)한 법칙을 알지 못하는 사람들은 당연히 미래도 있는 것[有]이라 믿게 된다. 자신은 한 번도 죽은 적이 없다는 것을 자각하지도 못하지만, 저 깊은 내면에서는 무언가 항상할 것이라는 왠지 모를 믿음에 다음 찰나에도 나는 존재할 것이며 살아 있을 것이라는 헛된 기대를 하게 되는 것이다. 나아가 그 기대를 만족시키기 위해 미래를 점치고 싶어 한다.

생사라는 것도 이름만 듣고 배워 믿었을 뿐이지 실제로 경험한 기억은 없다. 그러므로 생사는 이름으로서의 기억이지 경험적인 실제로서 존재한다고 말할 수 없다. 마치 한 번도 보지 못한 용(龍)이지만, 다른 이들로 하여금 지속적으로 학습된 용의 이미지로 꿈속에서는 실제로 살아 움직이는 용을 목격하게 되는 것과 같다.

어쩔 수 없지. 괜찮다. 허공에 아무리 천둥, 번개가 치고, 비바람과 눈보라가 쏟아져도 허공은 본래부터 영원히 허공일 뿐이니까.

자기가 아무리 죽는다, 산다 외쳐도 아무도 죽지 않는다. 태어나지
도 않는다. 기억은 찰나에 사라져버리는 무상(無常)이나 그 기억을
바라보는 이 정신은 한 번도 움직인 적이 없는 항상(恒常)이다. 보
이지 않는 정신[是]이 무엇을 재료로 누구에 의해 생겨나고 또 사라
질 것인가.

　아, 시명허공(是名虛空).

행자는 사람이 아니다

사실 시간이 많이 있었다 하더라도 질문은 할 수 없었을 것이다
난 행자이기 때문이다 행자는 묵언이기 때문이다
그리고 행자는 사람이 아니기 때문이다

며칠 후면 설날이라 제사를 지낸다고 한다. 원래 절에서 설날에 제사를 지내곤 했는지, 또 누구에게 제사를 지내는 것인지 내 기억을 한참 동안 뒤져보았으나 발견할 수 없었다. 귀신에게 제사 지내는 것은 아닐 테고, 그렇다고 운명을 초월하는 공부를 하고 있는 수행자들―은사스님의 표현을 따르자면―이 사사로운 자기의 복을 위해 제사를 지내는 것도 아닐 것이다. 하지만 어떤 스님들께도 여쭈어볼 수 없었다. 은사스님께서는 방에서 한 번도 나오지 않으셨고, 사형스님들은 모두 어디론가 사라져버렸기 때문이다. 공양주보살님에게 묻고 싶었지만 공양실에서 심부름하는 것만으로도 시간이 모자라 헐떡이고 있던 나였다. 결국은 아무에게도 묻지 못한 채, 다음날 사용할 나물과 부침, 과자와 떡 등을 준비

하는 데 모든 기력을 소비해버렸다. 사실 시간이 많이 있었다 하더라도 질문은 할 수 없었을 것이다. 난 행자이기 때문이다. 행자는 묵언(默言)이기 때문이다. 그리고 행자는 사람이 아니기 때문이다.

부처님께서는 눈에 보이는 나의 이 세상을 제외하고도 다섯 가지의 세상이 더 있다고 말씀하셨다. 끝없이 고통만이 연속되는 지옥도(地獄道), 입은 바늘구멍만 한데 배는 너무도 커서 먹어도 먹어도 배가 채워지지 않아 끝없는 기아의 고통에 허덕이는 아귀도(餓鬼道), 때로는 먹히기도 하고, 때로는 밟히기도 하며, 때로는 이유 없이 공포와 멸시에 고통 받는 짐승인 축생도(畜生道), 항상 옳고 그름을 분별하여 전쟁만을 일삼아 죽고 죽이는 삶을 이어가는 아수라도(阿修羅道), 시기와 질투, 사랑과 미움, 무명과 지혜가 공존하는 인간도(人間道)—어쩌면 인간세계가 가장 복잡할지도 모른다, 그리고 자신의 선한 기억으로 환상의 세계에서 고통 없이 살아가는 천상도(天上道).

하지만 천상의 길고 긴 수명도 결국은 끝나고, 그곳에도 죽음의 고통이 있다고 한다. 천상에서 죽음이 가까워지면, 머리 위에 항상 피어있는 아름다운 꽃이 시들고, 옷에 물이 묻기 시작하며, 죽음이라는 것을 처음으로 생각하게 된다고 하니, 어떤 이들은 타종교의 천상—소위 이데아(Idea)—과 불교의 천상이 바로 이 점, 즉 유한(有限)함에 그 차이가 있다고 말하기도 한다. 가장 가까운 예로 기독교에서는 천상에 일단 들어서기만 하면 영원히 만사형통 아닌가. 하지만 불교에서는 천상마저도 윤회하는 번뇌와 고통의 세상이라고 말하는 것이다. 뭐 그게 어떻든, 여기서 아무리 떠들어봤자 내가 가지도 못할 다른 나라 얘기라면 아무 소용도 없다. 어떻게 해야 그곳으로 갈 수 있는지, 정말 그런 곳이 있기나 한 것인지 내 자신에게 증명되지 않는다면, 바다 끝에는 낭떠러지가 있을 것이라고 믿었던 중세의 유럽인들과 하나 다를 바 없기 때문이다.

아⋯. 잔소리가 무척 많구나. 이 생각이라는 놈은 따로 길이 정해져 있지 않아, 언제 어느 생각에서든 샛길로 빠져 또 다시 무한한 세계를 만들어 스스로 그곳에 동참하곤 한다. 생각이라는 기계에서 좋고 싫다는 의미만 쪽 짜내면, 그 구조와 기능만큼은 가히 우주에서 최고의 발명품이라고 말할 수 있다.

또 잔소리였다. 말하고 싶었던 것은 행자가 사람이 아니라는 말이었는데 이렇게 삼천포로 빠지고 있다. 대학시절 수업을 같이 듣던 어느 스님께서 우스갯소리로 "행자는 사람이 아니다."라고 하시기에 내가 "그게 무슨 말입니까?" 하고 물은 적이 있다. 그랬더니 "행자는 축생과 인간의 중간 정도의 동물이다." 하고는 웃는 것이었다. 그 말에 대해 멍청하게도 참 오랫동안 생각했었다. 행자가 아직 정식으로 스님이 되기 전, 처음으로 입산(入山)하여 공부하는 수행자라는 단순한 사전적 지식을 떠올렸다면 그렇게 고민하지 않았을 텐데 말이다.

처음으로 공부하는 행자에게는 말할 기회가 주어지지 않는다. 말을 많이 하게 되면 자연히 나보다는 남에 대해 생각하게 되고, 남에 대해 말하고 있을 때에는 자신의 마음이 사정없이 요동쳐도 그것을 결코 자각할 수 없기 때문이다. 본래 불가에서 수행의 방편으로, 그리고 더 이상 할 말이 사라진 깨달음의 경치로 침묵을 표현하였으나, 언제부터인가 그 이유는 사라지고 그냥 지켜야 할 불문율로 정해져버린 것이다.

스승님께서는 도둑이 경찰을 경찰로 만들고 자식이 부모를 부모로 만들듯이, 스승에게 배우고자 노력하는 제자가 있어야 비로소 스승이라는 이름이 존재하게 된다고 말씀하셨다. 그래서 석가모니 부처님께서는 더 이상 의문이 없었던 제자들에게 결국 열반에 들 것을 선언하신 것이다. 배우고자 하는 이에게 묻지 못하게, 아니 말 자체를 할 수 없게 묵언(默言)을 강요하는 오늘날의 스님들과, 더 이상 물을 것이 없어 스승을 붙잡지 못한 2,600여 년 전 석가모니 부처님의 제자들의 모습이 참 아이러니하다.

오직 하는 일이라곤 밥 짓기, 청소와 빨래, 밭일과 잡다한 심부름이 전부인 행자들. 게다가 말까지 잃어버렸으니 그 시절을 모두 겪어온 스님들이 보기에는 인간과 축생의 가운데 동물쯤으로 보일 수도 있을 것이다. 하지만 매 순간이 막다른 골목인 듯 느껴지는 삶의 고독과 불안만큼은 행자가 아닌 누구라도 느끼고 있는 인간의 공통된 감정 아닐까. 그것을 알고 싶고, 또 해결하고자 부모님이 주신 이름마저 버리고 수행의 첫 발걸음을 내디딘 행자들의 고뇌는 깊다 못해 서글프다.

새 해

밖으로 뛰쳐나가라
두 팔을 활개치고 맨발로 흙을 걷어차며 하늘을 악물고 통곡하라
결국 영원히 혼자다

1월 1일. 나에게도 새해는 왔다. "새로 왔다는 새해 좀 구경시켜주시오." 누군가 내게 이렇게 말한다면 나는 할 말이 없다. 달력 보는 법을 다섯 살이 넘어서야 어머니께 배웠으면서, 마치 자기 인생이 하루하루 무심히 찍혀 있는 고딕체의 숫자와 동체인 듯, 12월 말일이 다가오면 다들 엉덩이가 들썩거리나 보다.

강릉으로 향하는 영동고속도로 어느 지점, 줄지어 나란히 늘어선 가로등의 피곤한 눈빛들이 그 밑을 달리며 배기가스를 내뿜는 외로운 존재들을 어슴프레 바라보고 있다. 그 누가 인간에게 의미를 가르쳤는가. 마하반야바라밀다심(摩訶般若波羅蜜多心). 그것은 의미 없이 일어서지 않는다. 내 작은 풍금의 동력은 깊은 믿음이요, 기억이요, 그 의미라.

한 분의 스님은 천상을 보고, 어떤 스님은 지옥을 보고, 어떤 스님은 추억을 보고, 또 어떤 스님은 번뇌의 가시밭길을 본다. 두께 10cm도 되지 않는 문을 끼고 마주 앉았으나, 서로 만나기가 너무도 어려워 마치 고흐의 풍경화처럼 눈앞에 보이는 괴리감으로 무수히 점 찍힌 내 검은 심장.

1월 1일, 설날. 새해의 시작이라는 기대감이 불안한 균열로 변질되어가는 저녁이다. 모두가 내 마음 같지 않다는 것보다 더 견디기 힘든 건, 우리들을 바라보는 법당 안 금색 할아버지의 눈에 조금씩 초점이 사라져 아주 멀고 먼 초원의 끝, 새들도 가지 않는 백색의 고원으로 떠나가실 듯한, 그런 목소리로 엉키는 내 작은 탄식이다. 그것은 바가지로 바닷물을 퍼내고 있는 보물 잃은 자의 마음과 같다.

밖으로 뛰쳐나가라. 두 팔을 활개치고 맨발로 흙을 걷어차며 하늘을 악물고 통곡하라. 결국 영원히 혼자다.

과자와 성취

사실 우리는 구름을 볼 때에는 하늘을 잊고
바다를 볼 때에는 육지를 잊듯이
세상을 바라보며 그 세상을 바라보고 있는 나에 대한 인지를 간과하고 있지는 않은가

막내 사형스님과 저녁예불을 마치고 둘이 앉아 내일 제사상에 올릴 과일과 과자를 쌓았다. 나는 유치원에 다닐 적에 조부모님 댁에서 보았던 제사상의 과자와 사탕들이 누군가 하나씩 정성스레 쌓아 올렸을 것이라는 생각은 꿈에도 할 수 없었다. 만약 그 당시에 나에게 자리에 가만히 앉아 그것들을 만들라고 시켰다면 온몸이 쑤셔서 뛰쳐나가고 말았을 것이다. 원래 말 안 듣는 남자애들에겐 "움직이지 마."가, 말 안 듣는 여자애들에겐 "떠들지 마."가 가장 큰 벌이란다.

과자는 그 모양이 위, 아래가 같은 것들이 쌓기 좋다. 두께가 얇은 것들은 다른 과자들과 높이를 맞추려다 보면 너무 많은 양을 쌓아야 하기 때문에 비효율적이다. 처음에는 실수가 많았다. 과자를

잘 쌓아가다가도 치렁치렁한 행자복 소매로 툭 치고는, 법당 나무 마루에 쏟아져 비명을 지르는 과자들처럼, 종종 와르르 무너지고 부서지는 내 가슴을 발견하곤 했다. 그것보다 더 아찔한 것은 사형 스님이 쌓아 올린 과자를 제사상에 옮겨놓다가 무너뜨릴 때다. 뒤에서 느껴지는 스님의 눈이 무척이나 간지럽고 따갑다. 그래서 그와 같은 과자의 참사를 막기 위해 과자 가운데 종이를 끼워 넣는다. 쌓아올린 과자의 중간 한 층에다 약간 단단한 종이를 올려놓고 그 위에 다시 과자를 쌓아가는 것이다. 생각해보면 정말 별 것 아니지만 어디서든 노하우란 초보자의 눈물만큼이나 값진 것인지, 그것을 가르쳐주는 사형스님의 의기양양한 미소를 보고 나는 쓴웃음을 지을 수밖에 없었다.

불경 가운데 흔히 등장하는 '성취(成就)'라는 단어가 있다. 그저 통상적인 의미로 '~을 이루다.' 정도로 해석할 수도 있지만 불경의 한문은 단어를 이루는 하나의 글자에도 정말 깊은 뜻이 숨겨져 있다. 스승님께서는 '성취'라는 단어를 해석하시며 '성(成)'자와 '취(就)'자를 나누어 설명해주셨다.

'성(成)'이란 대상을 이루는 바를 말함이다. 만약 내가 과자를 쌓아 올렸다면 내 마음의 뜻에 의해 쌓여진 과자의 모습이 바로 '성'이다. 그러므로 '성'은 주인에 의해 부려지는 하인과 같은 나의 능력(能力)이요, 공덕(功德)이다. 꿈을 예로 들면 더 명확하다. 어릴 적 아직 이불에 오줌을 지리는 나이의 기억을 더듬어보면, 꿈속에서 오줌이 마려워지면 항상 화장실이 등장하곤 했다. 그리고 화장실로 들어가고 나면 정말로 이불에 오줌을 싸버리는 것이다. 결국 꿈의 세상은 나의 마음에 의해 끊임없이 조작되고 있었다. 내 견해에 의해 세상이 달라 보이는 것은 현실이라 불리는 이곳에서도 마찬가지 아닌가.

한편 그 대상들에 의해 반대로 내 마음이 움직이기도 한다. 사형 스님이 건네준 과자의 탑을 들고 제사상으로 걸어가다 무너지는 과자들을 보았을 때, 바로 그 위태롭게 쌓인 과자의 모양 그대로 내 마음은 위태로웠고, 과자가 바닥으로 쏟아질 때는 위태롭던 과자가 사라졌으므로 나의 마음에도 더 이상 위태로움은 남아 있지 않은 것이다. 그저 과자와 똑같이 무너지고 있을 뿐. 이처럼 내 능력으로 일어선 '성(成)'의 주인인 동시에 성을 좇는 마음이라는 주체, 그것이 '취(就)'다.

똑같이 이룰 '성(成)', 이룰 '취(就)'이지만 그 둘은 갈라질 수 없다. 언제나 양 극단만을 선택하는 우리와는 달리 부처님께서는 단 하나의 단어에서도 세상과 그것을 바라보는 정신을 모두 말씀하신다. 사실 우리는 구름을 볼 때에는 하늘을 잊고, 바다를 볼 때에는 육지를 잊듯이, 세상을 바라보며 그 세상을 바라보고 있는 '나'에 대한 인지(認知)를 간과하고 있지는 않은가.

조바심

잘 익은 복숭아처럼 보이지만
한 입 베어 물면 하얀 벌레들이 꿈틀거릴 것만 같은
기대와 의심 그러한 조바심과 불안

벌써 밤 10시가 되었다. 아침 4시에는 예불 준비가 끝나야 한다. 그 생각을 하면서 시곗바늘을 보면 10이라는 숫자와 4라는 숫자 사이에 나라는 놈이 끼어 있어 시간이 지날수록 점점 바늘에 조여지는 듯한 조바심을 느끼곤 한다. 한 해가 지나갔다고 하지만 지나감을 알고 새로운 해가 시작됨까지 알고 있는 나는, 시간을 따라 지나가거나 시간을 따라 시작되지 않는다. 더 큰 공부를 해보겠노라고 스승님의 슬하에서 뛰쳐나온 지 벌써 열흘이 지났지만 아직 잘 모르겠다. 뭔가 있는 듯하면서도 확신할 수 없는, 잘 익은 복숭아처럼 보이지만 한 입 베어 물면 하얀 벌레들이 꿈틀거릴 것만 같은 기대와 의심, 그러한 조바심과 불안이 솔직한 지금의 심정이다.

제자를 죽인다

부처님이시여 만약 장부를 교육시키는 데 다시는 더불어 말하지 않고
다시는 가르침을 주지 않으며 다시는 가르침을 훈계하지도 않는다면
진정으로 죽인다고 해야 할 것입니다

여기는 서울에서 그리 멀리 떨어지지 않은 작은 도시
다. 절에서 내려와 버스를 타고 20분만 나가면 학교와 관
공서, 은행과 유흥가가 어깨를 맞대고 늘어 서 있다. 그래서 이 절
에는 서울과 서울 근교의 신도들이 많은 편이다.

예전의 스님들은 당신들의 의식주를 사찰 내에서 자체적으로 해
결하기 위해 노력하였다고 한다. 사회에서 사는 이들은 절이 수행
처라기보다는 '관광지'라는 개념이 더 크기 때문에 그 안에서 살아
가는 스님들의 의식주가 어떻게 해결되는지 구체적으로 생각해보
지 않는다.

나 역시 스님들은 밥도 하루 한 끼 정도면 되고, 차(車)도 필요 없
고, 옷도 승복 한 벌이면 모두 해결되는 것으로 생각했었다. 하지만

절에 찾아오는 신도들의 공양이 없으면 매일 세 끼를 해결하기 위해 스님들 역시 밭일을 해야 하는 것이다. 그래서 어떤 신도들은 자기들에 의해 스님들이 존재하는 것으로 착각하기도 한다. 내가 보시하는 천 원, 만 원짜리 지폐가 스님들을 먹여 살린다고 말이다.

진정한 수행자는 살고 죽는 것을 두려워하지 않는다. 세 끼 밥을 먹기 위해 아등바등 노력하는 것은 세간(世間)의 모습이지, 출세간(出世間)의 모습이 아니기 때문이다. 스승님은 목구멍에 풀칠할 생각 말고 불도를 닦는 자긍심으로 단 한 번만 굶어 죽을 각오를 하라고 입버릇처럼 말씀하셨다. 그 각오로 이곳을 떠난 수행자는 결코 다시 먹기 위해 사는 세상에 태어나지 않는다고.

사실 예전의 어른스님들께서는 제자들을 키우기 위해 남다른 고민이 많았다고 한다. 신도들의 공양에 의지하지 않고 수행정진을 위한 최소한의 의식주만이라도 해결하기 위해 여러 가지 방편을 사용한 것이다. 그러나 그와 같은 스승님들의 고뇌도 헤아리지 못하고 언제 어디서나 지지리 말 안 듣는 망나니 제자들이 있었으니, 우습게도 그런 제자들은 신도들이 더 잘 알고 있다. 이 절에서도 내 앞선 스님들의 기막힌 행각들이 많았다. 웃고 넘어갈 일도 있었지만, 신도들의 관심을 불도수행에서 스님들에 대한 비방으로 돌리게 만든 어처구니없는 일들도 있었다.

아함경에는 스승의 말을 듣지 않고 고집 피우는 제자들에 대한 부처님의 가르침이 있다.[1] 간략하게 요약하면 다음과 같다.

말을 길들이는 마을의 주인이 부처님께서 계신 곳으로 다가와 공경하며 안부를 여쭙고는 한쪽으로 물러나 앉았다. 이때 세존께서 말을 길들이는 마을의 주인에게 말씀하셨다.

"말을 조복시키는 것에 몇 종류의 법이 있는가?"

마을의 주인이 말했다.

"세 가지 방법이 있습니다. 무엇이 세 가지인가 하면, 첫째는 부드러움[柔軟]이요, 둘째는 강함[剛强]이요, 셋째는 부드럽고 강함[柔軟剛强]입니다."

"만약 세 가지 법으로써 말이 길들여지지 않는다는 것을 알게 되면 어떻게 하는가?"

"당연히 죽입니다."

마을의 주인이 부처님께 여쭈었다.

"부처님이시여. 장부(丈夫)를 위없이 교육시키는 것에는 몇 가지 방법이 있습니까."

부처님께서 마을의 주인에게 말씀하셨다.

"나 역시 세 가지 법으로써 장부를 교육시킨다. 무엇이 세 가지인가. 첫째는 부드러움이요, 둘째는 강함이요, 셋째는 부드럽고 강함이다."

마을의 주인이 부처님께 여쭈었다.

"부처님이시여. 만약 세 종류로 장부를 교육하는 데 흉내만 낼 뿐 교육되지 않는 자들임을 당면하여 알게 되었을 때에는 어떻게 하십니까?"

부처님께서 말씀하셨다.

"마을의 주인이여. 세 가지 방법으로 교육시켰으나 흉내만 낼 뿐 교육되지 않는 자들은 당연히 죽인다. 왜냐하면 나라는 법[我法-我相]으로 하여금 절개를 굽히고 욕보이는 바가 있어서는 안 되기 때문이다."

말을 길들이는 마을의 주인은 부처님께 여쭈었다.

"부처님의 법 가운데서 살생이라는 것은 부정(不淨)한 것이고, 부처님의 법 가운데서는 죽인다고 바라보지도 않습니다. 그러나 지금은 조복하지 않는 자를 오히려 죽인다고 말씀하셨습니다."

부처님께서 마을의 주인에게 말씀하셨다.

"네가 말한 바와 같이 여래의 법 가운데에서 살생이라는 것은 부정한 것이고, 여래는 죽임[殺]이 있다고 바라보지도 않는다. 마을의 주인이여, 내가 세 가지 종류의 법으로써 장부를 교육시킨다고 하였으나 저 길들여지지 않는 자에게는 다시는 더불어 말하지 않고 다시는 가르침을 주지 않을 것이며, 다시는 가르침을 훈계하지 않을 것이다. 만약 여래가 장부를 교육시키는데 다시는 더불어 말하지 않고, 다시는 가르침을 주지 않으며, 다시는 가르침을 훈계하지 않는다면 어찌 죽임[殺]이 아니겠는가."

말을 길들이는 마을의 주인이 부처님께 말했다.

"부처님이시여. 만약 장부를 교육시키는데 다시는 더불어 말하지 않고, 다시는 가르침을 주지 않으며, 다시는 가르침을 훈계하지도 않는다면 진정으로 죽인다고 해야 할 것입니다. 그러므로 저는 오늘부터 모든 악업을 버리고, 저의 본래 모습인 부처로 돌아가고, 법으로 돌아가고, 비구승으로 돌아가겠습니다."

부처님께서 마을의 주인에게 말씀하셨다.

"이것이 진실로 중요하다."

나는 이 이야기를 읽을 때 크게 동의한 바가 있었다. 부처님께서 설법을 거두시는 것은 곧 그(중생)에게 있어서 죽음을 의미한다. 왜

냐하면 부처님은 언제나 생사를 초월하는 가르침을 주시지만 그를 듣지 못한 중생은 계속 자신이 죽고 사는 존재라는 오해에서 벗어날 수 없으니 스스로 죽음을 만들어 받는 꼴이 되기 때문이다. 또한 이렇게도 생각할 수 있다. 외도의 말(馬)과 부처님의 제자는 둘 다 나의 생각을 의미한다. 왜냐하면 땅(세상,色)을 딛고 달리는 네 발 달린 짐승[四蘊]도, 누군가에게 무엇인가를 배워 기억에 쌓아가는 제자도 모두 생각의 모습을 가리키기 때문이다.

이 생각을 길들이는 방법은 유연(柔軟), 강강(剛强), 유연강강(柔軟剛强), 그리고 그 세 가지 방법으로도 생각을 조복 받거나 길들이지 못하는 중생에게 필요한 무관심[殺]이다. 스승에게 무관심의 대상이 된다는 것은 더 이상 가르침을 받을 수 없으며, 잘못을 지적받을 수 없으니 본인의 고뇌에서 탈출할 수 있는 마지막 비상구에서 영영 멀어지는 것이라 할 수 있다. 높이뛰기 선수처럼 절정으로 뛰어올랐을 때 허리를 접어 넘지 못하면 그 뒤로는 오직 실패라는 추락뿐이다. 뒤늦은 후회로 재도전을 한다 해도, 이미 스승은 세상에 계시지 않을 것이다.

그런 점에서 절이라는 집안은 그 정체성이 참으로 특이하다 하겠다. 의식주를 해결해주며 "네 고민만을 해결하라."고 지시하고 도와주는 오직 하나뿐인 수행자의 의지처다. 이런 귀한 인연을 알지 못하고 자신의 견해를 고집하고 겉으로만 고귀한 승려인 양, 수행자인 양 흉내 낸다면, 그는 반드시 스승의 인연을 잃고 끝없는 어둠 속으로 떨어지고 말 것이다.

그렇게 아무렇게나 살아온 내 인연에 아직 재도약의 기회가 남아 있다는 것이 참으로 감사하다. 내 몸보다 세탁소에 더 오래 걸려 있는 값비싼 양복 대신 색 바래고 소매가 닳은 갈색 행자복이, 아침마다 뿌려대는 향수보다 밤마다 씻어내는 값진 땀이, 나는 더 자랑스럽다.

비탈선

자손을 위한 제사?

좀 더 오래 살고 싶어 하고 좀 더 부유해지길 원하며
좋은 일은 나에게 그리고 나쁜 일만은 자신을 피해 남에게 갔으면 좋겠다는
지독한 이기주의와 어리석음에 싸여

새해는 언제나 즐겁게 시작될 것이라는 기대를 여지없이 무너뜨리는 하루였다. 설날이지만 아침 10시부터 시작된 제사로 정신이 하나도 없었다. 이건 정말 의미 없는 일이다. 잠시 후에 피 흘리며 승자와 패자를 찢어 나눌 권투선수들이 시합 전에 인사를 나누며 흘리는 웃음을 생각해보라. 오늘 법당에 모였던 사람들의 대부분이 바로 몇 시간 후에는 동료를 밟고 일어서야 할 인생의 투사들이었다. 모두들 여유로운 듯 웃고 있었지만 마음에는 좀 더 오래 살고 싶어 하고, 좀 더 부유해지길 원하며 좋은 일은 나에게, 그리고 나쁜 일만은 자신을 피해 남에게 갔으면 좋겠다는, 지독한 이기주의와 어리석음에 싸여 있었다. 그리고 그 이기심을 이 세상에서는 가족애, 또는 가장의 책임감이라고 부른다.

제사가 진행되는 2시간 동안 나는 사형스님 뒤에 앉아 무명(無明)이라는 두 글자만 생각했다. 스님이 요령과 목탁을 들고 앉아 있으면 자신의 욕심을 달성하게 해주십사 부처님께 올리는 복전함의 보시금은 불어간다. 스님은 신도들과 제자들에게 해줄 말이 별로 없다. 가르침이 없다. 제자는 원하지도 않을 뿐만 아니라 무엇이 진리의 말씀인지 알지도, 구별해내지도 못한다.

나는 내 집이다 생각하고 신도들에게 최선을 다해 웃어 주었다. 신도들은 하나같이 날 보고 좋아했지만 내 마음은 오늘 오전에 이미 다 썩어버렸다. 여기서는, 아니 여기뿐만 아니라 이 세상에서 불교를 가르치는 절이라는 자리에 불법(佛法)이란 결코 남아 있지 않나 보다. 도를 닦을 수 있는 가망성이 없나 보다. 절에서 나이를 먹어갈수록 극도로 교만해져 이제는 돌이킬 수도 없다. 스승님께서는 부처님의 법을 들으려 하지 않는 이들에게 있어 마지막 선지식은 생멸의 법칙에 따라 다가오는 죽음뿐이라 하셨다.

저녁예불이 끝나고 관세음보살정근을 하는데 눈물이 났다. "관세음보살, 관세음보살…" 이유는 아직도 잘 모르겠다. 마냥 서글펐다. 외롭다. 정말 외롭다. 우리 스님들이 그리워졌다. 스승님의 목소리가 그립고 그 법(法)이 그립다. 수행자의 자존심을 끝까지 지키라고 말씀하신 스님의 법문은 나에게 용맹심을 주었으나, 조상에게 제사를 지내야 자손이 편하다고 말하는 이 절의 법문은 나에게 굴욕을 주었다.

비밀선

몇 년 간을 외지에 살면서도 이렇게 슬픈 적은 없었다. 나는 정말 나약한가 보다. 아직 내게는 그들의 의미와 번뇌를 '죽이고' 모든 것에서 초연할 힘이 없다. 조금만 기다려라. 지구상의 모든 외도와 악마들이 나를 막으려 들어도 한 치의 흔들림도 없이 홀로 가리라. 조금만 더 마음을 다스리며 견디자. 내가 본 오늘의 모습이 전부가 아닐 것이다. 껍질을 벗기고 내부로 깊숙이 들어갈수록 분명 진지하고 명확한 가르침이 있을 것이다.

아끼는 대학 동기 Y가 떠올랐다. 함께 수도(修道)의 뜻을 나누었던 가슴 통하는 몇 안 되는 친구 중 하나다. 아직 출가를 안 했겠구나. 그 녀석도 이제 곧 가게 되면 나처럼 아파할지 모르겠다. 진정 가슴 깊이 이 법을 느끼는 도반들과 함께 살고 싶다. 먹고 살기 위해서가 아니라, 내 지식의 교만을 위해서가 아니라, 아무도 없는 산속 골방에서 꺼져가는 생명의 마지막 밤을, 생(生)의 갈구가 아닌 부처님의 뜻을 위해 밝히는 진정한 도반 말이다. 내 눈 앞에 보이는 모든 의미들을 인정하면 언제나 이렇게 가슴이 멘다. 나는 스승님께서 가르쳐 주신 법을 잊지 못한다. 아니, 잊을 수가 없다. 지금 이 현실이 바로 그 법으로 되어 있기 때문이다. 모두가 내 생각 위에 있다. 그리고 그 생각은 보이지 않는다. 그 뿌리를 잡을 수 없다. 출처(出處)와 멸처(滅處)가 모두 불가지(不可知)다.

우선 예식부터 외우자. 그것만 외우면 나는 보다 본질적인 의문과 가르침에 부딪칠 수 있다. "쓸데없는 거 묻지 말고 먼저 『천수경」이나 외워라."라고 말하는 사형스님의 말을 듣지 않아도 되는 것이다. 그 다음에 하나씩, 하나씩 철저하게 더듬으며 내 것을 만들고야 말겠다. 내 안에 있는 모든 무명을 조복시키겠다.

오늘 밤은 잠이 잘 오지 않을 것 같다. 많은 신도들 앞에서 제사상에 수저를 갖다 놓지 않았다고 은사스님에게 혼나던 사형스님의 달아오른 얼굴이 눈앞에 아른거린다.

천도에 대한 의문

산 사람도 제도하지 못하는 스님이 귀도 없는 영가를 어떻게 제도하나요?

　　오늘은 기도라는 것을 해 보았다. 앞으로 7일 동안 정초기도라는 것을 한다고 한다. 이름도 잘 만들어낸다. 부처님 계시던 당시에도 정초기도가 있었을까. 누가 누구를 위한, 그리고 누구를 향한, 무엇을 위한 기도인가. 결국은 새해가 시작되면서 한 해 동안 복 많이 받게 해달라고—부처님께서 모두 버리셨던 바로 그 돈과 명예, 가족과 건강의 소유를— 기도하는 것이다. 부처님께서는 한 나라의 부를 버리셨고, 왕자의 명예를 버렸으며, 인자한 아버지와 사랑하는 아내를 떠났고, 자신의 목숨을 던졌다.

　　제사 준비를 하면서 떡도 쌓고, 과일도 쌓았다. 사형스님은 나와 단둘이 무언가를 하게 될 때마다 자기가 알고 있는 것들을 가르쳐주려고 무척이나 노력한다. 그 마음이 감사해 듣고는 있지만 짧고 짧은 내 견해로는 이해가 가지 않는 말들이 무척 많다. 애써 '틀렸다.'를 '왜일까.'라는 생각으로 고치고 고쳐보지만, 가슴 한 구석에서는 매번 '모순(矛盾)'이라는 단어가 고개를 든다. 이번에는 제사에 관한 이야기였다. 한 마디로 돈 욕심 없이 지내는 제사는 살아 있는 사람에게나 죽은 영가들에게나 모두 좋다는 내용이었다. 내가 물었다.

"산 사람도 제도하지 못하는 스님이 귀도 없는 영가를 어떻게 제도하나요?"

단지 청각에 이상이 생겨도 소리를 듣지 못한다. 멀쩡히 눈, 코, 입 등이 있어도 청각이 손상되면 소리는 절대 듣지 못하는 것이다. 하물며 육신 전체를 땅에 혹은 물이나 불에 던지고 떠난 망자가 무엇을 통해 이 세상의 소리를 들을 수 있겠는가. 설령 청각이 멀쩡해도 잠만 들면 소리는 사라지는데 말이다. 이미 몸을 버리고 다른 세계를 바라보고 떠난 정신들에게 한낱 입으로 만들어낸 소리가 가르침을 줄 수 있다고 믿는 것은 소경에게 빨간 색으로 위험을 알릴 수 있다고 말하는 것보다 어리석은 일이다.

사형스님은 나에게 말했다.

"입으로 소리를 내는 것은 살아 있는 그 가족들의 위안을 위해서이다. 망자를 인도하는 것은 돈이 아니라 천도하는 이의 간절한 마음이다."

이제 더 큰일이다. 서울을 알지 못하는 사람을 서울로 인도하려면 가장 먼저 내가 서울을 알아야 하기 때문이다. 따라서 극락으로 망자를 인도하려는 스님은 자신이 극락을 알아야 하고 극락으로 향하는 길을 이미 보고 있어야 한다. 그리고 소리도 듣지 못하는 망자보다는 두 눈으로 색깔을 보고, 귀를 기울여 소리를 들으며, 가슴으로 그 뜻을 느끼고 나눌 수 있는 이른바 '살아 있는 사람'을 천도하는 것이 더 수월하지 않을까. 온갖 감각이 살아 있는 눈 푸른 수행자들에게는 40년, 50년, 혹은 다음 생, 그 다음 생까지 수행해야 한다는 당위성을 역설하면서 말 못하는 망자는 불과 몇 시간 안에 극락으로 인도하는 천도재의 개념을 난 아직 모르겠다. 사형스님도 그것은 잘 모른다고 했다. 하지만 사형스님은 천도재를 지낸다. 은사스님의 명령이다. 내가 다시 말했다.

"제 생각에는 불교를 가르치고 전파해야 할 스님들은, 중생들에게 행복한 일만 있게 비는 것이 아니라 그 어떤 일이 와도 흔들리지 않는 마음을 가질 수 있도록 설법하는 것이 더 옳다고 생각합니다."

조심스럽게 말했지만 내 말은 결코 틀리지 않았다고 생각한다. 끝없는 생멸법(生滅法)을 가르치는 불가(佛家)에서 불행을 버리고 행복만을 주겠다고 말할 수 있는가. 스승님께서는 흑암녀와 공덕천의 비유[2]를 자주 말씀하셨다. 불행(不幸)과 행복(幸福)은 동체(同體)라고.

나는 내 자신이 매 찰나에 간절하지 못한 것을 수치스럽게 여기고 살아왔다. 적어도 이 절의 모든 스님께 본받으려고 노력했지만

迦葉如有女人入於他舍是女端正顏貌美麗以好瓔珞莊嚴其身主人見已卽便問言汝字何等繫屬於誰女人答言我身卽是功德大天主人問言汝所至處爲何所作女天答言我至處能與種種金銀琉璃頗梨眞珠珊瑚虎珀車磲馬瑙象馬車乘奴婢僕使主人聞已心生歡喜踊躍無量我今福德故令汝來至我舍宅卽便燒香散花供養恭敬禮拜復於門外更見一女其形醜陋衣裳弊壞多諸垢膩皮膚皴裂其色痿白見已問言汝字何等繫屬於誰女人答言我字黑闇復問言故名爲黑闇女人答言我所行處能令其家所有財寶一切衰耗主人聞已卽持利刀作如是言汝若不去當斷汝命女人答言汝甚愚癡無有智慧主人問言何故名我癡無智慧女人答言汝家中者卽是我姊我常與姊

進止共俱汝亦驅我當驅彼彼主人還入問功德天外有一女云是汝妹實爲是不功德天言實是我妹我與此妹行住共俱未曾相離隨所住處我常好彼常作惡我作利益彼作衰損若愛我者亦應愛彼若見恭敬亦應敬彼

가섭이여, 어떤 여인이 다른 이의 집에 들어갔는데, 그 여자의 몸매가 단정하고 용모가 아름답고 좋은 영락으로 몸에 장엄하였으므로 주인이 보고 묻기를 '그대의 성명은 무엇이며 누구에게 소속되었는가?' 하였다. 여인이 대답하되, '나는 공덕천입니다.' 하였다. 주인은 또 묻기를 '그대는 가는 곳마다 무슨 일을 하는가?' 라고 하였다. 공덕천이 대답하되 '나는 가는 곳마다 가지각색 금·은·폐유리·파리·진주·산호·호박·자거·마노·코끼리·말·수레·노비·하인들을 줍니다.' 라고 하였다. 주인이 듣고 환희한 마음으로 즐거워 뛰놀면서, '내게 복덕이 있어서 그대가 나의 집에 온 것이다.' 하면서, 향을 사르고 꽃을 흩어서 공양하고 공경하며 예배하였다.

또 문밖에 다른 한 여인이 있는데, 형상이 누추하고 의복이 남루하고 더럽고 때가 많고 피부가 쭈그러지고 살빛이 부옇게 되었다. 주인이 보고 묻기를 '그대의 이름은 무엇이며 누구에게 소속되었는가?' 하였다. 여인이 대답하되 '나의 이름은 흑암녀입니다.' 하였다. ' 왜 흑암녀라고 이름하였는가?' 라고 물었다. 여인이 대답하되 '나는 간 데마다 그 집 재물을 소모하게 합니다.' 하였다. 주인이 그 말을 듣고는 칼을 들고 말하기를 '그대가 빨리 가지 아니하면 목숨을 끊으리라.' 하자 여인이 대답하되 '그대는 왜 그렇게 어리석고 지혜가 없습니까?' 하였다. 주인이 묻기를 '어째서 나를 어리석고 지혜가 없다고 하는가?' 하였다. 여인이 대답하되 '그대의 집에 들어간 이는 나의 언니요, 나는 언제나 언니와 거취를 같이하는 사람이니, 그대가 나를 쫓아내려거든 나의 언니도 쫓아내야 합니다.' 하였다. 주인이 안으로 들어가서 공덕천에게 물었다. '밖에 어떤 여인이 와서 말하기를 그대의 동생이라 하니 사실인가?' 공덕천이 대답하기를, '그는 분명히 나의 동생입니다. 나는 항상 동생과 행동을 같이 하였고, 한 번도 떠난 적이 없으며, 가는 곳마다 나는 좋은 일을 하고 동생은 나쁜 짓을 하였으며, 나는 이로운 일을 하고 동생은 손해나는 일을 하였습니다. 만일 나를 사랑하거든 그도 사랑하여야 하고, 나를 공경하려면 그도 공경하여야 합니다.' 하였다.

— 『대반열반경(大般涅槃經)』12 성행품(聖行品)

사형스님들의 말을 이해하기에는 아직 내 깜냥이 좁고도 낮은가 보다. 당시에는 잘 알고 있는 것처럼 느껴지지만 막상 시간이 지나고 나면 그 자신감이 진정 부끄러워지는 일이 세상에는 허다하지 않은가. 은사스님께 여쭤볼 수 있는 날을 기대할 뿐이다.

부처님께서는 사회적으로 아무리 착해도 지옥을 면치 못한다고 하셨다. 바로 지혜가 없기 때문이다. 자기의 가야 할 길을 알지 못한 채, 그저 제자리에 서서 바보같이 웃고만 있다면 그에게는 그 어떤 발전도, 이익도 있을 수 없다. 지옥, 아귀, 축생과 다른 인간의 가장 큰 장점이 바로 과거, 현재, 미래를 오가며 지혜를 사용할 줄 안다는 것이리라. 지혜 없인 아무 것도 아니다.

올바른 깨달음을 얻은 자는 죽는 것도 재미있는 일이라고 했다. 내가 어찌 지금 이곳을 미워하고 싫어하면서 배우고자 하는 마음을 낼 수 있겠는가. 맞다. 지금 이곳은 정말 신나는 세계다. 나에게는 더 큰 믿음과 자신감이 필요하다.

저노무 자식이 행자 잡는다

앉아서 하면 될 것을 굳이 서서 깨져라 목탁을 두드리며 고함을 지른다
부처님께 잘 들리지 않을까 걱정되는 걸까

은사스님께서 나에게 기도에 들어가지 말라고 하셨다. 행자는 청소하고 빨래하고 밥 짓는 것부터 익히는 거라고. 그나저나 사형스님한테 미안해졌다. 아침예불, 사시(巳時 오전 9시부터 11시)예불이 모두 공양하기 바로 전에 끝나는데 은사스님께서는 날 보고 점심공양 30분 전에 공양실로 내려와 공양주보살님을 도우라고 하신다. 하지만 사형스님은 워낙 엄격해서 기도를 정각에 끝내기 때문에 법당을 정리하고 공양실에 내려가면 이미 보살님이 공양준비를 끝마치는 것이다.

은사스님의 말씀을 듣자니 사형스님을 혼자 두기 미안하고, 사형스님을 돕자니 말없는 공양주보살님에게 미안하고. 참 곤란한 상황에 있다. 며칠 전 사형스님이 내가 옆에 있어 더 힘이 난다는 말

만 하지 않았어도 얼른 내려가 버릴 텐데 혼자서는 힘들다는 사람을 내버려 두고, 목이 쉬든 말든 내 할 일만 하겠다는 것은 정말 쉽지 않은 일이다. 그러나 또 한편으로는 일찍 내려가 공양실에 들어서는 날 보고 고마워하는 공양주보살님의 얼굴이 떠오른다.

그러던 중 오늘 은사스님께서 모든 대중이 모인 자리에서 공식적으로 발표하셨다. 행자는 내 옆에서 심부름과 도량청소, 공양실과 사무실 업무를 도우라고 말이다. 곁에 서 있는 사형스님의 표정이 굳는 걸 느꼈지만 어쨌든 속이 시원했다.

오늘 저녁에는 요사채 청소를 끝내고 처음으로 기도하는 소리를 '듣게' 되었다. 괜히 미안했다. 공양주보살님이 웃으면서 이런 말을 했다. 은사스님께서 가끔 요사채 창문으로 법당을 내다보시며 "저노무 자식이 행자 잡는다." 하고 혼잣말을 하신단다. 기도를 아무리 줄이라고 해도 끝까지 고집을 부린다고 걱정하신다. 사형스님은 하루에 네 번, 아침 5시, 오전 10시 반, 오후 2시, 저녁 6시에 2시간씩 염불을 한다. 그것도 앉아서 하면 될 것을 굳이 서서 깨져라 목탁을 두드리며 고함을 지른다. 부처님께 잘 들리지 않을까 걱정되는 걸까. 뭐 어찌 되었든 그동안 덩달아 나도 목이 쉬고 정신이 없었지만, 이제 내가 해야 할 일들이 확실히 정해져서 마음이 놓인다. 앞으로 이 사람, 저 사람에게 불려 다니며 욕먹는 일은 없겠구나.

보이는 놈과 보는 놈을 뒤섞지 말라

높은 성벽 위에서
성문으로 출입하는 행인을 바라보는 문지기처럼

도둑질하고 있는 사람을 보는 자는 도둑이 아니듯이, 놀라고 있는 나를 다시 바라보는 놈은 '놀람'이 아니다. 슬픔이나 기쁨 역시 다르지 않다. '나'란 존재는 언제까지나 보는 능력을 잃지 않고 있었지만 놀람이 내가 되고, 슬픔이 내가 되고, 기쁨이 다시 내가 되어버리는 안타까운 착각에 빠질 때 나는 오욕락(五慾樂)에 매이는 비참한 인간에 지나지 않게 된다.

아무도 꾀지 않았지만 지옥에 가는 이는 많고, 아무도 막지 않았지만 천당에 가는 이는 적다는 원효스님의 말씀이 있었던가. 색(色)은 무심하게 피었다 지는 꽃과 같건만, 그것을 느끼는 나는 왜 그리도 의미가 많은지. 높은 성벽 위에서 성문으로 출입하는 행인을 바라보는 문지기처럼 솔직한 내 모습 그대로를 지킨다면 세상의 모든

66 내멋선

대상을 떠난 관찰자가 스스로임을 확인할 수 있을 것이다. 보이는 놈과 보는 놈을 억지로 뒤섞지 말라.

세상에서 가장 슬픈 사람

과거의 기억이 불행이든 행복이든 그것은 사라진 것이고
지금 이 순간 역시 사라져 다시는 돌아오지 않는다

이곳에 온 지 벌써 한 달이 다 되어간다. 오늘이 지나가
도 또 다시 오늘이겠지만, 기억이라는 내 동쪽 보살님은
언제나 그 순서를 뒤섞지 않고 담연(湛然)하게 자리를 지키시기에
나는 날짜를 계산한다. 아까는 주차장에 내려가 눈을 치우고는 잠
깐 시간이 남아 방으로 돌아왔다. 문득 스승님 목소리가 듣고 싶어
녹음테이프를 찾았다. 출가를 하면 모든 짐을 버리거나 두고 들어
와야 하지만, 법문 테이프는 은사스님께서 눈감아 주셨다.

꽁꽁 묶어 장롱 위에 올려둔 내 짐 맨 아래에 스님의 법문 테이
프가 있다. 「동국대 초청법회」라고 라벨이 붙은 테이프 안에 담긴
소리는 대학시절 친구 Y를 수행자의 길에 들어서게 만든 스승님의
강의였다. H 교수님이었던가, 그분이 자기 수업시간에 스승님을

초청하여 강의실에서 법회가 열린 적이 있었다. 나도 그 자리에 있었기에 그 법문을 다시 들으니, 따뜻한 봄날 창문을 열어 놓고 숙연히 앉아 있던 70여 명의 학생들과 스승님의 목소리, 그리고 그 웃음들과 분위기가 떠올라 감회가 새로웠다. 하지만 언제나 그랬듯이 녹음테이프의 한 면이 모두 재생되고 이제 그만 정신 차리라는 듯 "철컥!" 기계음이 들리고 나면, 녹음기에서 들리던 스승님의 목소리도, 그 시간도, 그 소리를 듣던 나까지도 모두 사라져버렸다는 생각만 아련히 가슴에 남는다. 그리고는 아무도 없는 방에 앉아 멍하니 벽을 바라보게 되는 것이다.

괴테는 이렇게 말했다. '세상에서 가장 슬픈 사람은 불행할 때 행복했던 과거를 회상하는 사람이다.' 물론 내가 지금 불행하지는 않으니 이 말이 나에게 해당한다고는 말할 수 없지만 내가 괴테에게 하고 싶은 말은, 바로 그 말을 하는 순간도 지나가버려 잡을 수 없다는 것이다. 과거의 기억이 불행이든 행복이든 그것은 사라진 것이고, 지금 이 순간 역시 사라져 다시는 돌아오지 않는다는 것이 더 중요하다. 순간은 이렇게 생멸하지만 그것을 알고 있는 이 정신[是]은 마치 강변에 서서 흘러가는 강물을 보고 있듯이 움직이지 않는 존재다.

법성(法性)이란 구래부동명위불(舊來不動名爲佛)[3]인 것이다. 예

주3) 신라 의상대사가 화엄경의 요지를 간추려 지은 법성게(法性偈)의 마지막 구

로부터 지금까지 움직이지 않았던 바로 이놈[是]을 이름하여 부처라 한다. 멋진 말이다. 언젠가 내가 법상(法床)에 올랐을 때, 바로 이런 가르침을 줄 수 있어야 할 텐데…. 테이프의 스승님 목소리처럼 나도 간절해야 하는데…. 핏속에 녹아 있는 법문. 뼈끝에 새겨진 지혜. 끝없는 길이라 생각하고 정진해야겠다.

배땅선

다섯 줄만 써라

사건보다 의미의 흔적들
그것은 내가 조금 더 삶에 대해 진지해지고
죽음에 대해 엄숙해졌다는 슬픈 소식이다

옛날에 초등학생이었던 내가 어머니와 매일 밤마다 티격태격 싸웠던 그 주제가 바로 일기였다. 그때는 일기가 왜 그렇게 쓰기 싫었던지, 결국 어머니와 타협한 것이 다섯 줄이었다. "다섯 줄만 써라." 어떻게 하면 다섯 줄을 넘길 수 있을까. 글씨를 크게 쓸까? 띄어쓰기를 넓게 할까? 다섯 줄을 넘기기 위해 그때는 참 많은 고민과 연구가 필요했다. 그 결과 그 어리석은 놈은 아침에 일어난 시간과 그날의 날씨, 그리고 세 끼 밥 먹은 얘기, 숙제에 대한 얘기만 적으면 다섯 줄이 여유 있게 넘어간다는 것을 알게 되었고 무척이나 의기양양했다.

그로부터 20년이 지난 지금, 일어난 시간도 적지 않고, 날씨와 밥 먹은 얘기도 하지 않고, 숙제도 없어졌는데 왜 이렇게 할 말이 많아졌는지. 내 가장 큰 적(敵)은 더 이상 일기가 아니기 때문이다. 그만큼 세상에 의미가 많아지고, 의미가 많아지니 자연히 생각도 많아지고, 생각이 많아지니 할 말도 많아진 것이다. 그 시절 내 일기장을 채웠던 똑같은 ㄱ, ㄴ, ㄷ…. 이 검은 기호들의 조합이 이제는 이런 일, 저런 일이 아니라, 이런 생각, 저런 생각이 되어버리고 말았다. '사건'보다 '의미'의 흔적들. 그것은 내가 조금 더 삶에 대해 진지해지고, 죽음에 대해 엄숙해졌다는 슬픈 소식이다.

비탈선

반기사의 게송

악마여 오려거든 와라
나도 역시 네가 나의 길을 찾지 못하도록 방해할 것이니라

대학시절 지도교수님께서 주신 『아함경』을 뒤적이다 우연히 멋진 글귀를 발견했다. 안타깝게도 한글로 이미 번역되어 원문은 찾을 수 없었지만 지금 내 마음과 똑같아 무척 기쁘고 힘이 났다.

부처님 제자 반기사(槃耆沙)라는 스님의 게송 중 마지막 부분이다.

나는 지금 법(法)에 의해 서 있고

나는 하나씩 그 일종(日種)인 불타(佛陀)가

설하셨던 열반(涅槃)의 길을 듣고 따라

내 마음은 그곳에서 즐거워하고

나는 지금 이 경지에 있으니

악마여, 오려거든 와라.

나도 역시 네가 나의 길을 찾지 못하도록 방해할 것이니라.

- 『잡아함경』권45, 18 出離

비딱선

그 꿈은 누가 만들었느냐?

자유란 스스로에서 비롯되었다는 뜻이다
온 세계가 너희들 스스로에서 비롯된 너희들의 또 다른 모습이라는 말이다

보살님 세 분과 시장에 갔다. 행자도 갔다 오라고 말씀하시는 은사스님을 바라보는 다른 이들의 눈에서 그동안 한 번도 그런 일을 행자에게 시킨 적이 없었다는 것을 알 수 있었다. 시내로 가는 동안 차 안에서는 보살님 세 분의 수다가 끝이 없었다. 그중에는 절반 이상이 말 한 마디 없는 나를 위한 위로였다. 내가 도중에 떠나버릴까 무척이나 걱정되는가 보다. 내가 힘들어서 포기할까 안쓰러운가 보다. 세속의 나이로는 모두가 어머니뻘 되는 분들이니 그런 마음이 들지 않을 리 없다. 하지만 내가 이 세상의 어떠한 모습을 보고 있고, 또 보고 싶어 하는지 알고 있다면 절대로 나를 걱정하지 않을 것이다. 난 그분들이 더 걱정이다. 하지만 그 마음만은 정말 고마웠다.

흙투성이 행자복을 입고 마트에 들어서니 온 시선을 한 몸에 받았다. 까까머리의 지저분한 놈이 몸에 맞지도 않은 갈색의 행자복에 고무신을 신고 향수냄새 나는 세 명의 여자와 서 있으니 사회에선 그리 쉽게 볼 수 없는 풍경이었을 것이다. 하지만 그 시선들이 하나도 부담스럽지 않았다. 왜냐하면 시간은 멈추어 있지 않기 때문이다.

찰나에 모든 것은 지나간다. 또 사라진다. 내가 만약 그 순간 다른 사람들의 눈을 의식했다면 그 마음은 창피함과 부담이라는 이름을 안고 즉시 기억 속으로 사라지고, 의식을 하지 않았다면 편안함과 당당함이라는 이름을 안고 역시 기억 속으로 사라지는 것이다. 그리고 기억 속으로 사라진 기억의 조각들은 나 홀로 그 존재를 인정하고 있을 뿐, 다른 누구에게 보여주거나 증명시킬 수도 없으니 1mg의 무게라도 있어 다시 현실로 되가져올 수도 없는 그저 '이름'에 지나지 않는다. 이 세상이 날 어떻게 바라보든 상관없다. 내가 눈 감으면 이 세상의 모든 색깔이 지워지고, 듣지 않을 때는 모든 소리가 사라져버린다. 다만 내 마음속에 그들에 대한 사연이 남아 있어 색깔에 막히고 소리에 묶이고 있다는 것을 잘 알고 있다.

사실 남이 있다는 것도 내 생각이고, 그들이 나를 바라보고 있다는 것도 내 생각이다. 여기서 한 술 더 떠서 나를 '어떻게' 바라볼까 하는 것도 내 생각이다. 지금 이 글을 쓰고 있는 내 세계 역시 그 모든 것이 기억 속으로 사라져 버리고 있고, 그 기억이야말로 진정한 주관의 세계이니, 이제 와서 나를 바라보던 그들이 한낮에 그 자리에 함께 있었다는 것을 무슨 수로 증명하겠는가. 그들 자신이 "나는 그 시간에 그 자리에 분명히 있었소. 나와 함께 있던 친구도 있었소."라고 증언해봤자 그것 역시 그와 그 친구의 가져올 수 없는 기억일 뿐, 그 시간과 장소와 사연과 의미는 찰나에 영원히-영영 사라지고 말았던 것이다.

부처님께서는 그것을 무상(無常)이라 하셨다. 뼈를 깎는 고통도, 다시 올 수 없는 쾌락도 '사라짐' 만이 그 의미의 전부이다. 온 우주에서 바라본 나의 고통과 쾌락의 생멸(生滅)이란, 소리 없이 깜박이는 밤하늘의 별들과 하나 다르지 않다.

단 1초도 머물지 못하고 과거라는 암흑 속으로 사라져 버리는 이 인생의 의미 없는 역설을 위해, 나는 눈길에 넘어졌을 때 '일어나야겠다.' 가 아닌 '창피하다.' 라는 정신의 노고를 짓고 있었던가. 지나치는 행인들의 힐끗거리는 순간의 눈초리가 그토록 가슴에 남아 '초라하지도, 그렇다고 너무 튀지도 않는, 하지만 싸구려로 보이기는 싫은' 내 옷가지에 대한 정신의 가식을 붙잡고 있었던가.

아무것도 남지 않는다. 내가 애써 버리려 하지 않아도 일체 모든 것은 순간에 사라진다.

"왜 이렇게 슬프지?"

지금은 그 말까지도 사라졌다. 나의 슬픔은 말할 것도 없고, 그 슬픔의 원인을 묻는 나의 질문까지도 허공이라는 신(神)은 온전히 앗아가고 있다. 무엇이 두려운가. 무엇이 창피한가. 어떤 과거가 지금의 나를 속박할 수 있는가. 오로지 내 안에서 생기고 또 사라지는 일일 뿐. 난 무상(無常)의 왕국(王國)을 다스리는 절대군주다.

하지만 이 세계에서도 지켜야 할 약속이 있다. 발가벗고 춤을 춰도 '잘못된(wrong)' 것은 어디에도 없지만, 나는 그럴 수 없다. 자유(自由)는 방종(放縱)도 광란(狂亂)도 아니다. 무조건 미친 짓을 하는 것이 자유가 아니다. 뭐든지 할 수 있는 마음에서 뭐든지 그만 둘 수 있는 마음까지 그 모두가 나의 능력임을, 그리고 찰나에 사라지고 있음(空)을 알고 있다면 "해야 한다.", 또는 "하지 말아야 한다."라는 어리석고 가슴 아픈 소리는 있을 수 없다.

스승님께서는 자유(自由)라는 단어를 이렇게 설명하셨다.

"너희들은 자유라는 말이 한자인 줄 알면서도 왜 글자대로 해석하지 않느냐. 스스로 자(自), 비롯될 유(由). 스스로에서 비롯되었다는 뜻이다. 온 세계가 너희들 스스로에서 비롯된 너희들의 또 다른 모습이라는 말이다. 꿈속에는 항상 '꿈속의 세상'과 그것을 바라보고 있는 '꿈속의 나'가 생겨나질 않더냐. 그 세상과 나는 어디에 들어 있느냐?"

"꿈속에 들어 있습니다."

"그 꿈은 누가 만들었느냐."

"제가 만들었습니다."

"꿈속의 세상도 꿈속의 나도 모두 스스로가 만든 꿈의 능력이다.

이것이 자유(自由)라는 말의 의미다. 그리고 이것을 알고 있는 자만이 비로소 '자유로울' 수 있는 것이다."

하나의 인간으로, 하나의 육신으로 자기의 정신을 한계 짓는 것은 60억 분의 1로 살아가는 소인배의 졸렬함이다. 벌레와 짐승, 나아가 미생물까지 그 수를 헤아린다면 하나의 인간이라는 개체는 0(Zero)에 무한히 수렴되는 우주 속 먼지에 지나지 않는다. 그 속에서 순간의 사연을 붙들고-그것도 찰나에 지나가 이미 사라져버린-서로가 서로에게 "옳다, 그르다, 맞다, 틀리다."를 설득시키고 자기의 자존심과 의지를 표현한다는 것은 참으로 가소로운 일이 아닌가.

나의 영역을 넓히는 것이 아니라, 나의 안목을 키우는 것이 아니라, 나 자체를 거대한 텅 빈 모습 그대로 되찾는 것이다. 그것이 부처님께서 말씀하신 '천상천하유아독존(天上天下唯我獨尊)'의 아주 작은 한 부분의 의미 아닐까.

지금 이 순간

부처님의 말씀이 상식이 된 지혜로운 공동체. 갑자기 가슴이 벅차오른다

지금 도대체 무슨 일이 있는가. 적멸(寂滅)이다. 모두가 사라져 '영원히 고요한 지금 이 순간' 만 남았다. 금적(今寂)이다. 갑자기 생각이라는 놈이 삼천대천세계 곳곳을 날아다니다 도각사로 향했다. 다들 잘 계시는지 모르겠다. 하긴 나에게 잘 계시는 것과 잘 계시지 못하는 것의 차이가 뭐냐고 묻는다면 할 말이 없다. 무슨 일이 있어도 사라지고 있으니까. 그리고 무슨 일이 있어도 꿈과 같은 내 정신 속 이야기니까. 하지만 굳이 의미를 두자면 허공으로 웃음을 빚어내느냐, 눈물을 빚어내느냐 하는 것이 그 '잘' 이라는 말의 기준이 된다고 할 수 있겠다. 지금 이 시간에도 모두 모여 앉아 스승님의 법문을 듣고 계시겠지…. 그 모습이 생생하다.

이 절로 출가하기 며칠 전에 스님들 모두가 앉아서 함께 웃고 있

는 모습을 본 적이 있었다. 그때 보았던 장면이 잊히지 않는다. 스승님과 도반, 그리고 유쾌하고 호탕한 깨달음. 그것이 곧 수행자의 힘이라는 생각이 들었기 때문이다. 내가 먼 훗날에 제자를 만들고 더 큰 승가(僧家)를 이루게 된다고 해도 그 모습은 절대 변하지 않을 것이다. 모두가 의미 없다는 사실을 공감하는 수행자의 집안. 부처님의 말씀이 상식이 된 지혜로운 공동체. 갑자기 가슴이 벅차오른다.

윷놀이

귀에 들리는 것은 소리다
그 소리의 이름이 욕이든 칭찬이든 소리는 허망하다
즉시 사라진다
허공은 소리를 잡아두지 않는다

정초 기도가 끝났다. 7일 동안 사형스님이 정말 고생하셨다. 목은 다 쉬어버리고 얼굴도 많이 야윈 것 같다. 나도 옆에서 덩달아 목이 쉬고 피곤했지만 종일 『천수경』을 읽어댔더니 이제야 모두 외워졌다. 사실 『천수경』 때문에 눈치를 많이 받았다. 나에게 뭐라고 꾸중하는 사람은 없었지만 옆에서 은근히 느껴지는 구박과 압박에 혼자 안절부절못하였는데, 이렇게 외우고 나니 마음이 한결 가벼워졌다. 하지만 아직도 외울 것이 많다. 지금은 외운 경들조차 그 의미를 모두 알지 못하지만 언젠가는 배우게 될 공부를 예습하는 거라고, 또 실질적이고 근원적인 의문의 해결을 위한 초석이 되리라 생각하고 있다.

내맘선

오늘은 기도 회향일이라 신도들이 20명 정도 왔다. 어제 밤에는 회향기도가 끝나면 윷놀이를 하겠다며 윷판을 만들라는 은사스님의 말씀이 있었다. 아직 방에 걸려 있던 작년 달력을 떼어 뒤에다 큰 자를 대고 선을 그었다. 윷을 던져본 지가 언제인지 가물가물해서 자꾸 엉망으로 그려졌다.

오늘 그 윷판을 꺼내서 많은 신도들이 윷놀이를 하는데, 세상에서 이렇게 시끄러운 소리도 흔치 않을 것이다. 어느 한 가지 말도 알아들을 수가 없었다. 서로 붙잡으며 웃고 떠들고, 때로는 넘어지고 뒹굴면서 노는 모습을 보니 역시 나이는 숫자에 불과하다는 생각이 들었다. 마음은 누구나 평등하기 때문일까. 사형스님들은 은사스님의 명령으로 억지로 끌려 들어왔다가 뒷전에서 빙빙 돌면서 도망갈 기회만 노리고 있고, 나는 그 뒤에서 스님들께 드릴 과일을 깎으면서 그 모양을 지켜보고 있었다.

귀에 들리는 것은 소리다. 그 소리의 이름이 욕이든 칭찬이든 소리는 허망하다. 즉시 사라진다. 허공은 소리를 잡아두지 않는다. 그 생각을 하고 나니 힘들지 않았다. 그들과 함께 웃어주었다. 윷놀이가 아니라 무엇인들 못하겠는가.

사형스님들은 결국 하나씩 사라졌다. 은사스님께서도 윷판을 구경하시다가 "정말 중생구제하기가 힘들구나." 하시며 방으로 들어가셨다. 이렇게라도 해서 중생들의 마음을 기쁘게 만들고, 그 후에 진실한 법으로 끌어들여야 한다는 것이다. 참 좋은 말씀이다. 하지만 오늘도 그 진실한 법이 어떠한 것인가에 대한 이야기는 하시지 않았다.

고양이는 기억에 의지한다

나의 기억이란 과연 올바른 것인가
혹시 그 기억 속에 자신을 고통스럽게 만드는 불필요한 의미가 섞여 있지는 않은가

오후가 되어 신도들이 모두 돌아간 후 요사채 청소를 했다. 걸레질을 하다가 마루에 있는 큰 창문으로 정원을 문득 보았는데 노란색 줄무늬가 있는 고양이 한 마리가 잔디밭에 서서 물끄러미 나를 바라보고 있었다. 아니, 어쩌면 바깥보다 실내가 어두웠기 때문에 거울처럼 비춰져 내가 보이지 않았을지도 모른다.

고양이는 촉감에 무척 민감하다. 고양이 수염은 일반적인 짐승의 털처럼 피부에 박혀있지 않다고 한다. 기름과 같은 액체 주머니 속에 수염의 뿌리가 담겨 있어, 마치 물에 떠 있는 것과 같다고 하는 것을 어렸을 때 백과사전에서 본 기억이 난다. 마치 인간의 귀속 반고리관에 채워져 있는 림프액으로 몸이 회전하고 기울어지는

현상을 지각하듯이, 그들도 그 수염의 흔들림으로 상하, 좌우의 감각을 민감하게 느낄 수 있다는 것이다. 또, 그놈들은 몸에 나 있는 털 역시 감각기관으로 사용하는데 예를 들어 왼쪽 옆구리 털에 무언가 느낌이 있으면 자신의 왼쪽에 물체가 있는 것으로 인지하게 된다. 그래서 포장용 접착테이프를 고양이의 옆구리에 길게 붙여 놓으면 긴 물체가 옆구리에 닿아 있는 것으로 알게 되어 이상한 동작을 보이며 테이프가 붙어 있지 않은 방향으로 슬슬 피하는 모습을 볼 수 있다. 역시 등에다 테이프를 붙여 놓으면 무언가에 눌린 것으로 착각하여, 낮은 포복을 하듯이 바짝 엎드려 기어가는 행동을 하는 것이다.

이 모든 것이 고양이의 기억에 의지한다는 것은 백과사전이 나에게 굳이 설명하지 않아도 알 수 있었다. 옆구리, 혹은 등, 아니면 수염의 흔들림으로 느껴졌던 당시의 상황들이 모두 기억되어 다시 그 감각이 찾아왔을 때 그 기억을 그대로 수행하는 것이다.

인간도 마찬가지다. 종전에 기억되었던 사건과 사연들을 바탕으로 지금을 분별하고 판단해나간다. 마치 고양이가 자기의 기억대로 행동하듯이, 파블로프의 개가 종소리를 들으면 침을 흘리듯이, 인간의 기억과 현재 행동의 관계도 그와 같아 일정한 조건이 갖추어지면 그 조건에 해당하는 결과를 산출하는 것이다. 그것에는 아무런 잘못이 없다. 단지 기억이라는 법칙에서 비롯된 원인과 결과라는 거짓 없는 프로그램일 뿐이다.

하지만 자기 기억을 진리인 양 믿는 것에는 거짓과 진실이 존재하게 된다. 게다가 그 기억을 바탕으로 자기를 만들어 주장하기도 하고, 모든 것을 기억으로 저울질하여 시비(是非)를 가리게 되면 비로소 모든 문제가 여기에서 시작되는 것이다. 기억이라는 정신의 능력에는 아무런 허물도 없지만, 그 기억 속 '시비를 가리는 의미'에는 반드시 시비가 존재한다. 옳고 그름이란 감각을 벗어난 의미의 세계이기 때문이고, 의미의 세계는 근거를 찾을 수 없는 환영(幻影)이요, 근본을 알 수 없는 변태(變態)이기 때문이다.

그 기억을 의심하고 뒤돌아본다는 것은 진정 어려운 길이며 용맹한 길이다. 기억의 법칙이란 기억이 곧 내가 되어버리는 특징을 가지므로 그 '나'를 딛고 마치 빛과 같이 대상만을 분별하게 되어 본래의 자리에서 점점 더 멀어지게 되기 때문이다. 마치 많은 사람들 앞에서 노래를 하다가 한 번 웃음거리가 되었다면 그 기억이 내가 되어 '나는 많은 사람들 앞에서 창피를 당했다.'라는 생각으로, 나아가 '나는 노래를 잘 못하는 사람이야.'라는 결과를 가져오게 되고, 다음번에는 많은 사람들 앞에서 노래를 한다는 일이 끔찍해지는 것과 같다. 이때 마음이 다시 창피를 당하기 전의 상태로 되돌아오기란 불가능하다. 창피를 당한 기억을 극복할 수는 있겠지만 창피했던 기억 자체가 사라질 수는 없는 것이다. 기억은 반드시 '내'가 되기 때문이다.

나의 기억이란 과연 올바른 것인가. 혹시 그 기억 속에 자신을 고통스럽게 만드는 불필요한 의미가 섞여 있지는 않은가. 이것은 누구나 반드시 재고해야 할 문제다.

거울과 같은 스승이 없다면 자신의 기억을 되돌아보기 어렵겠지만, 더 안타까운 사실은 그 스승을 스승으로 알아볼 수 있는 눈이 없다는 것이다. 눈은 곧 자신의 근(根-감각)의 수준을 말하는데, 근 역시 기억의 결과물이니 기억의 수준대로 하열(下劣)한 안계(眼界-눈의 세계)를 가지게 됨이 당연하다. 기억이라는 위대한 기계를 가졌지만 오히려 그 능력으로 인해 점점 하열한 세계로 추락하게 되니 진정 안타깝고 안타까운 법칙이다.

2부

· 수
행
자 ·

걷는 수행자

평안함과 느긋함보다는 곧 떠나야 할 나그네의 긴장만 가득했다
오직 행뿐이다
깊은 대화를 나누기에 스님의 손은 너무 거칠고 가슴은 단단했다

오후에는 일명 '걸어 다니는 스님'이 왔다. 언뜻 들으면 '그럼 날아다니는 스님도 있나?' 하겠지만, 절대로 차를 타지 않고 전국을 걸어 다니는 스님이라 그런 별명이 붙었단다. 부산을 가도 걸어가고 돈이 있어도 걸어가며 비가 오고 눈이 와도 오직 걸으며 절을 찾아 숙식을 하는 것이다. 우리나라에 그런 '수행'을 하는 사람들이 꽤 있다고 한다. 그것도 수행의 일종이라고 말한다니, 그래서 예로부터 대도무문(大道無門)이라 했나 보다.

불경 어딘가에 수레를 타지 말고 걸어 다녀야 깨닫는다는 말씀이 있었던가. 그 스님과 잠깐 이야기를 나누었다. 나에게 고향이 어디냐, 성(姓)이 무어냐, 무슨 파(派)냐, 세속적인 잡다한 물음만 해대더니 문득 말을 끊는다. 나도 그분에게 묻고 싶었다. 지금까지 걸

으면서 생과 사를 뛰어넘을 수 있는 어떠한 깨달음을 얻으셨습니까?

얼굴이 좀 피곤해 보인다. 아니, 외로워 보인다는 표현이 어울릴 것이다. 나이는 50대쯤, 키는 175cm 정도. 그의 눈빛에는 더 이상 할 일이 사라진 평안함과 느긋함이라기보다는 곧 떠나야 할 나그네의 긴장만 가득했다. 오직 행(行)뿐이다. 그는 그것으로 인생의 만족을 느낀다. 깊은 대화를 나누기에 스님의 손은 너무 거칠고 가슴은 단단했다. 지혜나 깨달음에 대한 이야기를 나눌 수 있는 진지함과 세밀함을 이 절에 와서 만난 어떤 스님들에게서도 찾을 수 없는 것이 나는 너무도 안타깝다.

'걸어 다니는 스님'은 내일 새벽에 다시 떠난다고 한다. 아무쪼록 걷고자 하는 그놈이 과연 무엇이었나, 이 수행이 나의 생사 해결에 어떤 도움을 주는가, 지금까지 내가 걸어온 모든 인생에 한 가지라도 남아 있는 것이 있던가, 등등의 실질적인 어떠한 깨달음이라도 하루 빨리 얻으시길 간절하게 바란다.

제사상에서의 사유

살아 있는 채로 몇십 년 힘들게 공부하지 말고
유명한 스님께 천도재를 부탁한 다음 일찍 죽는 거야
극락왕생하는 데 2시간이면 충분하더라고

낮에 제사를 지냈다. 일 년마다 한 번씩 돌아오는 기제 사라고 한다. 항상 이 절에서 부모님의 제사를 지내왔던 그 가족은 제사를 핑계 삼은 나들이 기분-내가 보기에는-인 듯 보였다. 검은 옷을 입고 내린 승용차 뒷좌석에는 갈아입을 형형색색의 스키복들이 가득했다.

한 번 제사를 지내려면 막내 사형스님과 공양주보살님, 그리고 나는 하루 전부터 무척이나 바빠진다. 다른 사형스님들은 하루에 한 번 마주치기도 쉽지 않다. 나 역시 귀찮기도 하고 제사에는 원래 관심도 없었지만, 나에게 닥친 일은 다 재미있게 받아들이기로 마음먹었던지라 싫은 마음은 들지 않았다.

어제는 제사상에 올릴 과일과 과자를 쌓았다. 과일은 꼭지가 밑으로 가게 쌓아야 하고, 과자는 색깔이 어두운 것을 뒤로, 밝은 것을 앞으로 놓아야 한다. 대추와 밤도 깨끗이 씻어서 쌓아 놓았다. 촛대의 초를 새 것으로 바꾸고 향로와 다기를 마른 수건으로 닦았다.

부처님께서 출가한 제자들에게 만약 이런 일을 시킨다면 그분들은 어떻게 하셨을까. "난 생사(生死)의 문제를 해결하고 인생의 고통으로부터 해방되고자 찾아온 것이지 제사상을 차리려고 온 것은 아니다."라고 딱 잘라 말씀하셨을까. 아니면 "이것도 공부의 하나라고 생각한다."라고 말씀하셨을까. 대학시절 도반들과 했던 농담이 떠오른다. "살아 있는 채로 몇십 년 힘들게 공부하지 말고, 유명한 스님께 천도재를 부탁한 다음 일찍 죽는 거야. 극락왕생하는 데 2시간이면 충분하더라고."

오늘은 사형스님으로부터 어느 부분에서 종을 치고 목탁을 치는지, 차는 어떻게 따르는지, 숭늉에 밥은 어떻게 마는 것이며, 수저는 어떻게 들고 놓는지, 나물, 전, 국, 사탕, 과일은 어떻게 배열이 되는지 등등 잡다한 지시를 받았다. 조금씩 가슴이 답답해져 왔다. 막내 사형스님을 봐도, 그 스님의 사형스님을 봐도 똑같이 제사만을 반복해왔다. 제사에 부정적인 의미를 부여한다기보다, 내 인생은 하루하루가 연습이 없는데 언제나 공부를 배울 수 있을까 하는 조바심이 생기는 것이다. 사형스님들도 따로 공부를 배우거나 가르치는 시간이 없다. 옛 선사(禪師)들의 일화를 보면 스승님들이 매일

같이 설거지며 빨래, 나무만 해오라고 시키는 것에 대해 불만을 갖지만 결국은 그것이 수행이요, 공부라는 것을 깨달았다고 하는 이야기가 많이 나온다. 하지만 그 수행과 공부를 통해 무엇을 깨달았는지는 아무도 모른다. 또 빨래와 제사는 그 성격이 완전히 다르다. 하나는 의미가 담겨 있지 않지만, 다른 하나는 상호간의 살고 죽는 중생의 의미가 완연한 것이다. 인간의 모든 의미에서 초탈하는 결과를 얻기 위하여, 다시 인간의 가장 진한 의미를 반복하여 짓는다는 것이 나로서는 이해가 가지 않는다. 빨래에는 돈이 오가지 않기 때문이다.

제사를 지내는 몇 시간 동안 내 마음은 답답했다. 열심히 경전을 읽고 있지만 그것이 무슨 뜻인지는 하나도 모른다. 제사를 부탁한 제주(祭主)들은 물론이요, 사형스님도 마치 영어를 소리 나는 그대로 한국어로 옮긴 듯한 의미 없는 '소리' 만 내뱉고 있다. 하지만 제사가 거의 끝나갈 무렵, 대중들이 다 같이 읽는 한글로 된 문구가 내 마음을 조금 밝혀주었다. '영가전에' 라는 제목의 글인데 마음 같아서는 모두 베껴놓고 싶지만 피곤해서 그만둔다. 처음 불교를 공부하는 신도들이나, 아직 불교를 모르는 사람들에게 많은 생각을 하게 해주는 글이었다. 그중 가장 가슴에 와 닿았던 구절이 있다.

'물이 얼어 얼음 되고 얼음 녹아 물이 되듯, 이 세상의 삶과 죽음 물과 얼음 같으오니….'

스승님께서 법회 때 비유를 들어주셨던 그 대목이 생각난다. 수

소라는 허공과 산소라는 허공이 만나면 물이라는 허공이 된다. 또 물이라는 허공이 차가운 허공을 만나면 얼음이라는 허공이 된다. 모두 다 허공이지만 얼음은 진실로 실재하는 것 같고 허공은 실재하지 않는 것 같다. 얼음은 보이고, 허공은 보이지 않는 것이다. 어느 소설 속의 악당처럼 얼음망치로 사람을 살해했다면 피해자의 사인은 타살이요, 범행도구는 수소와 산소와 차가움이라는 세 가지 허공이다. 그는 허공에 맞아 죽은 것이다.

근원을 따지면 허공으로 돌아가지 않는 것이 없다. 그렇다면 근원인 허공에서 이렇게 일체의 세상이 비롯되었다는 말인데, 허공이 모여 보이고 만져지는, 실감나는 세상이 만들어진다는 것은 상식적으로 이해가 되지 않는다. 아무리 허공을 많이 뭉쳐도 결국은 허공 아닌가. 하지만 허공이 단단하고 차가우며 아름답거나 때로는 추하게 '존재'하게 되는 것은 어떤 법칙인가. 물리학에서 말하듯이 물질의 근원이 단순한 파장이라면 아무리 강한 파장이라도 파장일 뿐이어야 하는데, '물질'로 느껴지는 것은 참 이상한 일인 것이다. 0+0=1인가? 게다가 온갖 물질이 보이지 않는 전기적 파장이라고 증명하는 그들에 의해서 파장뿐인 세상 속에 전쟁이 생겨나게 된 것을 보면 아이러니하지 않을 수 없다. 파장이 파장을 갖기 위해 파장을 이용한다? 그것이 가지는 의미는 과연 무엇일까.

그처럼 삶은 생겨나는 것 같고, 죽음은 사라지는 것 같이 느끼는 우리들을 부처님께서는 중생이라고 하셨다. 비록 생겨나고 사라지는 것처럼 느껴져도 과학에서 말하듯 본래는 허공 아니었던가. 그러나 부처님의 견해에 귀의하기는커녕, 살기 위해 발버둥치는 사회 속의 삶조차도 알지 못한 채 매일 같은 시간에 목탁 치고, 같은 시간에 밥을 먹고, 또 같은 시간에 잠을 자니, 그날이 그날 같고, 시간이 정지해 있는 것 같으며, 더 이상 추구할 것도 인생의 소중함도 모르고 사는 내 주위의 이름뿐인 몇몇 수행자들은 언제 다시 공부의 긴박함을 느낄 것인가. 언제 다시 죽음의 절박함을 느낄 것인가. 그렇게 여유로웠던 자들도 마지막 순간을 직면할 때면 부처님을 찾을 것이다. 뜨거운 물에만 데어도 온몸을 움츠리며 기겁을 하는데, 이 몸과 세상이 사라진다는 생각이 들게 되면 그 공포는 말로 표현할 수 없을 것이다.

물이 얼음 되고 얼음이 다시 물로 돌아가듯이 삶과 죽음을 초연하게 손바닥 위에 올려놓고 유희할 수 있는 진정한 스승님과 수행자들이 오늘날 이 세계에 과연 몇이나 될 것인가.

선승과 학승

제 자신의 배움이 부족하다면 학승의 길을 걸어야 할 때이고
알음알이만 넘치고 진실함이 부족하다면 선승의 길을 따라야 할 것이며
그릇이 차고 넘치게 되면 자연히 포교사의 자리에 있게 될 것입니다

오후에 사형스님과 여기서 2시간 쯤 떨어진 ○○사라
는 절에 갔다. 눈도 채 녹지 않은 급경사를 타고 올라가
그곳 주지스님께 새해인사를 드렸다. 은사스님의 절친한 사제라고
하였다. 그분도 아마 동국대를 나오신 것 같았다.

사형스님과 내가 스님께 삼배를 올린 뒤 무릎을 꿇고 앉으니, 차
를 한 잔 건네주시며 나에게 어느 방향으로 공부를 할 것인가 물었
다. 선승(禪僧)이냐, 학승(學僧)이냐, 포교사(布敎師)냐.

만약 '지금'이라는 이 순간이 세 가지로 나뉠 수 있는 것이라면
그 셋 중에 하나를 선택하겠다. 하지만 '지금'은 하나다.

"외람된 말씀이지만,"

이제 나도 많이 늘었다. 전처럼 막 들이대지 않는다.

"저는 그 세 가지 모두가 별개의 것이라고 생각하지 않습니다. 제 자신의 배움이 부족하다면 학승의 길을 걸어야 할 때이고, 알음 알이만 넘치고 진실함이 부족하다면 선승의 길을 따라야 할 것이 며, 제 그릇이 차고 넘치게 되면 자연히 포교사의 자리에 있게 될 것이라고 생각하고 있습니다. 아직은 제 그릇이 작고 알음알이가 적기에 동국대를 졸업하게 되었고, 앞으로도 당분간은 그 길을 계 속 갈 생각입니다."

스님께서 조금 무안하셨을 것이다. 만난 지 1분도 되지 않아 어 린 행자, 그것도 인간과 축생의 중간 단계인 '행자'에게 그런 소릴 들었으니 말이다. 그래도 "부처님은 그 셋 중에 무엇에 속하는 분입 니까?" 하고 묻고 싶던 마음을 누를 수 있었던 것이 참 다행이었다. 난 언제나 그런 성격이 문제다.

한동안, 정말 한동안 말이 없었다. 무슨 마음을 가지고 이 산골 에 계시는지는 잘 모르겠지만 나름대로 조용하고 진실한 분 같아 나중에 기회가 되면 다시 한 번 찾아뵈어야겠다는 생각이 들었다. 돌아가는 길에 『육조단경』 한 권과 10만 원을 쥐어주며, 공부하는 데 책값에 보태라고 하셨다. 그 깊은 산 속에 혼자 있으면서 무엇을 생각하고, 무엇을 바라보고, 가슴 속에 무엇을 만들어가고 있을까. 한편으로는 궁금했다.

산을 내려오는 급경사에 눈이 참 많이 쌓여 있었다. 문득 바람 소리밖에 들리지 않는 산골에서 무릎까지 쌓인 눈을 열심히 치우곤

했던 도각사의 추억이 떠올랐다. 내가 매일 만나는 저 스님들이 살고 있는, 또 내가 느끼고 있는 '지금' 이라는 이 하나의 시간을 우리 선(善)한 스님들은 어떻게 쓰고 계실까 문득 아련해진다.

불 안

금덩이가 뭔지 모르는 아이는 금덩이를 던져버리고 말지만
그 누구도 그 아이에게 금덩이의 고귀함과 소중함을 역설할 수 없다

어쩌면 내가 항상 상상해왔던 그날이 무표정한 얼굴로 문 앞에 서 있을지도 모른다. 내 눈에는 눈꺼풀 대신 검은 장막이 드리워져 있다. 그 너머에서 슬픈 눈만 남은 젊은 수도승이 다가오고 있더라도, 내가 턱을 쳐들고 눈을 내리깔 수 있게 해주었던 것은 두 다리가 아닌 등 뒤의 굵디굵은 고목이었다.

구름이 흩어지는 것을 내 손으로 막을 수 없다. 물방울이 말라가는 것을 내 숨으로 되돌릴 수 없다. 잡히지도 않는 따뜻한 안개는 마음의 각오도 없이 허공으로 스며든다. 목이 찢어지게 비명을 지르면 저 구름은 본연으로의 귀환을 잠깐 멈추고 나를 위해 고개를 돌려줄 것만 같다.

금덩이가 뭔지 모르는 아이는 금덩이를 던져버리고 말지만, 그

누구도 그 아이에게 금덩이의 고귀함과 소중함을 역설할 수 없다. 그저 아이는 아이니까. 그래서 더 아프다. 눈앞에 있던 금덩이가 사라져도 안타까워하지 않고 또다시 동냥을 나갈 메마른 갈색 깡통들이다. 못 생겼구나. 정말 못났다.

죽음이 무서운가. 너…. 아이를 물가에 두고 떠나는 생모(生母)의 가슴은 희다. 가장 싫어하는 냄새에 정이 들어버린 가련한 높은 코.

비참함은 잘난 사람들의 그림자다. 이제 충분히 알 것 같다. 그만해도 나 이제 알 것 같다. 이 철창의 가시를…. 이 차의 종착역을….

행자 등록

우리는 얼마나 먼 길을 돌아서 걷고 있는 수행자인가
과연 그 길은 언제나 끝날 기약이 있을까

아침부터 드라마를 찍었다. 오늘 이 슬픈 드라마의 주인공은 막내 사형스님이다. 며칠 전부터 서울에 계시는 사숙스님(은사스님의 사제)에게 사형스님들과 새해인사를 드리러 갈 계획을 세워놓고 있었다. 하지만 첫째 사형스님은 학교에 일이 생겨 서울로 올라갔고, 둘째 사형스님은 무단외출을 했다. 결국에는 막내 사형스님과 나만 남았다. 은사스님께서 꼭 다녀오라고 신신당부를 하신데다 내 행자등록에 필요한 서류들을 준비하는 중요한 길이었기에 둘만이라도 가지 않을 수 없었다.

오늘 아침공양을 마치고 사형스님과 서울로 출발할 계획이었는데 아침예불이 채 끝나기도 전에 사형스님이 한바탕 난리를 피웠

다. 이유는 모르겠지만, 자기는 사숙스님을 뵐 면목이 없는 아주 못
난 놈이기 때문에 갈 수 없다는 것이다. 또 그 타령이다. 남들은 자
기 잘난 맛에 산다는데, 막내 사형스님은 어떻게 됐는지 매일 자신
을 가장 낮은 곳으로 끌어내린다. 세상에서 가장 못난 놈을 자처한
다. 옛 어른들은 겉으로는 하심(下心)과 겸허(謙虛)를 실천하는 올
바른 수행자라 치장될지 모르지만, 결국 그것도 자신의 견해와 판
단을 믿는 교만이라 했다. 일단 자기의 생각이 절대적으로 옳다는
전제하에 이것은 잘난 것이고 이것은 못난 것이라 판단하며, 나와
남에게 자격을 부여하기에까지 이르는 것이다.

결국 은사스님과 크게 다투었다. 스승과 제자 사이에 다투었다
는 말이 어울릴지는 잘 모르겠지만, 오늘 아침에 내가 본 두 분의
모습은 그랬다. 스승과 제자의 인연도 끊어버리고 지금 당장 나가
버리겠다는 제자에게 스님은 "무슨 불만이 그리 많냐!" 하고 소리
치는 것 외에는 아무 말씀도 하지 않으셨다. 사형스님도 무엇이 그
렇게 답답한지, 왜 자기를 못났다고 생각하는지, 왜 면목이 없는지
말하지 않았다. 두 분의 대화 속에 부처님 말씀은 어디에도 없었다.
눈 뜰 때부터 잠들 때까지 오직 부처님의 가르침만을 생각해야 하
는 자가 바로 수행자이지만, 솔직히 이 절에 출가하여 아직까지 부
처님의 말씀에 대한 법문은 한 마디도 듣지 못했다. 천도재의 필요
성에 대한 법문은 많았지만, 천도재의 필요성을 느끼는 이 정신에
대한 법문은 없었다.

그건 학교에서도 마찬가지였다. 유식(唯識)과 중관(中觀), 화엄(華嚴)을 배우면서도 그것을 배우고 깨닫고 있는 정신에 대한 얘기는 한 마디도 없었으니까. 마치 직장인이 주말에 생기는 여가시간에 꽃꽂이나 배워볼까 하여 학원을 다니며 배우는 또 하나의 지식과 다름없다. 그것은 내 인생을 배우는 지혜가 아니라, 내 인생+또 하나의 번뇌일 뿐이었다. 용기 내어 교수님께 "그래서 이것이 내 생사의 문제와 무슨 관계가 있습니까?" 또는, "교수님께서는 이것을 알기 전과 알고 난 후에 무엇이 바뀌셨습니까?"라고 여쭈어보면 그 학기 성적은 일찌감치 포기해야 한다.

제7말나식(第七末那識)과 제8아뢰야식(第八阿賴耶識), 그리고 일심진여(一心眞如)라는 버석거리는 진리가 출근길 지하철의 수많은 인파 속에 끼인 채 느끼는, 목구멍으로 치밀어 오르는 인생에 대한 분노를 어떻게 식혀줄 수 있는가. 이사무애법계(理事無碍法界)와 사사무애법계(事事無碍法界)라는 바보 같은 활자가 하루라도 나가 일하지 않으면 굶을 걱정부터 생기는 이 삶에 대한 집착을 어떻게 해소시켜줄 수 있는가. 무척 어렵고 대단한 공부라고 인정해 주고 싶고 그것을 배운 이들을 훌륭하다고 찬탄하고 싶지만, 저 깊은 곳—자신이 가진 사량(思量)의 촉수가 미처 가 닿지 못하는 가슴—의 어두운 곳을 뚫어보면, 누구나 똑같이 생사의 근본적인 걱정은 주르륵 흘러나오기 마련이다. 그래서 그들이 하나도 부럽지 않았다. 안타까웠을 뿐이다. 대학에는 내가 이해, 납득할 수 있는 현실에 대한 어떠한 설명도 없었다.

은사스님께서는 사형스님에게 나가버리라고 말씀하셨지만 붙잡고 싶은 마음이 훨씬 더 많으신 것이 느껴졌다. 내 입장도 참 곤란했다. 나에게도 다른 은사를 찾아가라고 하셨다. 마음에도 없는 말씀을 속상한 김에 해버리셨다. 모든 수행자에게 뚫리지 않는 의문에서 비롯된 답답함이란 결코 사라질 수 없나 보다. 오늘은 사형스님과 은사스님의 같지만 다른 색깔의 두 마음이 서로 부딪히고 또 깨졌다.

어느 절집이나 평탄하고 화목한 곳은 없을 것 같다. 크고 작은 갈등과 번뇌로 스승님의 가슴을 썩이는 일이 비일비재했던 도각사에서의 지난날들이 떠올랐다. 지금까지 셀 수 없는 생(生) 동안 인간이라고 믿어온 그 기억과 습(習)을 한 분의 노력으로 끊어주려 하니 쉽지 않은 것이 당연하다. 세상에 어느 제자가 스승을 괴롭히기 위해 그런 행동을 하겠는가. 물론 결과는 제자가 스승을 괴롭힌 꼴이긴 하지만 말이다. 제자들에게 떨어지는 호통 속에서 우리를 끌고 가려는 스님의 피곤한 어깨를 보았다. 그리고 난 고개를 숙일 수밖에 없었다.

쉽지 않은 길이고 또 끝도 없는 길이다. 스승님께서는 그 경치를 "목표는 사라지고 방향만 남았다."라고 표현하셨다. 오늘 두 스님이 내 마음 같았다면, 다시 말해 옆에서 지켜보는 제3자의 눈으로 그렇게 세상을 바라볼 수 있었다면 아침처럼 속상하지는 않았을 것이다. 슬픈 일도 기쁜 일도 모두 다 환상일 뿐인 세상에 살고 있다지만, 그래도 웃는 게 더 좋다. 매일 질질거리며 눈물 짜는 세계도 환상이지만 별로 흥이 나지 않는다. 부디 사형스님의 마음이 평온을 되찾길 바란다.

내 방에 들어가 메모지에 도각사 주소와 전화번호를 적었다. 그리고 은사스님께서 획 내려가 버리신 법당에서 홀로 절하고 있는 사형스님에게 물었다.

"스님, 정말 나갈 겁니까?"

사형스님이 갑자기 소리를 질렀다.

"지금 안 나가려고 참회하잖아요!"

화내면서 참회하는 방법도 있나.

"내가 나갈지 안 나갈지 그거 물어보러 왔어요? 그리고 행자는 묵언인 거 몰라요!"

성질 같으면 벌써 욕이 튀어 나갔을 테지만 난 행자다. 상황이 상황이니만큼 조용히 대답했다.

"아뇨, 이거 전해드리러 왔어요. 갈 데도 없으시잖아요. 저희 스님들 계신 곳이니까 찾아가시게 되면, 꼭 마음 편안히 다스리고 오시라고요."

사형스님은 내가 건넨 메모지를 보고는 다시 고개를 들지 못했다. 은사스님을 모시는 게 너무 힘들어서 법당 대들보에 목매달고 죽고 싶은 적이 한두 번이 아니라고 했다. 스님 얼굴에 눈물이 흘렀다. 나도 울었다. 우리는 얼마나 먼 길을 돌아서 걷고 있는 수행자인가. 과연 그 길은 언제나 끝날 기약이 있을까.

결국 나 혼자 서울로 올라가게 됐다. 사실 어제 사형스님은 신도 한 명과 크게 다퉜다. 그 사람은 첫눈에 보기에도 날카롭고 깐깐하게 느껴졌다. 하지만 나는 왠지 그 가운데서 무척 강직하고 선한 모습을 보았는데 사형스님은 그게 아니었나 보다. 티격태격하다가 결국에는 그 신도에게 "이제 절에 안 나오셔도 됩니다." 하고 말해버린 것 같았다. 난 일부러 자리를 피해서 일하고 있었지만, 눈치가 뻔했다. 혼자만의 고민뿐만 아니라, 이러저러한 사연들로 사형스님은 스스로 속상한 일을 만들고 있었던 것이다. 은사스님께서는 그런 사실을 훤히 알고 계셨으면서도 아무런 조언도 해주지 않으셨다. 오히려 신도들에게 사형스님의 단점을 들추어 말씀하신 듯했다. 답답했다. 형이 아무리 잘못해도 부모는 동생에게 형의 허물을 말하지 않는 법인데 말이다. 하지만 내 견해보다 더 깊은 뜻이 있었을 것이라고 생각한다. 사형스님께 경계심을 주는 하나의 방편이었을까.

그런 두 스님을 뒤로 하고 서울로 올라가 ○○사로 향했다. 택시를 잡아타고 물어물어 산꼭대기에 있는 절을 찾았다. 택시 기사가 룸미러로 나를 보며 빙글거렸다.

"서울이 처음이신가 봐요?"

난 웃었다. 그냥 웃고 말았다.

○○사에 도착해 필요한 서류를 받고 점심공양을 했다. 그 절에 계시는 다른 스님들은 주지스님과 약속이 있어 출타를 하셨고, 부전스님(사찰에서 불공, 염불 등 의식을 맡아 하는 스님)만 남아 나와 함께 공양을 했다. 스님이 나에게 물었다.

"몇 살이냐?"

"26살입니다."

아직 세상에 이런 동물도 있구나 하는 표정이었다.

"넌 지금부터 10년 동안 허송세월 보내도 36살밖에 안 되는구나."

"……."

"…… 난 너만 한 자식이 있었다."

10여 년 전 가족을 두고 홀로 수행자의 길에 들어선 분이었다. 왜 출가하셨냐는 내 물음에 대답 대신 웃기만 하셨다. 10년이라는 세월 동안 무엇을 깨달으셨냐는 내 질문을 미리 예견하고 대답하지 않았는지도 모른다.

한참 후에 출타하셨던 스님들께서 돌아오셨다. 삼배를 드리고 곧 하직인사를 하는데, 주지스님께서 감사하게도 시내에 볼일이 있다며 바래다주셨다.

행자 등록하는 것은 정말 너무나도 귀찮다. 증명사진이나 주민등록등본은 물론이고, 병원에서 검사한 전염병이나 지병에 대한 건강검진기록과 경찰서에서 발급하는 범죄경력여부를 증명하는 서류도 첨부하라고 한다. 요즘은 전과가 있으면 출가를 할 수 없기 때문이다.

조계사 옆에 있는 종로경찰서에 갔더니, 마치 방금 싸움을 멈춘 듯 얼굴에 피곤과 짜증이 가득한 경찰이 두 명 앉아 있었다. 그중 의자에 비스듬히 기대 앉아 있는 경찰에게 갔다. 여차저차 사정을 말하니 주민등록증을 달라며 아래위로 훑어본다. 하긴 머리도 빡빡 밀고, 더러운 행자복에 절에 굴러다니던 노란색 외투를 입고 들어갔으니, 어딘가 좀 이상해 보이는데다가 전과 기록을 확인해달라니 정신이상자가 아니면, 과거가 떳떳치 못한 사람 같았을 것이다. 집이 어디냐, 직업이 뭐냐, 이것저것 묻길래 귀찮은 듯이 대답을 피해버렸다. 대학시절 모 신문에서 「민중의 지팡이? 민중의 곰팡이?」라는 기사를 읽은 적이 있었다. 나를 반말로 묻는 말에 공손히 대답해야만 하는 죄인처럼 만들어버린다. 게다가 학생증은 신분 증명이 안 된다며 다시 오라고 했다. 주민등록증을 분실한 지 4년째인데, 이제 재발급 받아야 할 때가 왔나 보다.

다음으로 조계종 교육원에 갔다. 필요한 서류에 대해 물어보니 대답보다 먼저 들을 수 있었던 첫마디는 "행자가 어딜 돌아다니느냐."였다. 대학 4학년 때 출가한 선배에게 편지를 쓰겠다고 다른 선배들에게 그분의 절 주소를 물었을 때 내게 해준 말이 떠올랐다. "행자는 사람이 아니야. 편지는 무슨 편지냐. 편지 왔다가는 절에서

쫓겨난다. 행자가 하는 일은 밥 먹고 일하는 것뿐이다."

다시 절로 돌아가는 어두운 버스 안에서 가만히 생각해보니, 아직도 해야 할 일이 참 많다. 주소지도 옮겨야 하고, 주민등록증도 재발급 받아야 하고, 교육원에 서류도 다시 보내야 되고, 전과 경력도 확인하러 경찰서도 다시 가야 한다. 절에 돌아가서는 염불도 외워야 한다. 법당에서는 사형스님이 울고, 공양실에서는 신도들과 싸우고…. 절이라는 곳은 어쩌면 속세보다 더 많은 일과 사연이 있을지도 모른다. 그래도 다 꿈이니 얼마나 다행인가. 지옥에 떨어져도 꿈임을 놓치지 않도록 가르쳐주신 도각사 스님들께 진심으로 감사드릴 뿐이다.

손가락, 그리고 달

중요한 것은 생겨났다 사라지는 바다의 파도가 아니라
그것을 창조해내는 바다 그 자체이다

면사무소에 갔다. 주소변경, 전입신고, 주민등록증 재
발급을 하기 위해서였다. 행자 등록을 하려면 경찰서에서
전과가 있는지 확인서를 떼야 하는데 그때 주민등록증이 필요하다.
2학년 때 학교에서 지갑을 도둑맞고 3년 넘게 살아오면서 단 한 번
도 필요하지 않았던 주민등록증이 이제 필요하게 되었으니, '출가
를 하기 위해서' 다. 세상을 떠나고 싶은 사람들에게 세상에서 준 족
쇄의 일련번호가 필요한 것이다. 누군가가 주었기 때문에 가진 것
도 아닌 인간의 낙인이다. 그 따위 플라스틱 조각이 나를 대신하지
못한다는 것을 알지만 그것이 없으면 나는 그들이 만들어 놓은 제
도 위에 올라설 수 없다. 사바세계 속에서 그것 없이 나란 존재는
존재하지 않는 것이다. 그러나 슬프게도 출세간이라는 곳에서도 요

즘은 그렇다.

전입신고를 마치고 주민등록증재발급 신청을 하고 절로 되돌아 왔다. 은사스님께 여차저차 말씀을 드리니 왜 면도기로 삭발한 사진을 주지 않았느냐고 물으셨다. 내가 다시 환속(還俗)할까 걱정하시는 것일까? 사람들은 머리카락 하나에도 의미를 둔다. 1cm만 자라도 속인(俗人)이라고 생각한다. 내 마음의 어디서부터 어디까지를 수행자와 속인으로 구분 지을 수 있는가. 나누고, 분별하고, 통합하고, 다시 분류하는 사이에 그 모든 작업이 정작 누구에 의해 수행되는지는 잊고 마는 것이다. 밭에서 삽질을 하다가 손에 가시가 박힐 때면 따가움을 느끼는 투명한 마음은 잊혀지고, 대신 따가움만, 나아가서는 가시만 생각하게 되는 것과 같다. 모든 것의 주인공이면서도 항상 잊히는 것, 그것은 바로 마음이다. 사연에 연연하는 작고 현상적인 존재가 아니다. 내 감각과 그 앞의 대상, 그리고 그렇다고 느끼는 그 가운데의 생각까지 모두가 하나의 마음이다.

돌아보면 나는 너무나도 작은 마음으로 살아왔다. 기막힌 기계를 가지고 써먹으면서 한 번도 그 기계가 얼마나 크고 정밀한지, 아름다운지 살펴보려고 노력하지 않았다. 아무리 중요한 생각을 하더라도 결국은 '생각'이다. 내 바깥에 다른 사람이 있다는 것도 내 생각이요, 그들이 나를 어떻게 바라보고 있는지 느끼는 것도 생각이다. 더 크게는 이 지구라는 세계가 존재한다는 것도 생각이요, 나는 이 세계에서 살아가고 있다는 것도 생각이며, 더 세밀하게는 내 마음이 슬프다, 혹은 기쁘다는 것도 생각이요, 죽고 산다는 것도 내 생각일 뿐이다. 생각을 벗어난 세계가 또 다시 있다고 가정해도 역시 이미 '생각하고' 있지 않은가. 어느 세계든, 어느 존재든, 어느 의미든, 생각을 벗어나 존재할 수 있는 것은 아무것도 없는 것이다.

그것으로 끝이다. 그것으로 그 생각의 무게는 사라졌다. 그리고 그것을 생각하던 '나'만이 남는다. 보이지도, 들리지도, 만져지지도 않으며 대상에서 나온 것인지 감각에서 비롯된 것인지도 불명확한 '생각'. 또한 찰나에 사라져 언제 있었다고 증명할 수도 없는 그놈은 내게 있어 왔다가 떠나는 손님과 같은 것이다. 예를 들어 신문을 읽다가 부정부패한 고위공무원들의 모습을 깨닫고는 분노의 마음이 생겨났다고 해보자. 그 분노는 신문의 활자에서 생겨났는가, 아니면 그것을 보는 나에게서 생겨났는가. 만약 신문의 활자에서 생겨났다면 내가 잠들어 있을 때에도 활자를 찍은 잉크는 나를 분노케 해야 하고, 신문을 읽는 나에게서 생겨났다면 신문기사와 만나지 않았을 때에도 나 홀로 분노하고 있어야 한다. 하지만 분노란 신문과 그것을 읽는 내 정신과의 만남, 그 사이에서 홀연히 생겨났을 뿐이다. 다시 말해 그놈에게는 부모가 없다.

중요한 것은 생겨났다 사라지는 바다의 파도가 아니라 그것을 창조해내는 바다 그 자체이다. 하지만 생각을 사용하지 않고 어떻게 '나'를 설명할 수 있는가. 생각마저 남을 수 없는 자리를 다시

생각으로써 설명해주신 분, 석가모니 부처님이다. 그래서 부처님은
달을 '주신 것'이 아니라 '가리키셨나' 보다. 네 마음을 보라고, 그
리고 그 달마저 어디에 따로 '있는 것'이 아님을 느끼라고.[4)

문득 오래 전 스승님께서 하셨던 질문이 생각난다.

"세상이 너라는 게 안 믿어지는가? 아직도 세상 속에 작은 네가
살고 있는 것 같은가? 믿어지지 않을 것이다. 하지만 어떻게 하겠
느냐. 그게 사실인데…"

그게 사실인데…. 맞다. 믿어지지 않아도, 믿고 싶지 않아도 이
세상의 법칙은 변하지 않는다. 허공은 영원히 허공일 뿐이다.

내가 남을 보고, 때로는 내 자신을 바라보고 안타까워하듯, 스승
님께는 나 역시 안타까운 놈이다. 노력해야겠다. 과연 이 세상에 노
력해야 할 만큼 의미 있는 것이 있는가 되돌아보는 일을 말이다.

修多羅教如標月指若復見月了知所標畢竟非月
一切如來種種言說開示菩薩亦復如是此名菩薩已入地者隨順覺性

수많은 인연을 닦는 가르침은 달을 가리키는 손가락과 같으나 만약 다시 달을
보아 가리킨 바 요지를 알게 되면 필경에는 달도 아닌 것이 되니 일체 여래를 가
지가지 언어와 설명으로 열어 보이는 보살도 역시 또 이와 같다. 이것을 "이미
지위에 든 보살이 깨달음의 성품에 순리롭게 따른다"라고 이름하는 것이다.

─『대방광원각수다라요의경(大方廣圓覺修多羅了義經)』청정혜보살장(淸淨慧菩薩章)

아상의 이름

자신이 창조해낸 화려한 환상의 궁전이건만
정작 자신은 그 속에 용해될 수 없음에 안타까워 눈물짓는 한 명의 마법사처럼

방금 전 이 글을 쓰기 위해 첫 글자를 썼다 지웠다. 그 글자는 문장을 채 이루기도 전에 연필로 다시 박박 지워져 차마 변명할 순간도 없었다. 땅에 넘어진 사람은 땅을 딛고 일어서듯, 내 식(識)의 위대함으로 인해 그 무게를 잃게 되는 것은 다시 나의 식이다. 언제인지 시작도 알 수 없는 나의 기억을 돌아볼 때, 그동안 아무것도 없는 허공에 마구 그림을 그리고–때로는 천상을, 때로는 지옥을–그 그림 안으로 들어가 기뻐 날뛰고 두려움에 떨어 비굴해지던 장본인은 바로 생각이었다. 자신이 창조해낸 화려한 환상의 궁전이건만, 정작 자신은 그 속에 용해될 수 없음에 안타까워 눈물짓는 한 명의 마법사처럼, 생각으로 그려낸 '나'는 영원히 '내'가 될 수 없다. 하지만 일말의 여지없이 진지해지는 슬프고 아름다

운 자상함으로 속고 또 속아왔기에 이제 그 글자는 지워질 수밖에 없었다. 굶주림에서 사랑까지 길고 긴 인생의 철길을 달려오게 했던 그 처절하고 눈물 나는 글자는 바로 '나는'이다.

불법에 취하다

한 번 맛 본 마약에서 헤어나오지 못하듯이
나는 불법이라는 약에 취했다

도각사 스님들께 편지를 썼다. 할 말은 무척 많았는데
글로 쓰려니 참 어려웠다. 마음을 아름답게 꾸미기 위해
고민하긴 싫었다. 내 마음이 미사여구로 표현될 수 있는 물건인가.
그래서 편지도 펜 가는 대로 썼다. 고귀하고 감사한 분들을 향하는
내 간절한 글이었으나 속세의 향수냄새에 다듬어진 수식어는 피하
고 싶었다. 오직 내 마음, 나의 전부를 그대로 전해드리겠다는 생각
뿐이었다. 아무리 엉터리 글을 써서 보내도 스님들께서는 틀림없이
기뻐하실 것이다. 그 속에 흐르는 깊은 도(道)의 갈망을 공감하실
테니 말이다. 이렇게 잠시만 떨어져 있었는데도 할 말이 넘쳐흐르
는데, 언젠가 그분들과 나의 이 세상 인연이 다했을 때는 얼마나 가
슴이 답답할까. 그래서 아난(阿難)은 울었나 보다.[5] 헤어지면 헤어

지는 대로, 만나면 다시 만나는 대로 행복해야 하는데 그것이 쉽지 않다. 하지만 어쩌겠는가. 만났다고 해도 매 찰나마다 이별하고 있는데…. 매 순간 사라지지 않는 것은 없으니까 말이다. 도대체 무엇이 아쉬워, 무엇이 모자라 나는 그곳을 떠났던가. 내게 주시던 가르침이 큰 것인지, 작은 것인지 구별할 수도 없던 어린놈이 구경도 해보지 못한 대도(大道)를 구하겠다고 나서다니.

편지의 일부분에 여기 생활에 대해 간단히 설명을 드렸다. 내가 어떻게 생활하고 있는가를 스님들께서는 가장 궁금해 하실 것 같아서다. 그리고 뒷부분에는 그곳에 계신 스님과 도반들의 안부를 물었다. 한 분씩 적어가며 그분들의 사연을 생각하니 '정말 많은 인연들이 이 집안을 세웠구나.' 하는 감격이 절로 밀려왔다.

수행자들의 집안은 어느 누구 혼자서 만드는 것이 아니다. 모두가 모여 하나를 만들었다. 이 세상의 법칙이 그런가 보다. 무엇이든 '그것' 아닌 놈들이 모여 '그것'을 이룬다. TV 아닌 것들—액정, 스피커, 버튼, 전선, 케이스, 그리고 브랜드나 신상품 또는 중고라는 의미 등—이 모여 한 개체의 TV를 이루듯이 말이다. 모두 하나하나 복잡하고 가슴 저린 인생을 제각기 살아왔지만 그 끝은 '여기' 다. 결론은 바로 '지금' 이다. 지금 어디에 와 있는가. 이 물음의 해답이

주5) 석가모니 부처님께서 열반에 드실 적, 10대 제자 중 오직 아난만이 눈물을 흘리며 슬피 울었다고 한다. 그것이 수행이 부족한 아난의 깨달음을 보여주는 증거였다.

바로 내 모든 전생의 평균성적이자 해답이다. 지금이 지옥이라면 난 수억 겁(劫)[6]의 생을 모두 이 지옥에 도착하기 위해 살아온 것이요, 이곳이 극락이라고 생각되면 그 언젠가 내쉬었던 숨 하나까지 극락을 위한 준비였던 것이다. 다행히 나는 이렇게 훌륭한 부처의 집안 한가운데에 있다. 누가 뭐라고 해도 정말 잘 살아왔다. 그동안은 내가 어디로 가고 있는지 어디서 출발했는지 아무것도 모르는 어둠 속에서의 인생이었다면, 이제는 내가 지금 어디로 가고 있는 것인지, 이 길로 가면 어디에 도달할 것인지 모두 알고 가는 분명하고 밝은 여행인 것이다.

진심으로 스승님께 감사드릴 뿐이다. 스님께서 말씀하신 모든 설법이 전부 거짓이라고 해도, 아니면 모두 스님께서 지어내신 환상이라고 해도 감사하다. 이렇게 행복하니 말이다. 난 끝까지 이 행복한 거짓말 속에 있을 것이다. 한 번 맛본 마약에서 헤어나오지 못하듯이, 난 불법(佛法)이라는 약(藥)에 취했다. 그 약은 모든 병을 치유하는 명약이다. 그런 약에 취해 사는 행복한 마음이 되어보는 것은 어떨지, 내 사랑하는 모든 이들에게 권해보고 싶다.

쉬는 인생

인생을 살아가는 누구에게도 진정한 휴식이란 존재하지 않는다
쉬는 인생은 없다는 말이다

여기에는 행자들이 사용할 수 있는 방이 세 개가 있다. 물론 행자들에게 독방을 사용하게 하지는 않지만 지금은 행자가 나뿐이라 법당에서 조금 떨어진 곳에 나 혼자만의 방이 있다. 흙벽돌로 지은 집인데 벽이 무척 얇다. 이제 추운 날도 거의 다 지나간 듯한데도 불구하고 아직도 방안에 떠놓은 물은 뿌득뿌득 얼고 있다.

이 방은 문을 닫아도 바람이 분다. 혼자 이렇게 일기를 쓰기 위해 책상 앞에 앉아 있노라면, 한쪽 구석에 펴놓은 『행자독송집』의 책장이 저 혼자 슬슬 넘어간다. 이불을 깔아 놓은 자리만큼은 곧 따뜻해지지만 공기는 바깥과 다름없다. 그렇다고 행자가 이불을 방안에 펴놓고 다닐 수는 없는 일이다. 며칠간 계속 춥더니 드디어 감기

에 걸렸다. 어제부터 목이 간질거리고 기침이 난다. 특별히 아픈 곳은 없어서 다행이지만, 염불을 배워야 할 시기에 목감기는 별로 반갑지 않은 손님이다. 막내 사형스님도 내일 어디론가 떠나신다는데, 아직도 사시불공이 미흡해서 걱정된다.

보살님들이 내 얼굴을 보고 많이 안 좋아졌다고 한다. 문득 거울을 보니 피부가 더 거칠어졌다. '이노무 껍데기 될 대로 되라지.' 하다가 가만히 생각해보니, 항상 잠이 모자랄 때마다 피부가 심하게 망가졌던 것 같다. 하지만 난 앞으로도 바쁜 인생을 살 듯하다. 스승님께서도 나는 편안하게 쉴 수 있는 인생이 아니라고 하셨고, 내가 생각해도 그렇다. 결국은 스스로 만들어가는 것이 자신의 인생이다. 사람들은 아무도 바쁘게 살라고 강요하지 않았는데도 내가 선택한 결혼에, 내가 선택한 직장에, 내가 계획한 시간표에 목을 매고는 "쉬고 싶다."고 말한다.

쉬는 인생, 과연 무엇이 쉬는 것일까. 육근을 닫는 것? 잠이 드는 것? 그럼 돌이 되는 것과 다름없다. 없다는 생각마저도 없는 곳, 그곳에는 쉰다는 생각도 없기 때문에 '휴식'이라는 개념을 적용시킬 수 없다. 그저 잠에서 깨어난 후에서야 '잘 쉬었다.' 라고 스스로 다시 생각할 뿐이다. 생각이 있을 때에는 끊임없이 감각을 사용하므로 휴식이 아니고, 생각이 없을 때에는 휴식이라는 생각마저도 사라지기 때문에 휴식이라고 할 수 없다. 그래서 인생을 살아가는 누구에게도 진정한 휴식이란 존재하지 않는다. 쉬는 인생은 없다는 말이다. 오직 바쁘고 고달픈 인생만이, 그리고 쉬고 싶다는 이룰 수 없는 소원만이 반복될 뿐.

이 세계에 분명한 생멸의 현상이 나타나듯이, 고통과 편안함도 그 두 가지 모습을 드러내며 끝없이 변해갈 것이다. 나에게는 영원히 피곤의 염증과 휴식의 갈망이라는 두 모습이 반복될 것이고, 그것 모두가 꿈과 같다는 이 깨달음도 함께 할 것이다. 다행이다. 피곤하지 않은 생을 살게 되어. 모두가 사라지는 법칙, 얼마나 멋진가. '번뇌야. 까불지 마라. 아무리 잘났어도 찰나에 변하고 사라질 놈들.'

이곳은 피도 눈물도 없는, 반듯하고 정직하며 올바른 세계다. 아무도 손해 볼 수 없는 세계다. 사리자(舍利子), 이익만 있는 집안의 자식이다. 아무리 큰 고통이 와도 순간에 사라진다. 그리고 그것을 느끼는 나는 고통을 바라보는 놈이지 고통이 아니다. 안심(安心)하라. 안심하라. 네가 안심하는 만큼 이곳은 아름다워진다.

사형스님이 사다 준 감기약을 먹었다. 기침이 많이 멎었다. 감사합니다. 일찍 자야겠다.

부처를 부처로 알아볼 수 있느냐?

세상을 몰랐다면 세상이 그리워질 수도 있겠지만 사형스님은 충분히 세상에 다쳐왔다
그 아픔을 생각하면 마치 무척이나 쓴 약을 보듯이 진저리가 날지도 모른다
과연 어떤 것이 사형스님을 이 길에 붙잡아 두고 있는 것일까

막내 사형스님이 갔다. 마침 오늘이 지장재일이라서 사시에 재를 지내고 점심공양을 하더니 짐을 싸서 학교 기숙사로 떠났다. 어떤 이유로 절을 나가는지는 아직 누구도 모른다. 물어도 대답하지 않고 짐만 챙기는 사형스님의 곰 같은 뒷모습에 은사스님께서는 마지막까지 욕을 하셨다. 내가 은사스님이었더라도 답답한 마음을 주체할 수 없었을 것이다. 나는 사형스님이 그렇게까지 갈등하면서도 스님으로 남아 있으려고 하는 이유를 잘 모르겠다. 절은 떠나도 머리는 기르지 않는 의지, 아직은 환희용약(歡喜踊躍)[7]할 어떤 깨달음도 얻지 못했다고 스스로 말하면서도 결코

주7) 매우 기쁘고 좋아서 뜀. 부처님의 설법을 듣고 깨달음을 얻은 제자들이 기뻐하는 모습을 표현한 말

속세로 돌아가지 않으려 하는 것은 불도를 깊이 사모하는 마음이 아니라, 어쩌면 세상에 대한 두려움 때문일지도 모른다. 세상을 몰랐다면 세상이 그리워질 수도 있겠지만, 사형스님은 충분히 세상에 다쳐왔다. 그 아픔을 생각하면 마치 무척이나 쓴 약을 보듯이, 진저리가 날지도 모른다. 과연 어떤 것이 사형스님을 이 길에 붙잡아 두고 있는 것일까.

스님이 떠나고 나니 갑자기 허전해졌다. 나에게 참 많은 것을 가르쳐주었다. 마음이 약한 것을 제외하고는 열심히 정진하는 수행자였는데, 큰 스승을 만날 인연이 못되어 그렇게 고생한다. 하긴 부처님께서 앞에 나타나시면 뭐하나. 부처를 부처로 알아볼 수 있는 눈이 없다면.

스승님의 말씀이 생각난다.

"예수가 재림해서 교회 앞에 가 '내가 예수요!' 하고 말하면 요즘 기독교인들은 그 따귀를 칠 거다. '야 이 미친놈아. 신성을 모독하는구나. 사탄 같은 놈.' 그들은 절대로 예수를 알아볼 수 없을 것이다."

내가 대답했다.

"하하. 그렇습니다."

"그렇다면 중들은 부처를 알아보겠느냐."

"……."

사형스님은 평소와 같이 내게 보름 후에 돌아오겠다고 말했다. 내가 출가하기 전에는 일주일마다 왔었는데 행자가 절을 지킨다는 핑계로 보름에 한 번씩 오겠다고 한 것이다. 사실은 오고 싶은 마음이 별로 없는 것 같다.

마지막으로 은사스님께 인사를 드리고 밭에서 일하던 나에게 인사를 하러 왔다. 난 밝게 웃으며 잘 다녀오시라고 했다. 스님도 웃었다. 하지만 그 웃음 속에 너무 많은 의미가 묻어 있었다. 하루 종일 뛰어다녀도 못다 할 일을 내게 맡기고 떠나는 미안함, 더 잘할 수 있었으리라는 아쉬움, 끝까지 웃어주는 나에 대한 고마움, 모범을 보이지 못하는 사형으로서의 부끄러움까지 그 짧은 찰나에 난 모든 것을 느낄 수가 있었다.

스님은 내게 무슨 말을 하려는지 한참을 머뭇거리다, 결국 한 마디 내뱉고 돌아섰다.

"공부 열심히 하고 오겠습니다."

정말 공부 열심히 하고 '오셨으면' 좋겠다.

지장보살

거울에 비췸진 나의 검은 눈알처럼 시력마저 껌다면
세상은 온통 검은 빛으로 가득 차야 하겠지만
무색투명한 물보다 나의 눈은 더 무색투명하다
그것은 차라리 비었다고 표현하는 것이 더 명확할지도 모른다

낮에는 한글 『지장경(地藏經)』을 잠깐 들춰봤다. 대부분 지옥에 대한 이야기였다. 한문을 한글로 번역하고 다시 구어체로 다듬어서 매끄럽게 만들었기에 그 본래의 내용을 추리하기는 어려웠지만, 결국은 '착하게 살자.' 가 주제인 듯 끝이 났다. 부처님께서 과연 "착하게 살아라."라는 말씀을 해주시기 위해 왕좌와 부인과 아들을 버리고 출가해 6년을 고행하시고는, 깨달음을 얻은 후에도 열반에 들지 않고 45년간 중생들을 교화하셨을까. 과연 정말 그 말씀이 그리도 하고 싶어 평생을 맨발로 걸식하며 집 없는 왕자로 사셨을까.

장(藏). 감출 장. 저장하다. 창고. 숨다. 마음속에 숨다.

아마도 이 '장' 자는 무언가를 꺼낼 수 있는 비밀의 곳간이며, 현상을 드러내는 보이지 않는 원천이나 근원을 말하는 듯하다. 이것이 지(地). 땅. 즉 감각이라는 글자와 같이 쓰이면, 그 뜻이 보다 명확해진다. 땅은 막힘[塞]이요, 있음[有]이기 때문이다.

'보이지 않는 감각' '감추어진 감각' '모든 것을 드러내는 감각'.

그렇다면 지장보살은 바로 색즉시공(色卽是空)의 공(空)이 아닌가. 색(色)을 즉(卽)하는 이 정신[是]은 공(空)이다.

대상을 느끼는 이 감각은 언제나 청정해야 하며, 그 근(根) 안에 모든 것이 다 들어 있다. 실제로 좌선을 하며 나의 눈을 스스로 바라보려고 노력해 보았지만, 눈앞의 세상만 보일 뿐 내 눈의 색깔을 결코 발견할 수 없었다. 세상을 보려면 보는 나의 눈에는 아무 색깔도 있지 않아야 한다. 거울에 비춰진 나의 검은 눈알처럼, 시력(視力)마저 검다면 세상은 온통 검은 빛으로 가득 차야 하겠지만, 무색투명한 물보다 나의 눈은 더 무색투명한 것이 사실이다. 그것은 투명하다고 말하기보다 차라리 비었다[空]고 표현하는 것이 더 명확할지도 모른다.

허공 안에 지구가 있듯이, 내 꿈속에 세상이 있듯이, 우리가 감각의 묘법(妙法)에 속아 그것을 스스로 자타(自他)로 분별하게 되면 지장보살은 충실하게도 그 뜻을 받들어 우리에게 지옥(地獄)을 보여준다. 감각에 갇히는 것이다. 석가모니 부처님께서 4면의 성(城-카필라성)에 갇혀 있다가 그를 뛰어넘었듯이, 아침에 눈을 뜨는 순간부터 우리는 수(受), 상(想), 행(行), 식(識)의 성에 갇히고, 지(地), 수(水), 화(火), 풍(風)의 벽에 막힌다.

그 감각에 갇히게 된 종류는 수없이 많다. 왜냐하면 그 중생의 견해대로 근(根)의 등급[品]이 결정되는데, 어느 한 중생도 같은 기억[識]을 지닌 존재가 없기 때문이다. 중생의 모습이 셀 수 없는 격별성(格別性)으로 나타나게 되는 것도 같은 이유일 것이다.

아까 읽은 『지장경』의 끝부분에는 이 경을 수지독송하고 받들어 모시며, 아픈 이에게나 죽은 이, 또는 죽어가는 이에게 읽어주면 그 복덕이 이루 헤아릴 수 없게 된다고 쓰여 있었다. 맞다. 그 해석이 비록 성실치 않더라도 분명 본래의 원문에는 지장보살의 진정한 뜻이 숨겨져 있었을 것이다. 그 불행한 이들에게 세상을 바라보는 자신의 견해대로 그 감각에 드러나는 세상의 모습은 달라진다는 것을 알려주는 것이다. 그리고 감각이란 본래 청정하여 그것에는 생사(生死)가 있을 수 없음을 알려주고 감각이 본래의 당신이었다는 사실을 가만히 전해주는 것이다. 그것을 마음 깊이 느끼고 점수(漸修)한다면, 그것이 비로소 자신이 가지고 있던 진정한 복덕을 모두 누리는 길이 될 것이다.

모든 것의 창고인 허공. 감각. 그러나 보이지 않고 숨겨져 있는 감각. 나는 그것을 매일 쓰면서, 아니 그 자체이면서도 언제나 그 안에 비추어진 허망한 색(色)이 되어버린다. 어느 조사가 말했듯이 일득일실(一得一失)인 것인가. 색(色)이라는 식(識)을 얻자마자 근

(根)이었던 나는 사라진다. 하지만 근도, 식도, 색도 모두 어디에 있는가. 무(無)도 아니요, 유(有)도 아니니, 비득비실(非得非失)이 아닐까. 감각, 지옥, 지장보살, 모두 어느 시간에, 어느 처소에 존재하는가.

거미에게 배우다

다리 여덟 개 달린 벌레도 그처럼 고요하고 냉정하게 죽음을 수용한다
하지만 나는 오늘 하루 종일 안절부절 몸을 걱정했다

　　　새벽에 이가 아파 잠을 깼는데, 몸 상태가 아주 좋지 않
음을 느꼈다. 기침은 2, 3일 전부터 시작됐었지만, 그냥
목감기려니 무시했었다. 오늘은 몸살이 들었는지 온몸이 쑤시고,
허리가 아프고, 이가 들뜨고, 머리가 쪼개질 듯한 것이, 제대로 내
몸이 있음을 느끼게 만든다. 아프기 전에는 내 몸에 대해 있다는 생
각도 하지 않고 살아가다가 이렇게 여기저기에 고통이 생기면 그
고통을 느끼는 나의 몸도 마치 진실한 것처럼 느껴지는 것이다. 그
래서 세상을 진실하게 인정하다 보면 '나' 라는 아상(我相)도 더 짙
어지나 보다.

　　그렇게 생각하고 또 생각해도 어느 순간 뒤돌아보면 육신을 놓
아버리지 못하는 내 마음이 보인다. 그때는 "에이! 이까짓 거." 또

다시 던져버리고는 하지만, 어느샌가 근심과 걱정을 반복하는 나를 발견하게 된다.

강원도 산 속에서 스승님께서 해주신 말씀이 기억난다. 재래식 해우소(解憂所)[8]에 쳐져 있는 큰 거미줄 한 가운데에 한 마리 거미가 있었는데, 그림처럼 꼼짝도 하지 않길래 손가락으로 건드려보니 순간 바삭 부서졌다고 하셨다. 거미줄이 하나도 끊어지거나 엉키지 않았다고 하셨으니, 아마 그놈에게는 근래에 어떤 먹이도 걸리지 않았으며, 죽음을 맞이하는 순간에도 결코 살기 위해 버둥거리지 않았으리라. 거미는 인간처럼 죽음의 공포로 발버둥치지 않는다. 어떤 놈은 먹이를 몇 달씩 먹지 않고도 햇볕만 쬘 수 있으면 죽지 않고 버틴다고 한다.

그에 비하면 인간은 참 나약하다. 아직 굶기 시작한 것도 아닌데, 쌀독에 쌀이 떨어져 가면 불안한 마음에 파묻혀 오직 삶과 죽음에 대한 생각만 가득한 것이다. 그것은 인간의 지혜가 너무도 위대하기 때문이다. 미래라는 것은 우주 어디에서도 찾아볼 수 없는 그저 상상일 뿐인데, 있지도 않은 '좀 더 편안한 미래'를 위해 오직 하나 뿐인 실제—지금을 투자하는 것이다. 다른 동물들과는 비교할 수도 없이 광대한 인간의 지혜가 바로 인간 스스로를 극심한 고통과 고민 속으로 빠뜨리고 만다.

주8) 근심을 풀어버리는 곳이라는 의미. 절에서 화장실을 부르는 다른 말

다리 여덟 개 달린 곤충도 그처럼 고요하고 냉정하게 죽음을 수용한다. 하지만 나는 오늘 하루 종일 안절부절, 몸을 걱정했다. 난 아픔을 왜 싫어할까. 허공 속에 나비가 날듯, 아픔은 그저 아픔이다. 아무 자국도 나지 않고, 아무 말도 없으며, 나와 아무런 상관도 없는 마음속의 한 마리 나비일 뿐이다. 어디서 온 것인지, 또 어디로 가는지, 또 무슨 색깔인지도 알 수 없다. 재료가 무엇인지, 왜 생겨나고 왜 사라지는지도 알 수 없다. 그렇지만 난 아픔에 많은 의미를 둔다. 이거야말로 혼자 꾸는 꿈 아닌가.

내 약을 짓고 목욕탕에 다녀오자고 은사스님께서 말씀하셨다. 아픈 몸을 이끌고 땔감을 만든다고 하루 종일 신발장과 책장을 부수고 옮겼던 내가 안쓰러우셨나 보다.

은사스님께 항상 감사하고 좀 더 가까워지려고 노력하지만, 역시 그분과 나 사이에는 결코 좁혀질 수 없는 버팀목이 크게 놓여 있으니, 바로 세월이다. 그것은 마치 철길의 두 철로를 영원히 가까워질 수 없게 만드는 오래된 침목과도 같다. 그 세월 동안 스님은 많은 것을 경험하고 느끼는 와중에 배워야겠다는 생각보다는 알고 있다는 생각이 더 많아지시진 않았을까. 그것은 마음으로 지어낸 번뇌를 얻고, 본래의 마음은 잃어버린 꼴이다. 부처님의 제자로서 가르침을 받겠다는 마음은 이미 사라지고 중생들의 스승으로 가르침을 주겠다는 생각만 남아 있게 되는 것이다. 정작 중요한 것은 바로 내 깨달음 아닌가. 남들이 나를 보고 뭐라고 말하든, 죽음과 대면하는 결정의 순간에는 오직 나 혼자다. 그 진실한 시간이 두렵지 않기 위해서는 마지막 그곳까지 부처님의 가르침에 귀의해야 한다. 오체투지(五體投地)[9]하는 마음 없이는 어렵고도 어렵다.

아, 오늘은 몸도 마음도 아프기만 한 날이었다.

---

9) 오체(五體)란 머리·왼손·오른손·왼무릎·오른무릎을 말한다. 이 오체를 땅에 붙여 예배하는 것을 오체투지라 한다. 인도에서의 최경례법. 사전적인 의미는 이러하나 스승님께서는 진정한 오체란 오온(五蘊)이라 설명하셨다. 기존에 가지고 있던 어리석은 생각들을 내려놓고, 오직 감각만을 열어 스승의 가르침을 경청하는 마음자세를 표현한 것. 육신은 엎드려도 마음이 엎드리지 않으면 그것은 오체투지라 할 수 없기 때문이다.

결혼식

세상의 고통에 허덕이면서도 그것이 고통인 줄 알지 못하는 중생에게
불도의 길이란 진정 가까이 있어도 자신과는 전혀 상관없는 남의 길인가 보다

이 절에서는 한 달에 기본적으로 세 번의 행사가 있다.
초하루 법회, 지장재일, 관음재일이다. 오늘도 초하루 법
회가 있었다. 그런데 단순한 법회만 한 것이 아니라 결혼식까지 같
이 진행되었다. 모든 굴레와 속박에서 해탈하는 길을 아무리 일러
주어도 알아듣지 못하는 미혹한 중생-나다-에게 결혼이라는 것은
감당하기 힘든 불장난이다. 공부가 끝난 마음에야 모든 것이 노리
개이고 누릴 수 있는 당연한 권리겠지만, 길을 가다 자동차 경적소
리만 빵! 울려도 '죽을까 봐' 기겁을 하는 중생들에게, 특히 남자들
에게 배우자와 자식들의 생명에 대한 책임이란 너무도 큰 짐이다.
하물며 불도를 닦겠다는 생각조차 없는 그들에게 엄청난 족쇄를 채
워주는 중개역할을 스님이 하고 있는 것은 아닌지 의문이 들었다.

"부처님께서 선남선녀의 혼인을 증명하사…"

부처님은 참으로 힘드시겠다. 결혼증명까지 해줘야 하니 말이다. 과연 부처님께서 곁에 계신다면 뭐라고 말씀하실까. "자, 부처님 앞에서 증명받았으니 어김없이 좋은 인연일 것입니다." 눈물이 난다. 적어도 스님이 할 말은 그게 아니지 않은가. 생사(生死)가 중대(重大)하고 무상(無常)이 신속(迅速)하다는 영가현각스님[10]의 말씀은 이제 오늘날의 불교에서 찾아볼 수 없게 되었다. 삶과 죽음의 문제를 더 이상 생각하지 않는 수행자들은 타 종교와의 조화라는 그럴듯한 명분으로 석가모니 부처님을 십자가를 지고 가던 파란 눈의 서양인과 형제로 만들었다. 자비와 사랑의 차이를 알 수 없게 만들었고, 중생과 어린 양을 뒤섞어 놓았다. 때문에 이 나라 불교는 '수행자는 절대 그럴 수 없다.'라는 눈 푸른 자존심을 잃어가고 있다. 스님이라는 이름을 머리에 이고는, 절을 지키고 앉아 있을 더 큰 명목은 없을까. 그렇게 눈앞의 것만이 세상의 전부인 듯 살아야

주10)

영가현각(永嘉玄覺 665~713) : 절강 영가 사람. 어려서부터 경(經)과 논(論)에 밝았다. 천태에 정통하고 유마와 반야로 눈을 떴다. 친구의 권유로 자신의 경지를 알아보고 싶어 육조혜능을 찾았다. 곧 물러나려 하자 혜능이 물었다. "어찌 이리 서두르는가." "본래 움직임이 없거늘 어찌 서두르고 말고가 있습니까." "그런 줄은 누가 아는가." "스님께서 분별을 내실 뿐입니다." "그대가 생사 없는 뜻을 매우 잘 아는구나." "생사 없음에 무슨 뜻이 있겠습니까." "뜻이 없다는 것은 누가 확인하는고." "분별 그 자체에는 아무런 뜻이 없습니다." 감탄한 혜능의 권유로 하루 쉬어감으로써 일숙각(一宿覺)이라는 칭호를 얻었다. 그의 저작 가운데 진리의 세계를 노래로 읊은 「증도가(證道歌)」와, 선의 기획과 구상을 간략하면서도 체계적으로 조직한 「선종영가집(禪宗永嘉集)」이 있다. 이 스님에게도 후계가 없다.

비단선

만 할까. 불보살의 능력을 안타깝게 썩혀버릴 것인가. 부처님의 열정을, 그 위대한 서원을 이대로 묻어둘 것인가.

오늘 결혼한 두 부부는 나이도 많다. 서로 자식도 따로 있다. 살만큼 살았고, 자녀가 시집장가를 갈 나이면 이제 사는 것보다 죽는 것, 그리고 그 다음 세상에 대해 생각하는 것이 좀 더 지혜로울 것이다. 세상의 고통에 허덕이면서도 그것이 고통인 줄 알지 못하는 중생에게 불도의 길이란 진정 가까이 있어도 자신과는 전혀 상관없는 '남의 길'인가 보다.

온몸이 쑤셔도 행자에게 주어지는 일은 변함이 없다. '이 일은 이치에 맞지 않는 일이지만 이러이러한 이유로 반드시 해야 한다.'라는 당위를 부여해가면서까지 내 자신을 위로하기는 싫다. 어차피 이 세상엔 이치에 맞지 않는 일이란 없다. 콩 심은 데 콩 나고, 팥 심은 데는 팥이 난다. 그렇게 한 만큼 그렇게 된다. 내 공부부터 하자. 다친 들짐승을 치료해준다고 가까이 다가가면 물린다. 그것은 짐승의 잘못도 아니다. 그 정신세계에서는 그 행동이 지극히 당연한 법. 이 세상에서 결혼이라는 것이 언제부터인가 너무나도 당연해진 것처럼, 내가 언제부터인가 '사람'이라고 생각하게 된 것처럼, 본래 없던 곳에서 어느샌가 생각이 일어선 것처럼, 모든 것이 없는 것으로 이렇게 이루어졌다. 들짐승의 세계든, 나의 세계든.

깨달음의 수준이 다른 것을 제외하고는, 이 세계[是]는 적멸(寂滅)의 세계다. 아무런 색도 소리도 냄새도 없으며 의미까지 모두 없는 것이 이렇게 현현(顯顯)한다. 증거를 대볼까. '지금 모두 사라진다.' 어디서 어디로? 무(無)에서 무(無)로. 내가 믿고 살던 이 세계는 시간과 함께 사라져 나에게 무슨 의미를 남기는가. 모두 너무나도 작고 소외되어, '그랬었다.'는 기억 말고는 아무것도 남는 것이 없어져 버렸다. 왜 그렇게 의미를 두고 살았나. 왜 그렇게 수고스럽게, 가식적으로, 현실을 왜곡하며 찰나에 사라져버릴 지금을 붙잡고 있었나. 다 놓고 싶다. 본래 잡고 있지 않았으니 놓을 것도 없겠지만 놓고 싶다. 이 의미 참 오묘하다.

방생 법회

봄에 빌린 종자를 갚지 못해 가을이면 맞아 죽는 백성들이 생겨났지만
스님들은 비단 가사를 두르고 가마를 타고 낙동강 상류에 올랐다
쌀밥과 고기, 나물이며 떡을 가마니로 강에 빠뜨리며
그 이름도 거룩한 방생법회를 봉행했다

은사스님을 비롯한 절의 모든 신도들과 스님들이 방생
법회를 갔다. 관광버스 한 대를 전세 내어 50명이 넘는 인
원이 함께 떠났다. 덕분에 난 예상 밖의 휴일을 얻어 절에서 하루
잘 쉬었다. 물론 일이 줄어든 것은 아니다. 하던 일은 그대로이지
만, 어머니의 외출에 집에 혼자 남겨진 아이처럼 묘한 기쁨이 생기
는 것이다.

말로만 듣던 방생법회가 뭔가 했더니 하루 소풍 가는 것이었다.
법회를 핑계 삼아 사찰 몇 군데를 구경하면서 버스 타고 유람하는
것이다. 대중이 점심, 저녁공양을 모두 밖에서 해결한다니 공양주
보살님도 무척 기뻐하셨다.

'방생법회' 라는 이름은 내 기억 속에서 조선시대까지 거슬러 올

라간다. 바로 임꺽정이 조선 팔도를 누비고 있을 시절, 나라의 썩은 승려들이 양반집 '마님'들을 모시고 방생법회를 가는 것이다. 그 당시 백성들은 쌀이 없어 자식을 열 낳으면 서너 명은 죽는 것이 당연했고, 마을에서는 봄에 빌린 종자를 갚지 못해 가을에 맞아 죽는 사람들이 한두 명씩 생겨나는 것이 자연스러운 일이었다고 기록되어 있다. 그때 스님들은 비단 가사를 두르고 가마를 타고 낙동강 상류로 오른다 하였다. 그리고 거기에서 쌀밥과 고기, 나물이며 떡을 가마니로 강에 빠뜨리며 그 이름도 거룩한 '방생법회'를 봉행했다. 나무아미타불을 외치며…. 앞으로는 물속 중생인 물고기들을 위한 것이요, 뒤로는 정치와 손잡는 스님들의 처세를 위함이었다.

법회가 끝나고 모두가 파할 시간이 오면 강 하류에는 스님들이 던져버린 음식을 건져먹기 위해 수많은 인파가 몰렸다고 한다. 노인들과 아이들은 강에서 흘러내려오는 음식을 건지다 물에 빠져 죽기도 하였고, 백성들끼리 서로 싸우다 죽이기도 했으며, 그것을 막는 순라들의 육모방망이에 맞아 죽기도 하였다고 했다. 그것이 중학생이었던 내가 처음 만난 불교의 '방생법회'였다. 물론 내가 직접 본 것은 아니니 믿을 수는 없겠지만, 조선시대 불교를 무척이나 싫어하던 유명한 사대부가 집필한 책에서 보았으니 없는 말을 지어낸 것은 아니라고 본다.

요즘은 방생법회가 훨씬 세련되어졌다고 한다. 물론 그것도 내가 직접 본 것이 아니라 신문을 통했으니 무조건 믿을 수는 없겠지. 이제는 물고기에게 떡이나 밥을 주는 것이 아니라, 직접 붕어와 잉어, 그리고 거북이를 물에 풀어준다. 중국에서 들여온 수입산 붕어와 호주에서 들여온 붉은귀거북은 일단 물속으로 들어가면 닥치는 대로 토종 생물을 잡아먹는다. 치어는 말할 것도 없고, 개구리며, 민물새우, 그리고 어떤 종은 쏘가리나 뱀까지 잡아먹는다니 알 만하다. 그리고 지금도 강 하류에서 방생한 것을 건지는 백성들이 있으니, 바로 조금 전에 붕어와 잉어, 그리고 거북이를 팔았던 장사꾼들이다. 그 사람들은 자신들이 판매한 '상품'들을 그물로 모두 건져, 다음 버스로 도착할 불자들을 위해 다시 판매하는 것이다. 크기마다 가격이 다르다니 이왕이면 큰 중생을 다시 건지는 게 좋을 듯하다.

모두가 내 마음대로다

내가 중생이라고 믿는 것도 내 마음대로요
내가 부처라고 믿는 것도 내 마음대로다
중국에서 잡아온 붕어와 잉어를 사서 다시 물에 풀어주며
자신이 천상에 갈 것이라고 믿는 것도 본인의 마음대로다

하루 종일 절에 있으면서 무엇을 했나 생각해보았다.
종일 바쁜 것 같았는데 평소와 같이 빨래와 청소, 예불.
그 외에는 별로 한 일이 없었다.

나란 원래 무엇을 해야 맞는 존재일까. 사실 그런 것도 없다. 무
엇을 열심히 하고 살아도 모두 찰나에 사라지고 남는 것은 하나도
없다. 그리고 매일 백수건달로 놀고먹어도 역시 남아 있는 것은 하
나도 없다. 단지 잡을 수도 없는 자신의 기억뿐. 인생을 누구보다
바쁘게, 그리고 쉬지 않고 열심히 살았다고 하는 것이 얼마나 어리
석은 소리인지 알겠다. 왜 옛 스님들이 산 속에서 일명 '허송세월'
을 보냈는지도 조금 알겠다.

세월은 말 그대로 '허송(虛送)'인 것 같다. 빌 '허(虛)'에 보낼

'송(送)'. 허가 흘러간다. 허가 세월을 보낸다. 텅 빈 것을 보내는 것이 허송세월이구나. 그렇다면 지금까지 살아왔다는 것은 무엇인가. 어떤 의미인가. 세상을 마주하고 있는 이 정신은 10년 전에도, 20년 전에도 역시 지금과 똑같았다. 그 시절에도 눈앞에는 색이 있었고, 귀 앞에는 소리가 있었으니 나의 정신[是]이란 단 한 번도 움직이지 않았으며, 세월 따라 늙을 수 있는 것도 아닌 항상(恒常)일 뿐이었다.

있는 그대로를 바라보면 논쟁이 사라진다. 분별도 필요 없다. 지나간 것은 없는 것이니 꽝이고, 미래도 오지 않았으니 꽝이다. 지금 이 순간을 있는 그대로 보자. 여실지견(如實智見). 환상은 환상으로, 없는 것은 없는 것으로. 오직 지혜가 제일이다. 떠나고 싶을 때 떠나고, 머무르고 싶을 때 머무른다.

지혜 앞에서는 온 세상이 손바닥 위에 놓인 하나의 조약돌일 뿐이다. 던지고 싶을 때 던지고, 줍고 싶을 때 줍는다. 남에게 보석이라고 사기 칠 수도 있고, 이 돌보다 저 돌이 비싸다며 탐심을 부추길 수도 있으며, 가엾은 중생에게 주어 큰 복덕을 쌓았다고 혼자 뿌듯해할 수도 있다.

모두가 내 마음대로다. 내가 하늘이 돈다고 믿으면 그렇게 보일 것이요, 땅이 돈다고 믿으면 또 그렇게 보일 것이다. 내가 중생이라고 믿는 것도 내 마음대로요, 내가 부처라고 믿는 것도 내 마음대로다. 중국에서 잡아온 붕어와 잉어를 사서 다시 물에 풀어주며 자신이 천상에 갈 것이라고 믿는 것도 본인의 마음대로다.

오늘 스님은 신도들과 물속 중생을 위해 방생법회를 가졌다.

가마솥 안을 헤엄치는 물고기

스승님께서 말씀하셨다
이 세상을 살아가는 모든 인간은 사형선고를 받았으나
언제 형이 집행될지 모르는 사형수의 운명이라고

불교 논사(論師)들은 불경을 해석하고 분석하는 데 있어 좀 더 논리적이고 효율적인 효과를 얻기 위해 여러 가지 학문을 만들어냈다. 그것이 오늘날 나에게 도움이 될지는 잘 모르겠다. 마치 "파란 대문 앞집이 우리 집이다."라고 외울 때 머릿속으로 우리 집을 쉽게 찾을 수 있게 파란 대문이라는 수단을 만들어 내는 것과 같다. 그러나 그 방법으로는 파란 대문만 기억하지, 찾고자 했던 우리 집은 오히려 잊게 되는 오류가 생길 수도 있다. 부처님 가르침이 무엇을 가리키고 있는지도 알지 못한 채, 엉뚱하게 그 말씀에다 이름만 붙이고 있게 될 수 있다는 말이다.

그중 대표적인 학문이 바로 인명학(因明學)[11]이다. 학교에서 인명학의 교재로 배웠던 인도 논사 샹카라스바민의 인명입정리론(因明入正理論)[12]을 보면, 불교의 논리학이라는 것은 두 가지를 위함이라 하였다. 첫째는 자기 자신이 세상과 자신에 대해 명확히 알기 위함이고, 둘째는 남에게 알려주기 위함이라고 한다. 남에게 알려준다는 것에는 다시 두 가지가 있는데, 그중 하나는 자신의 주장을 성립시키는 논증(論證)이요, 다른 하나는 외도의 삿된 주장을 무너뜨리는 논파(論破)라 하였다.

그 의도와 취지는 높이 살 만하나, 그 책을 읽고 배우면서 가장 크게 느낀 것은 오히려 불도가 까마득하게 멀어지는 허탈감이었다. 중생이 깨달음을 얻어 부처를 이룬다는 그들의 논리를 빌려 이 세상의 중생들이 모두 성불한다고 할 때, 가장 늦게 성불할 존재가 바로 불교학자일 것이다. 이것을 보고 내 친구 놈들은 "교수불성불설(敎授不成佛說)"이라고 장난쳤었다. 학자들은 자기가 부처님의 가르침을 매우 잘 알고 있다고 생각한다. 그러니 스님네들을 앉혀놓고 부처님의 가르침을 다시 가르치는 것이다. 하긴, 그거 배우겠다고 자기 돈 내고 쫓아간 사람이 바로 나다. 별로 할 말은 없다.

주11) 고대 인도에서 일어난 사물의 참과 거짓, 옳고 그름을 살피고 논증하는 학문.

주12) 인도의 불교논리학자로서 신인명(新因明)을 확립한 디그나가의 논리학설을 샹카라스바민이 간결하게 기술한 입문서.

가끔 내가 질문을 할 때가 있다.

"교수님께서 설명하신 대로라면, 모두 부처님의 한 가지 말씀을 해석함에도 불구하고 A학파와 B학파와는 공존할 수 없는 명백한 견해의 차이가 있는 것 같습니다. 교수님께서는 어느 학파의 견해에 동의하십니까."

화엄학 교수라면 화엄학자들에게, 중관학 교수라면 중관학파들에게, 유식학 교수라면 유식학파들에게 동조의 손을 들어줄 것이라고 생각했지만, 그건 내 어리석은 견해였다. 중관학 교수가 중관을 주장하면, 반드시 그 외의 교수들과는 학문상의 적(敵)이 되어버린다. 수행자라면 자신의 인생을 건 진리이기에 반드시 하나의 견해를 강조하고 고집하게 되겠지만, 교수들이 그렇게 하지 못하는 것은 정적(政敵)을 만들기 꺼려하는 정치인들과 같은 이유 아닐까. 자신의 입지와 자존심, 나아가서는 가족의 의식주 문제가 달린 매우 조심스러운 일이 아닐 수 없는 것이다. 상대방의 논리를 꺾고 자신의 논리를 세우고 싶어 하지만 논리만을 세울 뿐, 정작 자기 자신은 논의의 대상에서 제외시키고 싶은 묘한 심리. 그래서 교수들의 대답은 항상 이랬다.

"여러 견해가 있을 수 있지."

불교학자들을 생각하니, 얼마 전에 혼자서 염불 외우며 자전을 찾다가 발견한 재미있는 고사성어가 생각난다.

약어유부중(若魚遊釜中). 물고기가 곧 삶아질 줄 모르고, 가마솥 안을 헤엄치며 놀고 있는 것과 같다는 뜻이다.

스승님께서 말씀하신 사형수가 떠오른다. 이 세상을 살아가는 모든 인간이 사형선고를 받았으나 언제 형이 집행될지 모르는 사형수의 운명이라는 말씀이었다. 소위 말하는 죽음이라는 순간이 10초 후가 될지, 10분 후가 될지, 아니면 10년 후가 될지 한 치도 알 수 없는 어둠 속을 더듬거리며 살아가는 것이다.

이걸 느끼고 세상 사람들을 바라보면 정말 놀랍다. 어찌 저렇게 용감할까. 매 순간 죽음의 공포를 가지고 살고 있으면서도, 오히려 이 세상을 행복하다고 느끼며 조금 더 여기에 머무르려고 한다. 실제로 매일 밤 극심한 병고(病苦)를 이겨내느라 이를 악물어 이가 모두 부서진 사람도 보았지만, 결코 기약 없는 회복의 희망만을 고집할 뿐, 자신과 주위 가족들의 고통을 덜기 위해 투약을 멈추겠다는 의지는 추호도 없었다. 가정은 파괴됐다. 그리고 그는 1년을 넘게 병원 침대에서 신음하다 결국 떠났다.

솥 안의 물고기는 변태라면 아주 심각한 변태다. 자기 죽을 일인 줄 모르고 즐기고 있으니 말이다. 그 모습과 사연, 동기와 결과가 어떻든 무조건 사는 것은 '맞는 것'이고, 죽는 것은 '틀린 것'이라는 삶에 대한 가치관은 누가 뭐래도 결코 '맞지 않다'.

혼자 방에 앉아 웃었다.

스님들의 편지

마음이 힘들어진다는 것은 세상이 내 뜻대로 이루어지지 않는다는 뜻이고
내 뜻대로 이루어지지 않는다는 것은
내 앞에 무언가를 진정으로 있다고 믿기 때문이다

도각사 스님들의 편지를 받았다. 온몸의 주름에서 피곤을 뚝뚝 흘리며 이불 위로 쓰러져야 할 시간에, 나는 눈물이 나서 눈을 감고 앉아 있었다. 모든 것이 불만이고 힘들다고 말했던 내 졸렬한 편지에 대한 답장에는 스승님의 가르침이 있었다.

'내 눈에 보이는 것은 모두 다 나의 세계다.'

정말 지당하고 지당하신 말씀이다. 내 편지를 보시고 당연히 내가 들어야 할 가르침을 주셨다. 진정으로 감사했다. 집을 뛰쳐나간 망나니 제자에게 너 힘들 줄 알았다고 말하는 것이 아니라, 그것은 힘들어 할 일이 아니다라고 은혜의 말씀을 주시는 스님들께 엎드려 절을 했다. 이제 다시는 그런 내용의 편지, 스님들께 써 보낼 일이 없다. 스님들의 편지대로 슬플 것도, 실망할 것도 없다. 모두 내 안

에서 혼자 놀고 있는데 가슴 깊이 슬퍼지면 그것이 바로 무명(無明)이다. 다 재미있는 일이다. '죽음'이라는 것마저도 처음 만나는 재미있는 일이어야 하는 마당에, 오히려 내가 처한 이 상황은 얼마나 다채롭고 유쾌한가.

마음이 힘들어진다는 것은 세상이 내 뜻대로 이루어지지 않는다는 뜻이고, 내 뜻대로 이루어지지 않는다는 것은 내 앞에 무언가를 진정으로 '있다'고 믿기 때문이다. 내 앞에 무언가를 있다고 믿으면 세상의 일부인 '나'를 만들게 되고, 내가 세상의 일부가 되고 나면 결국 난 살고 싶어 하며 곧 죽게 된다. 재미없는 스토리다.

도각사 스님들의 편지를 보고 정말 기뻤다. 내가 세상의 고통을 말하면 내면의 행복을, 내가 내면의 행복을 말하면 다시 세상의 고통을 말씀해 주신다. 그것으로 행복과 고통이 둘이 아닌 하나의 몸임을 설명하시어 극단으로 치우치지 않게 해주는 최고의 도반과 스승님들이 내 곁에 있어 행복하다.

나는 이별이 좋다

바다가 신비로운 것은
끊임없이 오르고 내리는 파도와 쉴 새 없이 변하는 그 찬란한 빛깔 때문이다
파도치지 않는 인생은 죽은 인생이다
때문에 새로움이란 사라짐과 동의어다

이별이 없으면 만남이 없다. 한 번 만나 영원히 헤어지지 않는다고 생각해보자. 나는 부정부패한 정치판과 어리석은 나라님을 떠날 수 없다. 아무리 싫어하는 이가 나타나도 그를 계속 만나야 한다. 하기 싫은 일도 끝없이 반복해야 하며, 지루한 학교수업과 정 떨어지는 직장과도 이별할 수 없다. 학생은 영원히 학생이고, 직장에서도 승진이란 없다. 병든 몸 역시 떠나보낼 수 없기 때문에 쾌유를 축하하는 꽃다발은 사라질 것이다.

이별이 있기에 또 다시 만남이 있다. 재회를 약속하며 떠나는 두 친구의 정신은 숭고하다. 수없는 인생의 역경을 겪고 약속의 나무 아래서 다시 만나게 되는 그들의 기쁨 역시 헤어짐이라는 아름답고 고마운 법칙 때문이다.

바다가 신비로운 것은 끊임없이 오르고 내리는 파도와 쉴 새 없이 변하는 그 찬란한 빛깔 때문이다. 파도치지 않는 인생은 죽은 인생이다. 때문에 새로움이란 사라짐과 동의어다. 그래서 사람들은 가구를 버린다. 머리를 자른다. 자기의 나쁜 버릇을 고친다. 사실 우리는 이별의 매력을 잘 알고 있는지도 모른다. 단지 영원히 지금 이 순간을 유지하고 싶은 도에 지나친 욕심을 부림에 좋고 싫음과 희로애락(喜怒哀樂)을 떨쳐버리지 못한 불행한 인간이 되는 것이리라. 설레지 않는가. 지금까지 우리에게 다가왔던 현실은 내가 단 한 번도 경험하지 못했던 새로운 것들이었다.

배딸선

산 속의 기생

겨울을 맞는 것보다 봄을 맞는 것이 나무들에게는 더 큰 고행일지도 모른다
겨울에는 가진 것을 모두 버리면 그만이지만 봄이 오면 없던 것을 만들어내야 한다
물론 나무는 나에게 한 마디도 하지 않는다 이것도 결국은 내 생각이다

몇 년 전에 깊은 산에서 만난 스님 한 분이 공부를 하지 않는다고 나무라시는 스승님께 이렇게 말했다고 한다.

"중은 어차피 산 속의 기생 아닙니까."

스님이 하는 일이 산 속에서 신도의 비위를 맞추고 부처님의 이름을 팔아먹고 사는 것이 아니겠냐고, 솔직히 말해 다들 그렇지 않느냐며 오히려 큰소리치더란다. 우습다. 웃으면서 울고 싶다. 오늘은 그것을 다시 한 번 확인하는 날이었다.

오전 11시에 이 산골 마을회관에 마을 어른들이 모이셨다. 그분들을 모시고 오늘은 소갈비 집으로 가 잔치를 벌여야 한다. 은사스님께서 갑작스레 계획하신 일이라 며칠 전부터 식당 예약하랴, 버

스 빌리랴, 마을 어른들께 연락하랴 정신이 하나도 없었다. 난데없이 웬 잔치를 준비하라고 하실까 궁금했는데 알고 보니 이 잔치의 목적이 단순한 잔치가 아니었다. 조만간 있을 부처님오신날에 좀 더 많은 등을 달기 위해 절에서 먼저 사람들을 모으고 알리는 것이었다. 한 노보살님이 요즘 여기저기서 얻어먹느라 미안하다는 말씀을 하시길래, "어디서 또 잔치가 있었나 봐요?" 하고 여쭤보니, 어제는 어느 절, 오늘은 우리 절, 내일은 또 어느 절⋯ 하면서 주워섬기시는데 기가 차고, 가슴이 답답해 혼났다. 요즘은 절을 운영하는 것도 사업이고 경쟁이다. 고객을 위한 좋은 서비스와 효과적인 마케팅이 회사를 일으키듯, 이제는 신도들을 끌어 모으기 위해 스님들이 돈을 들고 나서야 하는 것이다. 어르신들을 모시는 것은 좋지만 그 의도가 참 부끄러웠다.

첫째 사형이신 L스님과 내가 버스 두 대에 마을 어른들을 모시고 가게 되었다. 뒤에서 소리 소리를 지르며 노래 부르시는 어른들을 애써 피하기 위해 조수석에 앉은 나는, 이번에는 운전기사에게 붙잡혔다. 나에게 어디로 출가를 했냐고 묻길래 절을 가르쳐줬더니, 요즘 스님들은 고기를 먹느니, 술을 마시느니 하며 듣기 거북한 말들을 신이 나서 늘어놓는다. 삼계대도사이신 석가모니 부처님의 제자인 동시에 나의 사형들이신 스님들의 모습에 대한 비방이었다. 그 운전기사가 특히 별났는지는 잘 모르겠지만, 재가자들의 눈에 비친 스님들이란 왜곡과 교만, 그리고 복에 없는 재물로 호강하는 조선시대 악덕지주쯤으로 보였나 보다.

대학 때 다른 과 학생들이 불교대학 스님들을 만나면 곧잘 그와 같은 문제에 대해 묻곤 했다. 그때마다 스님들이 해 준 얘기는 "모든 스님이 그런 것은 아니다." 또는 "너나 잘해라."였다. 그 두 가지 말 모두 20대 젊은이들의 의문을 해결해주기엔 턱없이 설득력이 부족했고, 또 초라했다.

언젠가 절에 찾아온 거사님 한 분이 있었다. 60평생 중 20년이 넘게 성당에 다니셨다는 그분은 사회적으로 인정받는 공인이었다. 종교가 다름에도 아들뻘 되는 내게 공손히 삼배를 하는 모습에서 마음수양의 수준이 느껴졌다.

"스님. 성직자들 중에는 저희 일반인들보다 못한 행실을 하는 사람도 참 많습니다. 다른 분들에게 물어보니 모든 성직자가 그렇지는 않다고들 하더군요. 하지만 전 그렇게 생각하지 않습니다."

"네…. 어떻게 생각하시는데요?"

"모든 사람이 그렇지는 않습니다라는 말은 저희 일반인들에게나 적용되는 변명입니다. 성직자의 이름을 종단과 국가로부터 부여받는다는 것 자체가 그들의 자격을 보증하는 것 아니겠습니까. 성품과 품행에 결점이 없어 저희 같은 무지렁이들이 본받을만한 분들이니까 일반인들이 갖지 못하는 사회적 지위를 갖는 것인데, 그중 일부는 그럴 수 있다는 말은 결국 전체의 자격마저 의심하게 만드는 일입니다. 이미 성직에 몸담고 있다면 단 한 명도 자격에 미달되는 행실이 있어선 안 됩니다. 성직자의 옷이 이미 그 사람의 자격을 증명하는 것이니까요. 그리고 그런 사람이 있다면 당연히 성직의 자격을 박탈해야겠죠. 아, 스님. 아무것도 모르는 제가 교만한 말씀을 드렸네요. 죄송합니다."

모두가 그런 것은 아니다, 대부분 훌륭하지만 몇몇 불순분자가 물을 흐린다, 그리고 나는 훌륭한 대부분의 부류에 속한다는 식의 답밖에는 할 수 없던 내 자신이 그때만큼 부끄러웠던 적은 없었다.

갈빗집에 도착하자 벌써부터 음주가무가 벌어지고 있었다. 대학 시절 술 마시고 정신을 잃어가던 동기들과, 선배들이 어려워서 고개도 들지 못하던 후배들의 모습이 떠올랐다.

"야. 넌 인생 살아가는 '너' 가 누군지 아나?"

"선배님, 솔직히 저도 그게 궁금합니다. 근데 그거 아는 사람이 어디 있겠습니까. 높으신 스님들 빼면요."

"자식아. 그럼 평소에도 지가 누군지 모르는 놈이 술까지 취하면 도대체 그놈은 누구냐? 작작 좀 마셔라."

술 취한 놈들끼리 떠들던 술 안 취한 대화도 이곳에서는 할 수 없다.

뚝배기 불고기가 1인당 한 그릇씩 나왔는데 역시 사형스님께서는 안 드신다고 밀어내셨다. 나도 먹지 않겠다고 하였으나, 은사스님께서는 먹으라고 하셨다. 대답은 "네." 했으나 먹지 않았다. 문제는 고기가 아니다. 스승님 말씀처럼 흙으로 아무리 사나운 사자를 빚어놓았다고 해도, 그건 흙이지 사자가 아니다. 또 흙으로 사람을 아무리 아름답게 빚어놓아도 그건 흙이지 사람이 아니다.

그러나 우리들의 의미 속에서만 풀[草]로 빚어놓은 소[牛]는 고기가 된다. 더 구체적으로는 사대(四大:地水火風)로 빚어놓은 '물건'을 풀이니, 고기니 분별하는데다 나아가 몸에 좋으니, 먹으면 죄가되느니 하며 보이지 않는 의미까지 부여한다. 꿈속에서 꿈이라고 깨닫지 못하는 것도 억울한데 그 꿈속 똥을 더럽다고 피하고, 남에게 묻혔다고 죄가 된다고 열심히 주장하는 것과 같다. 똑같은 세상과 똑같은 감각과 똑같은 생각이라는 평등한 조건 하에 이렇게 견해가 달라지니, 그 법칙만을 생각하자면 감개무량하지만 불도를 모르는 사람들을 보면 마음이 아프다 못해 슬프다.

갑자기 기분이 상했다. 술 취해서 쓰러지는 어르신들. 그 사이에서 어색하게 앉아 있는 사형스님. 그리고 어르신들의 시중을 드느라 정신이 없으신 보살님들과 우리 은사스님. 나는 밥을 국물도 없이 꾸역꾸역 입에다 밀어 넣고 일어섰다. 3분도 안 걸렸을 것이다. 더 이상 앉아 있고 싶지 않았다. 자꾸 과일 날라라, 술 날라라 하는 은사스님도, 반찬에서 고기 골라내고 마늘 털고 있는 사형스님도, 이제는 누가 이 자리를 마련했는지 관심도 없어진 마을 어르신네들도 모두 다 귀찮았다. 마루에서 신발을 신고 나오니, 후식을 준다고 과일을 깎고 있는 보살님들이 보였다. 나도 얼른 칼 하나를 잡고 사과를 깎았다. 내가 과일 깎는 모습을 보더니 갈빗집 사장이 나를 보고 여자보다 낫다고 칭찬한다. 울어야 할지 웃어야 할지 잘 모르겠다.

정신없이 50인분의 과일을 깎은 뒤 밖으로 나왔다. 아직 봄이 오지 않는데도 날이 참 좋아 갈빗집 앞 벤치에 앉아 눈을 감고 햇볕을 쬐었다. 아까 그 버스기사가 내 모습을 보았다면 다른 스님들을 만나 늘어놓을 얘기가 하나 더 늘었을 것이다. 행자가 갈빗집에 앉아 있더라고.

눈을 감으니 대학 신입생 시절이 생각났다. 학교 우체국 앞 벚나무에 벚꽃이 날릴 때, 그때도 이렇게 눈을 감고 햇볕을 쬐었었다. 무상하다. 그 시절이 정말 실재했다고 할 수 있는 근거는 아무에게도 보여줄 수 없는 내 기억뿐이다. 색깔도, 소리도, 냄새도, 맛도, 감촉도, 그 뜻까지도 모두 시간과 함께 사라져 온 우주 어디에도 남지 않았다. 그때 내가 벚나무 아래에 있었든, 뽕나무 아래에 있었든, 그게 지금에야 무슨 의미가 있겠는가. 내가 아등바등 먹고 살겠다고 사회로 뛰어들든, 이렇게 머리 깎고 중이 되든 무엇이 달라졌는가. 언제나 '지금'은 이렇게 움직이지 않은 채로 엄숙하게, 그리고 찬란하게 펼쳐져 있다. 그리고 그 지금을 끌어안은 보이지도 않는 이 정신은 얼마나 위대한가.

가만히 눈을 뜨니 정원에 심어져 있는 이름 모를 나무들이 보였다. 이제 겨우 눈이 움트고 있었다. 흔히 겨울을 시련의 계절이라고 한다. 하지만 겨울을 맞는 것보다 봄을 맞는 것이 나무들에게는 더 큰 고행일지도 모른다. 겨울에는 가진 것을 모두 버리면 그만이지만, 봄이 오면 없던 것을 만들어내야 한다. 차갑게 얼어붙은 땅 속에서 물기가 스며 나오면, 잠자던 눈을 뜨고는 잎과 줄기와 꽃과 열매를 맺기 위해 숨을 고르는 것이다. 물론 나무는 나에게 한 마디도 하지 않는다. 이것도 결국은 내 생각이다.

부처님께서 성도하신 후 7일 동안 고민하셨던 내용이 생각났다. '과연 이 법을 중생들이 알아들을 수 있을까. 괜한 수고를 하는 것은 아닌가.' [13] 그때 하늘에서 범천이 나타나 중생들 중에서도 부처님의 가르침을 알아듣고 기뻐할 수 있는 근기를 가진 이들이 있을

주13)
　　부처님께서 보리수 아래에서 정각을 이루신 뒤 법을 중생들에게 설법할 것인가에 대해 고민하신다. 경전에는 이렇게 표현되어 있다. '내가 도달한 이 법은 깊고 보기 어렵고 깨닫기 어렵고, 고요하고 숭고하다. 단순한 사색에서 벗어나 미묘하고 슬기로운 자만이 알 수 있는 법이다. 그런데 사람들은 집착하기 좋아하여, 아예 집착을 즐긴다. 그런 사람들이 "이것이 있으므로 저것이 있다."라는 도리와 연기의 도리를 본다는 것은 참으로 어려운 일이다. 또한 모든 행(行)이 고요해진 경지, 윤회의 모든 근원이 사라진 경지, 갈애(渴愛)가 다한 경지, 탐착을 떠난 경지, 괴로움의 소멸에 이르는 경지 그리고 열반(涅槃)의 도리를 안다는 것도 어려운 일이다. 내가 비록 법을 설한다 해도 다른 사람들이 이해하지 못한다면 나만 피곤할 뿐이다.' 이에 설법을 그만두고 열반에 드시려고 하였으나 범천이 나타나 중생들에게 선근이 있음을 설명하며 부처님께 설법해주시기를 세 번 간청한다. 이에 부처님께서 설법을 승낙하시는데 이것을 범천권청(梵天勸請), 또는 범천삼청(梵天三請)이라고 한다.

것이라며 부처님을 세 번이나 설득했다고 한다. 부처님께서는 언제나 천상과 천하에 오직 '나'뿐임을 가르쳐 주셨다. 그렇다면 범천은 무엇일까. 바로 부처님의 45년 설법을 결정짓게 한 중생들을 위하는 자비의 또 다른 이름일 것이다. 일체가 이미 부처임을 깨달으신 석가모니 부처님께서, 아상(我相)에서 벗어나 온 우주의 이치 그대로가 되신 석가모니 부처님께서, 다시 중생의 어리석은 견해로, 어눌한 인간의 언어로, 무거운 육신으로 돌아와 때로는 믿지 않고 욕하는 중생들을 위해 설법하신 것은 이미 모든 것을 놓아버린 나무가 다시 싹을 틔우는 노고가 아니었을까.

불도를 닦는 이들도 버리는 것에 대한 막연한 두려움과 혼자 남는 외로움을 경계한다. 마치 본래부터 자신에게 버릴 무언가가 있었던 것인 양 착각하기 때문이다. 흘러간 노랫말처럼 알몸으로 태어나서 건진 것은 겨우 옷 한 벌 뿐이다. 내가 버리지 않아도 머물러 있는 것은 아무것도 없다. 그리고 내가 얻으려 노력하지 않아도 끊임없이 생겨나고 있다. 부주색성향미촉법(不住色聲香味觸法). 색깔과 소리, 냄새, 맛, 감촉, 뜻은 머물지 않는다. 마치 허공이 구름을 뭉쳐내듯, 바다가 파도를 일으키듯 꿈과 같이 생겼다가는 사라지는 현상을 반복한다. 얼마나 신비로운가. 나의 이 무한함. 눈을 감아보라. 내 시력의 끝은 어디인가.

가만히 앉아 있는 나에게 사형스님이 다가왔다. 내 마음을 읽었는지, 어이없이 웃는 날 보며 "이것도 다 보시(布施)다." 하고 말했다. 은사스님께서도 피곤해 보였다. 그래서 나도 뭔가 해야겠다는 생각으로 식당 안으로 들어갔다. 하지만 그 안에 있던 술과 하나가 된 어르신들은 자기 앞에 있는 사람이 스님인지 종업원인지 구별도 하지 못했다. 난 다시 밖으로 나왔다.

아직 벤치에 앉아 있는 사형스님에게 이 상황을 어떻게 생각하느냐고 묻고 싶었지만, 그 대답을 뻔히 알고 있기에, 그보다 행자는 묵언이기에 그만 두었다. '다 중생 교화를 위한 방편이지.' 지금 정말 그들을 교화하고 있는가. 아니면 그들의 비위를 맞추고 있는가.

자꾸 스승님과 '기생'이라는 단어가 교차한다. 절에 찾아오는 이 하나 없어도 행복할 수 있는 분들. 산 속에서 끼니가 없어 곰팡이 난 빵을 끓여 먹으면서도 끊임없이 웃으며 스승님의 설법을 들었던 스님들. 쫓아다니며 비위 맞추지 않아도 앞에 엎드리는 제자를 둔 어른들이시다. 적어도 내가 본 도각사에서 이런 장면은 상상도 할 수 없다. 고귀하고 위대하다.

스승님께서는 사연을 말하기 전에 그 사연이 비롯되는 이치를 설명하신다. 공포를 말하기 전에 공포가 생겨나는 원리를 설명하시고, 생사를 말하기 전에 영원한 '지금'을 말씀하신다. 수행자의 모습을 하면서까지 비굴해지느니 자랑스러운 죽음을 택한다. 그것에는 아무런 미련도 공포도 없다. 떠나고 싶을 때 떠날 수 있고, 오고 싶을 때 올 수 있다. 하지만 어디에 있던지 항상 '여기' 임도 알고 있다.

절에 돌아와서 가마솥에 불을 때며 사시불공의 '유치(由致)'를 외우려고 주머니에서 책을 꺼냈지만 글이 눈에 들어오지 않았다. 가슴이 답답하고 불안했다. 부처님께서 이 모습을 보시면 뭐라고 하실까. 오히려 그런 자리에서 번뇌하고 있었다는 사실이 문득 부끄러워졌다. 오늘따라 연기가 매운지 눈물이 난다. 아직 해가 지지 않았는데 사형스님과 은사스님께서는 잠이 드셨나 보다.

이번 부처님오신날에는 작년보다 많은 등이 달릴 것이다.

염불이 익숙해질 때

온 세계가 똑같다
올바르게 살아야 한다고 배웠지만
올바르게가 뭔지 기억이 나질 않는다

사시불공을 드린 후에 촛불이며 다기를 정리하다가 이 얘기는 오늘 일기에 반드시 써놓아야겠다고 생각했다. 그런데 바로 '이 얘기'가 뭔지 기억이 나질 않는다. 온 세계가 똑같다. 올바르게 살아야 한다고 배웠지만, '올바르게'가 뭔지 기억이 나질 않는다.

이제 이 절도, 행자생활도 어느 정도 익숙해진다. 나에게 좋지 않은 감정을 가진 사람도 없고, 어떻게 절 살림이 돌아가는지 모르는 것도 거의 없다. 게다가 은사스님께서 나에게 내일부터 종무소 일을 도우라 하셨다. 이제 네가 신도들과 만나서 법당 안내도 하고 연등도 달아주라고 하셨다. 생활 속에서 해야 할 일은 더 많아졌지만, 내 가슴 속 긴장의 시간들은 생각보다 빨리 끝났다. 그 경직되고 추웠던 시간들은 어느새 모두 지나가 사라지고, 날씨도 많이 따뜻해지고 내 마음도 훨씬 여유로워졌다.

나는 언제나 누군가를 만나면 헤어짐을 생각하고, 헤어지면 다시 만날 것을 생각한다. 만남보다 이별이 더 아픈 것은 만날 때에 이미 이별이 약속되었다는 사실을 외면했기 때문이다. 그래서 갑작스러운 이별이 올 때 눈물 흘리지만, 어느샌가 다가온 또 다른 만남에 속기 때문에 그 눈물 역시 금방 잊히기 마련이다.

항상 이곳은 가진 듯하다가 곧 놓아버리게 되는 일련의 순환 속에서 존재한다. 그리고 그 순환의 무상(無常)함을 관(觀)하는 이 마음은 항상 그 모두를 가진 채 거느리고 있으니[總持] 나는 이 세상이 행복하다고도, 또는 슬프다고도 판단할 수 있게 되는 것이다.

인간은 세상 속에 수없는 길을 만들어 놓고는 '사람이라면' 반드시 걸어야 할 코스를 약속해 놓았다. 학교, 군대, 결혼, 사회 나아가서는 예의, 도덕, 인륜, 평화. 그 어느 자연도 요구하지 않고 필요로 하지 않았던 이름들에 당위와 의무를 부여하는 것이다. 나에게 필요한 것은 무엇인가. 혼자 와서 수없는 인연을 짓는가 싶더니, 문득 다시 죽음이라는 혼자만의 길을 걷는 이 삶이라는 한 편의 드라마에 필수 불가결의 요소란 과연 어떠한 것인가.

내게는 염불도, 목탁도, 돈도, 사회도, 자존심도, 눈물도, 금전출

납부도 필요 없다. 언제나 나는 '여기'에 있고 '지금'을 느낀다. 끝없는 우주의 중심이 바로 '나'이고, 나를 따라 하늘과 땅이 순응한다. 나는 영원히 수행의 길을 걸을 것이다. 아무도 내 길을 막지 못한다. 적어도 인생이라는 게임에 있어서 나는 가장 현명한 길을 택했다고 믿기 때문이다. 그리고 그 길에는 만남과 이별, 혹은 시작과 끝이라는 가슴 아픈 사연이 가볍게 무시되기 때문이다.

오늘 저녁에는 염불 때문에 답답했다. 요즘은 유난히 은사스님께서 내 염불 음성에 대해 자꾸 주문을 하셔서 무척 피곤하다. 처음 와서는 종전에 배웠던 대로 하니, 막내 사형스님이 그런 건 신도들이 하는 염불이니 자기를 따라 하라고 했다. 신도용 염불이 따로 있고 스님용 염불이 따로 있나 보다. 생각 염(念), 부처 불(佛). 염불이란 부처를 생각하는 것이라 배웠는데 말이다. 별 말없이 열심히 따라 하고 연습했다.

사형스님이 떠나고 한참 뒤에 내 염불소리를 은사스님께서 들으시더니 왜 네 사형이랑 똑같이 하느냐고 물으셨다. 그건 염불성(聲)이 아니라고 하시며 다시 배우라고 말씀하셨다. 어쨌든 내가 하는 염불이 좋지 않다는 말씀이었을 것이다. 그래서 "어떻게 해야 합니까?" 하고 여쭈니 "M은 염불을 못해. 그놈 따라 하지 말고 염불 테이프를 들어라."고 하셨다.

그 후로 몇 주를 테이프를 듣고 열심히 따라 했다. 하지만 며칠 전 사시불공을 들으시더니 너무 느리다며 빨리 해라, 목탁을 이렇게 쳐라, 요령은 언제 갈아라, 등등 주문이 너무 많았다. 물론 나 잘되라고 하시는 말씀이겠지만 스님들이 모두 변덕스레 주문하시니 맞추기가 쉽지 않다. 은사스님 당신께서 보여주시는 시범도 날마다 달라지시니 말이다.

책마다 나와 있는 염불이 다르고, 테이프마다, 스님마다 목탁이며 요령을 흔드는 위치가 다르고 시간이 다르며 음성이 같지 않은데 도대체 어디를 어떻게 맞춰서 하라는 말씀인지 도통 모르겠다. 은사스님 음성은 자주 듣지 못해서 따라 하기가 쉽지 않다. 내일은 예불이 끝나고 새벽 5시에 나오는 라디오 불교채널을 들으면서 연습하라고 하셨다.

만해 한용운 스님은 『조선불교유신론』[14]이라는 당신의 저서에서 염불에 대해 이렇게 말씀하셨다.

지금 내가 말하는 것은, 중생들의 거짓 염불을 폐지하고 참다운 염

[14) 만해(萬海) 한용운이 지은 불교개혁론. 불교의 교리부터 시작하여 승단의 제도·의식, 사찰의 조직, 승려의 취처(娶妻) 문제에 이르기까지, 서론을 포함해서 모두 17장으로 이루어진 각 항목에서 당시의 한국불교를 날카롭게 비판하였다. 그는 훌륭하게 유신하는 자는 훌륭하게 파괴하는 자라 하여, 기존의 모든 것을 파괴해야 한다고 주장하였으며, 이는 아주 깨뜨려 없애자는 것이 아니고 낡은 습관을 새로운 세대에 맞도록 고치는 것이 바로 개혁임을 역설하였다.

불을 닦게 하겠다는 취지에서 발언한 것이다. 그러면 거짓 염불이란 무엇인가. 지금의 이르는 바 염불을 말함이니, 부처님의 이름을 부르는 것이 이것이다. 참다운 염불이란 무엇인가. 부처님의 마음을 염하여 나도 이것을 마음으로 하고, 부처님의 배움을 염하여 나도 이것을 배우고, 부처님의 행을 염하여 나도 이것을 행해서, 비록 일어(一語)·일묵(一默)·일정(一靜)·일동(一動)이라도 염하지 않음이 없어 그 진가(眞假)와 권실(權實)을 가려 내가 참으로 이것을 소유한다면 이것이 참다운 염불인 것이다. 그러므로 참다운 염불이 아님을 두려워하여 이를 폐지하자고 주장하는 것은 거짓된 염불의 모임을 겨냥한 발언일 뿐이다. 동일한 불성을 지닌 엄연한 7척의 몸으로 대낮이나 맑은 밤에 모여 앉아 찢어진 북을 치고 굳은 쇳조각을 두들겨 가며 의미 없는 소리로 대답도 없는 이름을 졸음 오는 속에서 부르고 있으니, 이는 과연 무슨 짓일까. 이를 가리켜 염불이라 하다니, 어찌 그리 어두운 것이랴.

행자는 어느 절이고 힘들다. 이 힘든 기간을 얼마나 즐기며 보내는가에 따라 내 양식이 되기도 하고 독(毒)이 되기도 한다. 저녁예불을 모시고 오랜만에 혼자서 108배를 했다. 백팔염주를 손에 들고 법당 구석에서 부처님을 향해 천천히 한 배씩 절을 올렸다. 이 답답한 현실이 부처님 재세시의 정법(正法)으로 환원하길 바라며, 그리고 만나면 쓴웃음만 나오는 이 세상의 현실을 위해서, 또 아직도 진실하지 못한 내 자신을 위해서. 부디 이 아름다운 세계가 좀 더 아름다운 세계로 느껴졌으면 하는 바람뿐이다. 결국은 내 견해의 문제다.

3부

눈속의 티끌보다 작아지다

바보 되기

정성스레 과자를 쌓아 놓으면 신도들은 와서 보고는
누가 쌓았느냐고 묻고 나를 칭찬한다
그런 말을 듣고 나면 웃어야 할지 울어야 할지 자주 헷갈린다
과자를 잘 쌓는다고 출가자가 재가자들에게 칭찬을 받는다

내일은 학교에 가서 스님들도 뵙고 친구들도 만난다. 행자가 어딜 돌아다니느냐는 총무원 직원의 말이 생각난다. 행자는 인간과 축생의 가운데쯤으로 생각하라 했으니 그럴 수도 있다. 누군가를 만나는 것보다 더 큰 이유는 계를 받고 난 후에 대학원에 복학하는 일로 학교에서 교수님들과 중요한 약속이 있기 때문이다. 이 약속은 내가 출가하기 전에도 은사스님을 뵙고 몇 차례 허락을 받았던 것이라 하루 정도 학교에 다녀오는 것이 별 문제가 되지 않을 것이라고 생각했다. 물론 오고 가는 데 몇 시간이 소요되겠지만, 오랜만에 동기들을 만난다는 생각에 은근히 기대도 되었다.

그러나 기대하면 실망한다고 했던가. 가는 날이 장날이라고 내

일 사시(巳時)에 천도재가 들어왔다. 오늘 아침 은사스님께서 나에게 내일 학교에 가지 말라고 말씀하셨다. 몇 달을 기다렸는데…. 내가 『천수경』도 외워야 하고 옆에서 심부름하며 도와야 할 일들이 많다는 것이다.

여기서는 스님이 없으면 행자에게 천도재를 시킨다. 내 공부가 부족하여 천도재를 지내는 것이 부담되기도 했지만, 그보다 더 힘든 것은 재를 부탁한 유가족들의 시선이다. 그들은 불교가 무언지, 부처님 말씀이 무엇이고, 망자에게 중얼거리며 읽어주는 저 책에 무슨 말이 쓰여 있는지 전혀 알지 못한다. 그러니 자연스럽게 재를 지내는 스님의 모습에 더 많은 눈길을 두게 되는데, 아직 승복도 입지 못한 꾀죄죄한 행자가 앉아서 목탁을 두들기고 있는 꼴을 보고는 무슨 생각을 할 것인가.

언젠가 은사스님께서는 영가가 보인다고 하셨다. 웃음이 나왔다. 왜 웃음이 나왔는지는 당시에 잘 몰랐다. 사실 웃지 말았어야 할 순간이었는지도 모른다. 하지만 스님이 법석에서 신도들을 앉혀 놓고 영가 흉내를 내면서 "아우! 배고파. 밥 줘!" 하는 모습은 코미디가 따로 없었다. 하하하! 모두가 와르르 웃었다. 정말 웃겼다. 그리고 너무 슬펐다.

누가 나를 이곳에 데리고 왔는가. 내가 왔다. 내 발로 왔고, 내 마음대로 결정했으며, 내게만 주어진 일인 동시에 나만이 할 수 있는 일이다. 순간 어깨가 결리고 뒷목이 뻣뻣해졌지만 곧 마음을 바꿨다. 그래. 내게 닥쳐온 일은 모두 나를 위한 일이다. 조급하게 생각하지 말자.

잠깐이라도 언짢았던 기분이 혹시라도 은사스님께 전해졌을까 죄송했다. 그래서 다시 힘을 내어, 정말 '힘을 내어' 학교에 전화를 걸어 잡혀 있는 모든 약속들을 취소했다. 대학원. 안 가도 그만이다.

내 인생 중에 요즘처럼 책만 읽고 싶은 적이 없었다. 하루 종일 도서관에서 책 속에 파묻혀 공부하고 싶다. 학교 다닐 적엔 빵빵 놀다가 이렇게 차 떠나면 꼭 손을 흔든다. 일을 하다가 5분이라도 시간이 남으면 얼른 주머니 속의 책을 펴지만, 어디선가 계속 불러대는 "행자야!" 하는 소리에 집중을 할 수가 없었다. 이상하게도 책만 펴면 1분도 기다리지 못하고 "행자야!"가 들린다.

아침에 일어나서는 도량을 정리하고 다기 물을 떠놓고 촛불을 켜야 하고, 아침예불이 끝나면 곧바로 아침공양을 준비하러 공양실로 달려가야 한다. 오늘은 아침공양을 하자마자 도량에 있는 나무들 가지치기를 해야 한다며 낫이며 톱 등을 가지고 사형스님을 쫓아다니고, 가지치기를 마치고 나니, 사시가 되어 마지 밥을 올려야 했다. 사시불공이 끝나고 점심공양을 준비하러 다시 공양실로 가야했고, 점심공양 후에는 내일 천도재에 사용할 제사상을 차려야 했다. 위패를 만들고 제기를 모두 꺼내 젖은 행주와 마른 행주로 번갈아 닦아 놓고는 병풍과 지의(紙衣:영가를 위해 제사 중에 불사르는 종이 옷) 등을 꺼내 정리해 놓았다. 겨우 끝났다 싶어 다시 책을 펴니 정말 1분도 채 지나지 않아 장보러 나가셨던 보살님들이 돌아왔다. 어찌나 재촉을 해대는지 정신이 하나도 없었다. 사과, 배, 포도, 딸기, 수박, 파인애플, 바나나, 밤, 대추 등을 씻어 제기에 정성스럽게 쌓아 올렸다. 다음은 과자다. 10가지도 넘는 과자를 일일이 낱개 포장을 뜯어 제기 위에 하나씩 쌓는 것이다. 이거야말로 행자의 경력을 보여주는 일이다. 조금만 다른 곳에 정신을 팔면 피사의 사탑이 되고 만다. 때때로 삐뚤어진 과자의 탑을 보며 다시 쌓을까, 그냥 올릴까 하고 잠깐 망설이다가도 재를 지내는 도중에 요령을 흔드는 은사스님 앞에서 와르르 쏟아지는 과자를 상상하면, 조용히 내 손으로 탑을 무너뜨리게 된다. 그것만으로도 2시간은 족히 걸린다. 정성스레 과자를 쌓아 놓으면 신도들은 와서 보고는 누가 쌓았느냐고 묻고 나를 칭찬한다. 그런 말을 듣고 나면 웃어야 할지 울어야 할지 자주 헷갈린다. 과자를 잘 쌓는다고 출가자가 재가자들에게 칭찬을 받는다. 취소한 학교의 약속은 잊어버린 지 오래다.

사실 이렇게 해서 정말 돌아가신 분이 천도가 된다면 백 번 천 번이라도 하겠지만, 아직은 잘 모르겠다. 경복궁에서 하루에 두 번 보여주는 수문장교대식이라면 어차피 공연이라 생각하고 열심히 하겠으나 천도재는 공연이 아니다. 아니, 아닐 것이다. 아니어야 한다.

매일 교수 옆에서 조교로 붙어 살을 비비면서 따라다니며 배워도 학위를 줄까 말까 하는데, 아무도 없는 법당에서 이렇게 과자로 피사의 사탑이나 쌓으며 스스로 감탄하고 앉아 있다. 석사, 박사라는 이름. 정말 요즘에는 너도 나도 가진 싸구려 면허증이다. 우리나라에만 해도 국내외 불교학박사 학위를 가진 백수가 500명이 넘는다고 한다. 하지만 그들의 대를 잇기 위해 자신도 깨닫지 못한 교수들 밑에서 이름뿐인 학문을 배워야 한다는 사실이 솔직히 나를 부담스럽게 만든다. 그들의 학문은 아무리 배워도 희열이 없다. 생사(生死)의 문제를 해결해주지 못한다. 사실 나 같은 놈이야 시험기간인지 아닌지 모를 정도로 별 생각이 없었지만, 동기들은 오히려 시험 때가 되면 생사의 고통과 비슷한 감정을 느낀다고 한다. 그리고는 시험이 끝나면 교수님 연구실로 사들고 가야 하는 홍삼세트가 마치 자신의 살을 도려낸 것 같이 낯 뜨겁고 아프다고 했다.

사실 불교라는 단어와 전혀 어울리지 않는 교수들과 속은 척, 미친 척, 배알 없는 척하며 얼마든지 지낼 수 있지만, 이렇게 의미를 알 수 없는 천도재는 재미가 없다. 정말 너무 재미없다.

역시 무언가를 해야 한다는 생각은 나를 힘들게 한다. 말 말고, 가슴. 진정으로 행복해지는 이 길을 명철한 교수님들과 높으신 스님네들은 무시할지 몰라도, 그 값어치는 '죽음'이라는 저울이 달아줄 것이다. 얼마나 자유로웠는가, 또는 얼마나 두려워했는가. 얼마나 집착했는가, 그리고 얼마나 어리석었는가. 바로 내 인생의 평균 점수다.

내일은 그냥 열심히 일하기로 했다. 책에 쓰여 있는 대로 염불도 큰 소리로 하고, 은사스님 법문이 있을 때에는 스승님의 말씀을 떠올리며 가슴 아파하지도 않고, 병풍 뒤에서는 하품하지 않고 스님 요령소리에 맞춰 종이옷도 정성스럽게 태울 것이다.

머리 굴리지 않고 잠깐 바보가 되기로 했다.

바다의 늙은 거북이 한 마리 은빛 상어였을 때

누구나 숨 막힐 때 비로소 허공을 느낀다
내 인생에서 가장 찬란하게 긴 시간이 와도
나는 그것이 환상임을 믿을 수 있을까

아직 세상이 넓어 보이던 내 나이 열여덟. 그때 이 마음을 느꼈다면, 내 화려하지도 않았던 망상의 계절을 버리고 대신 지금의 이 마음으로 그 시공(時空)을 채웠다면, 아마 미친 듯 술을 퍼부으며 발광(發光)했을지 모르는 일이다.

지금은 바다에 떠 있는 늙은 거북이 남청색 심해를 헤집으며 이빨 사이로 붉은 선혈을 토하는 한 마리 은빛 상어였을 때, 나는 바위 뒤에 숨어 있는 작은 불가사리였다. 눈도, 입도, 강한 의지도 갖추지 못한 채 누더기 해초를 붙잡고 하루하루를 연명해 나가던 스스로 수줍은 미물이었다. 그저 가끔씩 자기를 보아주는 늙은 성게의 작은 눈을 인생의 전부로 여기는 슬픈 입술. 때로는 그 입술이 지나가던 불쌍한 벙어리 조개의 힘줄을 끊어 먹기도 했다.

누구나 숨 막힐 때 비로소 허공을 느낀다. 내 인생에서 가장 잔
인하게 긴 시간이 와도 나는 그것이 환상임을 믿을 수 있을까. 나는
이래서 아직 멀었다.

나는 욕심이 참 많다

그러고 보니 내가 갖고 싶은 것은 나에게 하나도 없다
아니 나는 내가 갖지 않은 것들만 가지고 싶어 한다

나는 욕심이 참 많다. 가만히 생각해보면 내 주위에 있는 그 어떤 사람보다 나에겐 갖고 싶은 것들이 많았다. 가장 먼저 나는 나에게 집착하여 죽고 못 사는 부모님을 갖고 싶다. 다시 떠올릴 때마다 눈물 흘릴 만큼 슬프고도 아름다운 로맨스를 갖고 싶고, 누구에게도 뒤지지 않을 뛰어난 지식도 갖고 싶다. 부루나존자[15]처럼 막히지 않는 언변도 갖고 싶고, 아난존자[16]와 같은 뛰어난 외모도 갖고 싶다. 돈도 셀 수 없이 갖고 싶고, 고귀한 명예도, 모두가 부러워할 사회적인 지위도 갖고 싶다. 우리 어머니와 같이 아름다운 여인도 갖고 싶다. 그러고 보니 내가 갖고 싶은 것은 나에게 하나도 없다. 아니, 나는 내가 갖지 않은 것들만 가지고 싶어 한다.

하지만 솔직히 말하면 나는 내가 갖고 싶다고 한 모든 것을 거부하는지도 모른다. 그저 말로만 사회에서 배웠던 근거 없는 행복을 동경하는 척한다. 내가 그렇게 바라던 소중한 모든 것도 결국엔 사라질 텐데. 그 고통과 슬픔을 생각하면 견딜 자신이 없다. 아무리 돈이 많고, 명예와 지위가 높아도 매일을 지키기 위해 고민해야 하고, 설사 지켰다 하더라도 그들을 두고 내가 먼저 떠나야 한다면, 그리고 그 일을 절대 피할 수 없다면…. 상상만으로도 가슴이 터질 것 같다.

아무리 아름다운 여인이 있어도 결국은 헤어지기 마련이다. 그녀의 아름다움은 매 찰나 사라지고 있고, 그것을 보는 나의 마음 역시 그를 따라 영원히 과거라는 비상구로 빠져나가 추억이라는 향기만 남긴 채, 다시는 돌아오지 않는다. 내 의지와는 관계없이 내 손 위의 모래성은 지금 그렇게 무너지고 있는 것이다. 그런 것이 인생이라고 자위하며 살기에는 그 아픔이 실로 크다. 내 마음을 사정없

주15) 인도 교살라국 사람. 바라문 족족의 출신. 아버지는 가비라성주 정반왕의 국사. 가정은 큰 부자로서 부처님과 생년월일이 같다. 대단히 총명하여 어려서 4베다, 5명(明)을 통달하였고, 진세(塵世)를 싫어하여 입산수도한다. 부처님이 성도하여 녹야원에서 설법하심을 듣고 친구들과 함께 부처님께 귀의, 아라한 과를 얻는다. 변재(辯才)가 훌륭하여 불제자 중에 설법이 제일이었으며 뒤에 여러 곳으로 다니며 인격과 변재로써 중생 교화에 전력한다.

주16) 부처님의 사촌 동생으로서 가비라성의 석가 종족의 집에 출생하였다. 8세에 출가하여 수행하는데 미남인 탓으로, 여자의 유혹이 여러 번 있었으나 지조가 견고하여 몸을 잘 보호하고 수행을 완성하였다.

이 파헤쳐 놓는다.

또 사라져버린 내 인생을 보상받을 수 있는 곳도, 대신해 줄 것도 아무것도 없다. 나에겐 성취의 환희보다 성취를 위한 피 같은 노력, 그리고 그것을 지키는 수고와 이별의 고통이 더 무거운가 보다. 그래서 난 이 길로 들어섰다.

이제 와보니 그 모든 것이 진정 말뿐인 것이더라. 모두가 색깔이며, 소리이며, 맛, 냄새, 감촉과 뜻뿐이었다. 그것에 의미를 두면 같은 색깔도 다른 이름이 되고, 같은 소리도 칭찬과 악담으로 돌변한다. 그러나 이렇게 나를 '사연' 속에서 끄집어내고 나니, 이상하게도 내 곁에는 내가 그토록 바라던 것들이 하나 둘씩 생겨났다. 아버지와 같은 의리의 스승님도, 어머니와 같은 아름다운 지혜도. 물론 다른 이들은 이해할 수 없겠지만 부처님의 가르침을 믿는 내 마음속에는 그들의 눈이 얼마나 세속적인지 느껴진다. 그분의 가르침이 없었다면, 내 앞의 세상이 내 세계를 아름답게 장엄하기 위해 나타나 준 보살들이고, 마치 꿈속의 세상처럼 내 안에 담겨있는 남들이라는 사실을 그 누가 상상이나 할 수 있었을까. 그들이 사라지면 그들을 느끼던 내 눈과 내 귀와 내 코와 그 외의 감각기관들이 모두 사라진다. 나를 있게 해준 남이요, 마치 남이 존재하는 것처럼 느끼게 한 나다. 어찌 나와 남이 둘이라고 말하며, 그 하나가 다시 혼자라고 말할 수 있겠는가.

이 세상에서 '있는 것[有]'을 모두 빼버린 뒤에도 세상은 여전히

이 모습 그대로일 것이다. 본래부터 없는 것이 이 짓을 하며 이렇게 드러났으니 말이다.

요즘 제사가 많아 태워야 할 쓰레기들이 산처럼 쌓였다. 스님들이 그 앞을 지나가며 쓰레기를 훑어보고는 나에게 힐끗 눈길을 준다. '저 녀석이 언제 치우려고 저렇게 태평한가.' 하는 눈초리다. 난 허공에서 허공으로 만들어진 '쓰레기'라는 이름들에 '불'이라는 허공을 주어 그들을 다시 허공 속으로 돌려보내는 일을 해야 했다. 그저 잠깐 색깔로, 소리로 내 앞에 머무는 듯 했을 뿐, 시작한 곳도 돌아가는 곳도 역시 아무것도 없는 허공이었다. 이 경치를 움직여도 움직인 바가 없는 모습이라고 해야 하는 걸까.

나는 얼마나 여기서 머무르게 될까. 떠나게 될 때에는 어떤 마음으로, 어떤 모습으로 가게 될까. 내 발로 찾아왔으니 언제든지 내 발로 떠날 수도 있지만, 의리가 마음에 걸린다. 나만이 그들과 나눌 수 있는 의리(義理).

자기가 자기를 보고 웃고 울고 있다는 가르침 말고 또 있을까. 그것 말고 더 큰 의리가 있을까.

나에게 꿈이 생겼다

이런 꿈들을 가진 것이 오늘이 처음은 아니다
수없는 전생 동안 똑같은 꿈을 가졌기 때문에 지금 그대로 이루어졌다

요즘 꿈이 하나 생겼다. 먼 훗날에 내가 찾아 나서지 않아도 세상이 나를 찾을 때쯤이 되면, 우리 도반들을 모두 이끌고 먼 외딴 섬으로 가고 싶다. 내 곁에 사랑하는 모든 사람들을 매일매일 볼 수 있게 작은 무인도로 가고 싶다.

사회도, 직장도, 돈도, 명예도, 이름도, 결혼도, 자존심도, 삶과 죽음도 모두 필요 없는 그런 삶을 살고 싶다. 자식 때문에, 배우자 때문에, 부모님과 친척들 때문에 죽을 수 없다는 연명(延命)에 대한 비겁한 핑계 대신, 드디어 더 아름다운 세계로 갈 수 있게 되었다는 희망에 찬 임종의 목소리가 들리는, 나 그냥 그런 곳에서 매일 이렇게 행복하다는 일기만 쓰다가 가고 싶다. 그리고 다시 보게 되는 세계에선 또다시 먼저 가신 어른들을 만나고 불도를 닦으며 내 뒤에

올 친구들을 기다릴 것이다.

이런 꿈들을 가진 것이 오늘이 처음은 아니다. 수없는 전생 동안 똑같은 꿈을 가졌기 때문에 지금 그대로 이루어졌다. 나보다 먼저 가신 어른들을 만났고, 난 지금 불도를 닦고 있으며, 아직 만나지 못한 친구들을 기다리고 있다.

모두 꿈만 같다. 지금까지의 내 인생도, 순간에 모두 사라져버리는 지금도, 앞으로 올 것이라고 혼자 상상하는 미래도, 모두 꿈이었다. 눈 감으면 사라지고 눈 뜨면 생겨나는 환상이었다. 우주 어디에서도 내가 생각하던 단단한 세계는 그 흔적마저 찾아볼 수 없다. 이렇게 잡을 수도 없고 보여줄 수도 없는 아름다운 환상으로. 이름으로.

세상에는 다시없을 인연

여기에도 부처와 보살의 법칙이 있다는 것을 증명이라도 하듯이
나의 꿈속에서 나에게 꿈임을 알려주는 또 다른 꿈이 있으니
이 얼마나 감격스러운 일인가

오후에 공양실에 가보니 설거지할 그릇들이 몇 개 있었다. 말없이 설거지하고 있는 내 뒤에서 은사스님께서 말씀하셨다.

"그런 거는 보살이 하게 두고, 넌 너 일 봐라. 보살은 맨날 놀고, 너만 일하냐."

처음에는 출가자는 못하는 게 없어야 한다며 쉬지 않고 일을 시키시더니, 이제는 또 하지 말라고 하신다. 공양주보살님도 하루 종일 바쁘게 쉬지도 못하고 일하시는데 말이다. 거품 묻은 그릇을 그대로 두고 밖으로 나왔는데 문득 도각사에 계신 스님들 생각이 났다. 잘 계시는지.

요즘은 무슨 일을 해도 스님들이 떠오른다. 밥을 퍼 담으려고 밥

솥을 열어도 스님들이 생각나고, 쓰레기를 태우려고 불을 피워도 그 추웠던 산 속의 쓰러져가는 스님들의 요사채가 생각난다. 은사스님의 방을 청소하려고 들어가 책상 위에 펼쳐져 있는 책들을 보면 경전을 짚어가며 설명해 주시던 스승님이 떠오르고, 은사스님의 차고에 들어가 세차를 할 때면 대학시절, 주말에 내려가 법회를 듣던 나를 터미널까지 바래다주시던 스님들의 자상함이 기억나 문득 가슴이 저려온다.

도각사 스님들을 처음 뵙고 학교생활을 하는 수년간 떨어져 살았지만 그때는 지금처럼 간절하게 그분들을 생각하지 못했다. 당연히 곁에 계실 분들이라고 철없는 생각을 했었다. 내 몸과 마음의 부모님 같은 분들이시다.

누군가를 기쁘게 하려면 그 사람을 칭찬하면 된다. "당신은 무엇이 좋습니다. 무엇이 아름답습니다." 하지만 스님들만은 "제가 이렇게 잘했습니다. 저는 이렇게 잘났습니다." 하는 말에 행복해하신다. 다른 이들은 내가 잘했다고 말하면 교만하다고 말하겠지만, 오직 스님들만은 나의 잘난 척을 보며 기뻐하신다. 당신들이 잘 되는 것보다 내가 잘 되는 것을 더 바라신다.

마치 세상[塵]과 그것을 느끼는 나의 감각[根]은 언제나 숨어버리지만 그 둘을 부모로 태어난 생각[識]은 본래부터 혼자 존재했던 것인 양 까부는 것과 같다. 내가 생각이라면 나를 만들어준 부모는 진과 근인 스님들의 가르침이다. 그분들의 노고와 자비로 나는 다시 태어났다. 비록 삶이라는 이름의 동전은 항상 만남과 이별의 양면을 가지고 있지만, 그 동전을 통해 본래 나의 모습이란 만날 수도 이별할 수도 없는 위대한 허공이었다는 사실을 깨닫게 되었다. 나는 반드시 우주의 온 법칙을 꿰뚫고 그 위에 올라탈 것이다.

처음에는 인연되는 모든 이들을 대하시는 스님들의 모습이 이해되지 않았다. 돈을 벌 수도, 훌륭하다는 명성을 얻을 수도, 그렇다고 당신들의 몸이 편한 것도 아닌 그런 삶을 기꺼이 즐기시는 모습이 나에게는 의문으로 남지 않을 수 없었다. 그러나 나의 의문 그대로가 스님들의 진심이었음을 알았다. 때론 그 자비와 관심을 거부하는 사람들도 많았다. 이유 없이 왜 나에게 잘해주느냐며 뭔가 꿍꿍이가 있을 것이라고 생각하는 사람들은 스님들을 피하고 스스로 멀어졌다. 그럴 때마다 스님들께서는 안타까워하시며 웃으셨다.

"괜찮다. 본래 부처다. 아무도 죽지 않는다."

떠난 그들이 아무리 오해를 하고, 또 어리석어도 언제까지나 보이지 않는 정신이기 때문에 죽지 않는다는 것이다. 단지 스스로 생사에 빠져 있다고 착각할 뿐이다.

악몽을 꾸는 사람의 꿈속에서 '이건 꿈이야. 그러니까 무서워하지 말아라.' 하고 가르쳐주는 그 법칙은 얼마나 위대한가. 상식적으로 가능한 일인가. 꿈속에서 꿈이라고 말하는 이가 있다니. 도각사

스님들이 바로 그 이치다. 이곳은 이 세상이 꿈인 줄 알지 못해야만 올 수 있는 사바세계다. 꿈인 줄 아는 마음들은 그것을 아는 이들이 모인 세계에 태어난다. 이곳에 올 수 없다. 하지만 여기에도 부처와 보살의 법칙이 있다는 것을 증명이라도 하듯이, 나의 꿈속에서 나에게 꿈임을 알려주는 '또 다른 꿈'이 있으니 이 얼마나 감격스러운 일인가.

지금까지 나에게 색깔을 볼 수 있는 눈과 소리를 들을 수 있는 귀, 냄새를 맡을 수 있는 코와 같이 모든 감각을 하나도 빠뜨림 없이 선물해 준 허공의 법칙은 세상에서 가장 큰 스승이었다. 그리고 그것을 가르쳐주신 도각사 스님들은 나의 어두웠던 과거를 바로 이 행복을 위한 필요조건으로 승화시켜준 보살님들이시다. 그분들께서 계시지 않았다면 적어도 지금 이 순간의 '행복한 나'는 없었을 것이다.

점심공양을 하던 중에 공양주보살님을 통해 은사스님께서 차를 바꿔야겠다고 말씀하셨다는 얘기를 들었다. "왜요? 망가졌대요?" 하는 내 물음에 "친구가 이번에 차를 바꿨는데 당신 차보다 좋더랍니다." 하며 웃으시는 공양주보살님의 모습에 가슴이 막혔다. 지금 틈만 나면 내가 청소하고 왁스칠하는 은사스님의 차는 최고급 세단이다. 가끔 나를 태우고 용무를 보러 시내에 나가면 오히려 난 부끄럽다. 부처님께서는 죽은 사람을 감쌌던 분소의(糞掃衣)[17]를 거두어 입으셨는데….

내땅선

절에 쌀이 떨어져 하루에 한 끼만 드시면서도 "행복하지 않느냐."며 웃으시던 스승님의 얼굴이 떠오른다.

주17) 세속 사람이 버린 헌 옷을 주워다 빨아서 지은 가사(袈裟). 이 버린 옷은 똥을 닦은 헝겊과 같으므로 분소의라 한다. 비구가 이 옷을 입은 것은 탐심(貪心)을 여의기 위한 것이다.

사람은 무엇을 위해 일하는가?

평생을 과거에 대한 후회와 미래에 대한 걱정
그리고 지금의 고통에 대한 탄식만을 반복하다가
옷가지 하나 내 것으로 만들지 못하고는 소리 없이 스러지고 마는 것이다

어제 저녁부터 굴삭기가 와서 절에 밭을 엄청나게 만들어 놓았다. 오래된 폐가가 있던 자리를 정리하고 굴삭기로 흙을 붓고 뒤집었다. 사실 이름이 밭이지 어디서부터가 밭인지 알 수도 없을 만큼 난장판이다. 난 삽도 잘 들어가지 않는 진흙 땅에 저녁까지 곡괭이질을 해대며 돌을 골라내고 나무를 심어야 했고, 밭의 경계를 만들기 위해 끊임없이 벽돌을 날라야 했다.

오전에는 고추장을 담았다. 고추장을 직접 담는 것은 처음 봤다. 가마솥에 불을 때야 하는데 장작이 많이 모자랐다. 요즘은 산에 가서 나무를 해올 수도 없다. 산 주인이 바로 경찰에 신고를 한다고 하니 어쩔 수 없이 절 안에서 땔감을 해결해야 했다. 마침 전에 떼어놓았던 큰 문짝 두 개가 있어 도끼를 가져와 쪼갰다. 그동안 일하

지 않고 먹고 놀았던 것의 과보(果報)가 이 정도인가 하고 혼자 웃었다.

사실은 그동안 나를 위해 이렇게 힘들게 일하셨을 모든 분들이 생각났던 것이다. 언제나 받아먹는 존재는 무(無)에서 유(有)를 창조하는 자의 고뇌를 알지 못한다. 적에게 수도를 빼앗겨 피난을 가면서도 신하에게 꿀물을 달라고 말했던 원술처럼,[18] 기아에 허덕이는 백성들에게 선정을 베풀기를 간청하는 수하에게 밥이 없으면 빵을 먹으면 되지 않겠느냐고 되물었던 마리 앙투아네트처럼,[19]

주18) 삼국지. 원술은 본래 남양 태수였으나, 근왕병 이후 수춘으로 근거지를 옮겨 그곳에서 세력을 키웠다. 초기에는 꽤나 승승장구했으나, 손책이 담보로 준 옥새로 황제를 칭함에 따라 연합 토벌의 대상이 되고 만다. 조조, 여포, 유비 등의 연합군에 의해 수춘이 함락당하는 등, 세력이 급격히 저하되다 결국 이복형인 원소에게 몸을 의탁하려 했으나, 유비군의 방해로 그마저도 쉽지 않아 이러지도 저러지도 못한 상황에 처하게 된다. 후에 피난길에 부하에게 꿀물을 달라 명하지만, 부하가 콧방귀를 뀌며 도리어 "꿀물은 없고 핏물은 널렸소이다." 라고 핀잔을 주자, 이에 노하여 결국 피를 토하며 비참한 최후를 맞이한다.

주19) 프랑스 왕 루이 16세의 왕비. 오스트리아 여왕 마리아 테레지아의 막내딸이다. 베르사유 궁전의 트리아농관에서 살았으며 아름다운 외모로 작은 요정이라 불렸다. 프랑스혁명이 시작되자 파리의 왕궁으로 연행되어 시민의 감시 아래 생활을 하다가 국고를 낭비한 죄와 반혁명을 시도하였다는 죄명으로 처형되었다. 마리 앙투아네트가 했다는 이 말은 그가 세상물정에 얼마나 어둡고 국민들이 처한 상황에 무지하며 무관심했는지 보여주는 사례로 회자되곤 한다. 프랑스 국민들이 먹을 빵이 없어 굶주림에 폭동이 일어나자 마리 앙투아네트가 그와 같이 말했다는 것. 그러나 실제로는 루이 14세의 아내였던 스페인 왕가 출신 마리 테레즈 왕비의 말이라는 설이 유력하다. 마리 테레즈가 "빵이 없다면 파이의 딱딱한 껍질을 먹어라."고 말했다는 것. 마리 앙투아네트는 프랑스 왕실에서 유일하게 소작인의 밭으로 마차를 몰아 밭을 망치는 짓을 거부했으며, 가난한 사람들의 삶에 관해서도 잘 알고 있었다고 한다.

철없던 나는 그저 웃음밖에 나오지 않을 행동만 하고 살았다. 나를 인생의 왕과 공주로 만들었던 배곯는 백성이 다름 아닌 나의 부모님과 주위의 이름 없는 존재들이었다는 생각을 하니 문득 가슴이 저려와 도끼질을 하다 말고, 미안한 마음에 추억을 어루만지며 한숨을 내쉬었다.

그러나 하루도 거르지 않고 이렇게 일했을 것이라는 생각보다 더 가슴 아픈 것은 그들은 아직도 행복하지 못하고 앞으로도 행복할 수 없다는 사실이다. 평생을 과거에 대한 후회와 미래에 대한 걱정, 그리고 지금의 고통에 대한 탄식만을 반복하다가 옷가지 하나 내 것으로 만들지 못하고는 소리 없이 스러지고 마는 것이다. 석가모니 부처님까지 가지 않아도, 그저 인간적인 스승이라는 존재들—공자, 맹자, 혹은 간디와 달라이라마 등—중 어느 하나도 "인간은 죽기 살기로 일해야 한다."고 말한 자는 없었다. 내일을 살기 위해 오늘을 일터에 던져버리는 인간이란 존재는 단 한 번도 마음먹은 내일을 살지 못한 채 오늘 떠나고 만다. 무엇을 위한, 누구를 위한 노동이어야 하는가. 하지만, 나도 매일 이렇게 땅을 파고 있다. 좀 더 단정하고 깨끗한 절을 만들기 위해서다. 누구를 위해서인지는 깊이 생각해보지 않았다.

건물이 서 있던 자리라서 그런지 새로 만든 밭은 정말 단단했다. 잘 파지지 않는 땅을 억지로 파 뒤집으려니 곡괭이에 힘이 들어갈 수밖에 없었고, 그 곡괭이 날에 땅 속에서 억지로 끌려 나온 지렁이가 뚝뚝 잘려나갔다. 난 진심으로 일할 맛이 안 났다. 그렇게 나무 심는 일이 중요한가. 입버릇처럼 생명을 사랑하라고 말하면서. 부처님이 그렇게 말씀하셨다면서-난 결코 그렇게 생각하지 않지만- 그 부처님의 도량을 넓히겠다고 수없는 생명을 죽이는 어이없는 일을 해대고 있는 것이다. 하지만 땀이 가득 찬 털모자를 벗어 던지고 잠깐 자리에 주저앉아 뒤돌아보니, 그것 역시 참으로 한심한 생각이었다.

이 세상이 생사(生死)의 세상이 아니라, 내 마음에 생사가 있기에 이 세상에 생사가 있는 것이었다. 아니, 있는 듯 보이는 것이다. 마치 인간과는 달리, 박쥐가 보는 세상이란 온통 초음파로 가득 찬 공명의 공간인 것과 같다. 내 견해를 바꾸면 내 감각이 달라진다. 이것을 부처님께서는 육도윤회로 설명하셨다. 이곳에서 나의 견해를 어떻게 사용했는가, 그리고 그 견해로 어떤 결과를 지어 기억하였는가에 따라 나의 내생(來生)의 모습이 달라지니, 바로 그 내생의 모습이 내 새로운 감각의 모습이 아닌가. 다를 것 없는 정신이 소, 말, 벌레 등의 수많은 이름들로 갈라지게 되는 것은 다름 아닌 세상을 바라보는 나의 눈을 말하는 것이리라.

출가의 자격

마치 공장에서 불량품을 골라내듯
중생들의 불도를 향한 마음을 멋대로인 기준으로 저울질하고 체로 친다

낮에 요사채 청소를 하다가 신문을 보았다. 종단(宗團)에서 출가 제한연령을 40세로 낮춘다는 발표를 한 후에 그에 대한 찬성과 반대의 의견들을 종합해 기재한 글이 있었다. 반대하는 이들은 '출가하는 이에게 마음이 중요하지, 나이가 무슨 관계가 있느냐.' 라는 의견을 냈다. 가 아니라, 어이없게도 종단의 승려 수가 줄어들게 된다는 이유를 들었다. 종단의 인원을 늘리기 위해서는 연령 제한을 높여야 한다는 것이다. 찬성하는 이들은 그 이유가 더 가관이다. 승가가 '노인정화(化)' 된다는 것이다. 다시 한 번 내가 어느 곳에 있는가, 그리고 어느 곳으로 가려고 하는가 하는 깊은 회의감이 들었다. 아무리 승가에 스님네들의 평균 연령이 높아진다고 해도 노인정이라니…. 나이가 100살이 넘으면 어떠랴. 이

땅에 머무시는 것만으로도 감사할 정도의 위대한 분들이 계신다면 스님들의 나이 제한을 90세 이상으로 한다고 해도 만인의 존경을 받을 것이다. 그렇다고 지금까지 불가(佛家)에서 젊은 스님들이 제 목소리를 내며 진실한 말 한 마디 한 적이 어디 있는가. 제 스스로 무덤을 파는 것은 아닌지 심히 걱정된다.

저녁공양을 하다가 은사스님께서 내게 문신이 있느냐고 물으셨다. 행자교육원에서 신체검사를 강화해서 아무리 작은 문신이 있어도 안 된다고 했다. 전과기록이 있어도 탈락대상이다. 자해(自害) 흉터가 있어도 출가가 불가능하다.

가슴이 막혔다. 왜 색깔로만 스님의 재목을 가리는가. 왜 출가하는 그 진정한 뜻은 묻질 않는가. 물론 과거의 좋지 않은 역사가 지금 그러한 율(律)들을 만들어냈다는 사실은 알고 있다. 하지만 이제는 그 법의 목적이 변질되지 않았는가. 혹시라도 불교의 보호와 유지라는 명목 하에 깨달음 없는 불가를 포장하기 위한 젊고 깨끗한 포장지를 원하는 것은 아닌가. 이제는 사회에서 밀려나온 사회악들이 불교로 흘러 들어가 선량한 불가의 모습을 망치는 것도 아니니 말이다. 사실 더 이상 망가질 모습도 없지 않은가. 여기도 사회만큼 무섭지 않은가.

이제 자기 몸을 불태우려는 벽지불(壁支佛)[20]들은 출가하지 못한다. 부처님의 꾸중을 듣고는 열흘 동안 눈을 감지 아니한 아나율

[21)](은 장님이라 출가하지 못하고, 스스로 한쪽 팔을 잘랐다고 한 혜가[22)]는 불구라 사미계를 받지 못한다. 전과자인 앙굴리마라[23)]는 불가에서 당연히 '자격미달'이 되어버렸다. 마치 공장에서 불량품을 골라내듯, 중생들의 불도를 향한 마음을 멋대로인 기준으로 저울질하고 체로 친다. 이대로 가다가는 불가의 정법(正法)은 고사하고 껍데기마저 사라져 버리고 말 것이다.

주20) 스승 없이 혼자 깨닫는 이. 깨달음을 얻고는 인연을 기다리지 않고 스스로 육신을 불살라 열반에 들기도 한다.

주21) 부처님의 10대 제자 중 하나이다. 가비라성의 석가족이며 부처님이 귀국하였을 때 아누림에까지 따라 와서, 난타·아난·제바 등과 함께 출가하였다. 후에 부처님 앞에서 졸다가는 부처님의 꾸중을 받고 잠을 자지 않으면서 수행하다 눈이 멀고, 그 뒤 천안통(天眼通)을 얻어 불제자 중 천안제일이 되었다.

주22) 중국스님. 40세에 숭산 소림사에 보리달마를 찾아가서 눈 속에 앉아 가르침을 구하였으나 허락치 않자, 스스로 왼팔을 잘라 그 결심을 보였다고 한다. 결국 허락을 받고 크게 깨달아 중국의 2조(祖)가 된다.

주23) 부처님의 제자. 12세에 마니 발타라 바라문을 스승으로 섬겼다. 그러던 중 스승이 출타하였을 때 스승의 아내에게 유혹을 당하고 거절하였더니, 스승은 아내의 모함을 듣고 앙굴리마라에게 여러 나라로 다니면서 천 명을 죽여, 천 개의 손가락으로 목걸이를 만들어 가지고 돌아오면 법을 알려주겠다고 한다. 앙굴리마라는 그곳을 떠나서 여러 곳으로 다니면서 999명을 살해하고 악명 높은 살인마가 된다. 후에 마지막 1000번째 희생자로 친어머니를 죽이려 하다 부처님을 만나 정법을 듣고 귀의하였다고 한다.

은 혜

딱딱해져 갈라지는 껍질만 남겨둔 채 밤벌레가 밤을 파먹듯,

부모를 죽이는 건 자식이다. 똥 푸는 아버지를 욕되게 만드는 건, 똥이 아니라 아들이다. 사랑하는 아들이다.

그 숭고한 손을 피하는 아들의 얼굴은 희고 기름지다. 딱딱해져 갈라지는 껍질만 남겨둔 채 밤벌레가 밤을 파먹듯, 빙글빙글 돌며 아버지의 뜨거웠던 피와 내장과 근육과 골수를 긁어낸다.

잠이란 참 좋다. 끝나지 않게, 단지 이 세상에 남아 있을 수 있을 만큼의 에너지를 반드시 보충해준다. 절대 떠나지 못하게, 고맙게도 다음날 아침 자명종 소리와 함께 세상을 선물한다. 이제야 살겠다며 한숨 쉬면, 그 한숨에 묻어나가는 젊음이라는 희생양. 그것이 우리 자식들의 양식이다. 내 이름은 아들이다. 그리고 아버지다.

인과법

무슨 일이 있어도 진심으로 속상해서는 안 된다
속상할 수 없기 때문이다

　　　　요즘 도량을 걷다 보면 바닥에 벌이나 날파리 같은 곤충들이 죽어 있는 것을 종종 볼 수 있다. 해가 뜬 후에는 굉장히 따뜻했던 날들이 며칠간 계속되었기 때문에 봄으로 착각한 벌레들이 집에서 겨울 동안 움츠리고 있다가 때 이른 외출을 한 것이다. 하지만 따뜻한 낮만 계속되는 것이 아니라, 해가 지고 나면 다시 영하로 떨어지는 밤이 오기 때문에 벌레들은 기온차를 견디지 못하고 얼어 죽고 만다.

　이런 일화를 들은 적이 있다. 아버지의 막대한 재산을 물려받은 한 젊은이가 있었다고 한다. 그러나 그는 술과 도박에 빠져 그 많은 재산을 탕진하고 하루하루를 연명해 나가는 것도 어려운 지경에 이르렀다. 겨울이 지나고 봄이 오자, 그가 사는 오두막에 제비가 한 마리 날아와 처마에 집을 지었는데 그것을 본 젊은이는 이제 겨울이 지나가고 봄이 왔다고 생각하였고, 옷장에서 겨울옷을 꺼내 모두 팔아버렸다. 그리고 그 돈 역시 도박장으로 흘러 들어갔다. 제비가 왔으니 봄이 확실하고, 봄이 왔으니 겨울옷은 더 이상 필요가 없어진 것이다. 하지만 며칠 후에 갑자기 눈보라가 치고 기온이 내려가 제비와 가난한 사람 모두 얼어 죽었다는 얘기다.

오늘도 천도재가 있었다. 그 누가 천도재를 좋아하지 않는 스님이 있다고 말할 수 있는가. 법을 주고 밥을 얻는 성스러운 탁발 대신, 신도들의 진심 어린 시주 대신, 요즘은 말 못하는 망자들이 절을 움직여가고 스님들을 먹이고 있는 꼴이다. 신도들에게 천도재를 지내라고 강요하지 않는 것이 무당들과 다른 점이라면 다른 점이지만, 요즘 스님들은 법회시간에 천도재를 '권유'한다. 강요가 아니란다.

나는 천도재가 있는 날만 되면 그 전날부터 인상을 쓴다. 아무 일도 아닌데 웃는 것에 무슨 힘이 들겠냐마는, 그들 앞에서는 인상을 박박 긁고 있어야 할 것 같았다. 재를 지내는 망자의 가족들이 원하는 것은 돌아가신 부모님의 단순한 안녕, 그 이면에 깔린 내 아내, 내 자식들의 건강과 내 사업의 번창이다. 부모님의 안부를 생각해서 재를 지내겠다고 말하는 이는 극히 일부다. 이상하게 내 일이 잘 풀리지 않아서, 이상하게 내 아들이 병을 앓아서, 이상하게 꿈속에 부모님이 나타나 잠을 자지 못하게 해서. 그것이 스님들에게 재를 부탁하는 이들의 솔직한 마음 아닐까. 일신(一身)의 안락을 위해 부모님께서 왕생극락하시기 바라는 것이다. 결국은 자기만족일 뿐이다.

사실 스승님의 가르침을 생각해보면 부처님께서 말씀하신 불도를 따르는 제자로서 화를 낸다거나, 인상을 쓴다는 것은 아직도 내 바깥에 무엇인가가 실제로, 그리고 진실하게 존재하고 있다고 착각하는 무명(無明)임이 분명하다. 눈앞에는 색깔이요, 귀 앞에는 소리일 뿐이지만, 그 가르침을 잊고 그것에 의미를 두는 내 어리석음이 나를 바람처럼 흘러가지 못하고 어딘가에 머물게 만드는 것이다. 그저 그러려니 하고 편안한 표정으로 웃으면서 일하는 것이 결코 어렵거나 힘들지는 않지만, 마치 내가 그들의 욕심에 동조하는 것 같아서, 이러다가는 나에게도 신도들이 천도재를 부탁할 것 같아서 솔직히 너무 약이 오른다. 이래서 난 아직도 멀었나 보다.

그래도 가끔은 진심으로 부모님을 생각하는 가족들이 있다. 그래서인지 천도재를 지내는 동안 가만히 지켜보면 그 법당에 앉아 있는 사람들 중 가장 간절한 이는 고통 받는 중생을 제도하겠다고 목탁 두드리는 스님이 아니라, 천도재를 부탁한 가족들이다. 지금 무슨 소리를 하는 줄도 모르고, 뭐가 어떻게 시작되어 끝나는지도 알지 못하는 그들이 가슴 깊이 안타까움을 느끼는 반면에, 정말 사람의 마음이 아니라 보살의 마음이어야 할 스님들은 단지 자신들의 삶을 위한 '사업'이며 절에 몸담은 승려로서의 '의례'고, 다른 이들에게 보여주는 '이벤트' 정도의 일이다.

스승님께서는 나를 이렇게 염려하셨다.

"네까짓 놈이— 고작 그 정도의 깨달음을 가지고 감히 중생을 교화하겠다며 중생 속으로 들어가 네가 중생이 되고 있지는 않은지 항상 돌아보아야 한다."

자기 자신도 어디에서 와서 어디로 갈지 모르면서 자신이 스님이라는 아상(我相)으로 중생들을 '제도', 감히 '제도' 한다고 말하는 것은 아닌지 무척 불안했다. 나아가 자신이 두들기는 목탁소리와 염불소리에 정말 영가가 제도되고 있다고 진실로 믿어버린다면 산타클로스 할아버지가 정말 굴뚝을 타고 내려와 내 양말에 선물을 넣고 갔다고 믿는 '어른' 인 것이다. 정성을 다해 기도하면 부처님의 가피로 반드시 돌아가신 분을 제도할 수 있다고 믿는 오류. 만해 스님은 이렇게 말한다.

어떤 이는 이르기를 "만약 중생이 있어서 지심(至心)으로 염불하면 부처님께서 그 정성에 감동하시고 그 뜻을 불쌍히 여겨 극락으로 인도하신다."고 한다. 나는 말한다. "아, 어찌 그러랴." 이것은 인과(因果)의 설을 모르는 말이다. 인과란 무엇인가. 좋은 원인을 지은 자는 좋은 결과를 받고, 악한 원인을 지은 자는 악한 결과를 거두어, 요즘 세상에서 악한 일을 한 사람은 옥에 갇히거나 징역을 살고 착한 일을 한 이는 표창을 받거나 대대 녹을 먹는 등속과 같은 것이다. 천하만사

가 처음부터 원인 없는 결과와 결과 없는 원인이 없는 터이니, 어찌
일조일석(一朝一夕)에 요행으로 죄를 면하기도 하고 우연히 얻기도
하는 일이겠는가.

그러므로 정토에 왕생할 원인이 없는 경우, 왕생할 수 없음이 명명
백백한 일이다. 그럼에도 불구하고 저들의 말대로 그 지은 바 원인의
선악(善惡)을 불문에 붙인 채 다만 염불의 정성만을 동정하여 정토로
인도한다고 하면, 이는 부처님께서 인과를 무시하신다는 말이 된다.
비록 어떤 악업을 지은 사람이라도 부처님께 아첨하는 것만으로 정토
에 갈 수 있다고 하면, 이는 죄인이 사법관에게 잘 보여 요행히 벌을
면하는 것과 무엇이 다르겠는가. 이런 것을 법의 남용이라 하는 것이
니, 법을 남용한 죄는 범법보다도 더하여, 벌에 있어서 지엄한 터이다.

『금강경』에서 일체 중생이 이미 찰나에 사라져 멸도(滅度)했기
때문에, 단 하나의 제도(濟度)되는 중생도 있을 수 없다고 말씀하신
것으로 알고 있다. 내 알음알이의 깊이가 얕고 어리석다 하더라도,
이것은 정말 부처님의 뜻과는 다르다.

오온(五蘊). 십팔계(十八界). 상즉(相卽). 기억(記憶)…. 그 훌륭한
정신이라는 기계를 부처님과 똑같이 갖추고 있으면서도, 써먹는 방
법이 왜 이리도 다른가. 이것도 불법(佛法)의 위대함이려니 하지만
그 이름이 스님이라는 사실이 더 가슴 아프다.

모두가 살기 위해 노력할 때, 그것을 보고 있는 자신도 어느새

그들과 똑같이 물들어 제비가 왔다고 봄이 온 것으로 믿는 어리석은 사람들이 너무 많다. 모두가 하루하루를 살아가기 위해 노력하는 것을 보고는 '인생은 죽음을 피하기 위해 노력하며 살아가는 것이다.' 라고 생각하는 이 슬픔. 그에게는 삶이 있어서 죽음도 있다. 그리고 스스로 이유도 모른 채 반드시 살아야 할 의무가 있는 것으로 생각한다.

자기 판단이 옳다고 끝까지 믿는 교만한 이들은 이 추운 날에 밖으로 나오는 벌과 같다. 지금처럼 따뜻한 날이 영원히 계속될 것이라고, 난 언제까지나 이렇게 살아 있을 것이라고 믿는 그들은 결국 '죽는다.'

이 생각은 자기가 만들어 놓고도 그것에 매이며, 결국 그것이 다시 자기가 되어버리는 마력을 가지고 있다. 하지만 그 마력이 있기 때문에 깨달음도 얻을 수 있고, 자유롭고 행복해질 수도 있다. 내 친한 도반의 말처럼 '지금' 이 바로 내 마음이라서 정말 다행이다. 정말 다행이다.

하지만 나도 요즘 내 자신에게 경고하는 것이 있다. 그들이 어떻다는 말을 늘어놓으며 속상하고 있는 동안, 바로 그 순간에 그 말을 하고 있는 '이놈' 이 무엇인지는 놓치고 만다. 색(色)을 볼 때 나는 근(根)이 아닌 색이 되어버린다. 색을 보는 이 눈은 무슨 색이냐고 묻는다면 당연히 아무 색도 아니라고 말하겠지만, 천도재 지내는 스님들을 볼 때에는 보는 놈이 공(空)하다는 사실을 잊는다. 말

뿐이고, 내가 정말 그 깨달음과 하나이지는 못한다.

무슨 일이 있어도 '진심으로' 속상해서는 안 된다. 속상할 수 없기 때문이다. 나를 속상하게 할 대상도 없고, 속상해 하는 나도 없으며, 그 속상함도 근거가 없이 떠다니는 부초와 같다. 도대체 넌 누구냐. 무엇이냐. 어떻게 생긴 놈이냐.

역시 웃음밖에 안 나온다. 그래. 이 세상―여시(如是)에는 속상할 일이 없다.

설법의 바른 길

스승님은 설법이란 생각을 하게 만드는 것이 아니라 생각이 공함을 알려주어
더 이상 생각할 것이 없게 하여 조용히 그치게 만드는 것이라고 하셨다
그래야 공포라는 생각 집착이라는 생각 고통이라는 생각이 사라질 것 아닌가

법원에서 일하는 법관들이 찾아왔다. 오늘은 지장재일
이라 아침부터 전 부치고, 나물 삶고, 법당에서도 이것저
것 준비하느라 무척 바빴는데, 그분들이 찾아와 법회까지 겹쳐서
진행하게 되었다. 열심히 준비하고 있는데 사형스님이 나를 불렀
다. 나와서 일하라고 한다.

밖에 있는 나무들이 말랐으니 물을 주라는 것이다. 3일 전에 비
가 왔는데 무슨 말일까. 은사스님께서 시키신 것이다. 나에게 왜 주
지 않아도 되는 물을 주라고 시키시는지 알고 있다. 뭐 하라면 그
저 하면 된다. 어제의 고통이 오늘의 편안한 깨달음과 여유가 되었
다. 물을 주고 정원에 있는 테이블들을 닦았다. 어제 화단 주위에
길을 냈는데 그 길을 따라 경계석을 심으라는 은사스님의 말씀에

사형스님과 돌을 날랐다. 차도와 보도 사이에 박혀있는 연석이 이렇게 무거운지 처음 알았다. 사형스님은 며칠 전 간장독을 들다가 다친 허리가 더 아파진 것 같다. 일이 끝나고 나니 엎드려서 일어나질 못했다.

정원에서 주차장까지 연결되는 자갈길을 만드는데, 주위 사람들은 먼저 굴삭기로 공사를 끝내고 경계석을 심어야 한다고 말했지만, 은사스님께서는 당신이 생각하신 대로 해야만 한다. 며칠 후면 굴삭기가 우리가 정성스럽게 묻어놓은 연석을 삽으로 툭툭 밀어놓고 다시 작업을 시작할 것임을 알고 있는 사형스님이기에 오늘은 일을 시키면서도 내내 나에게 미안해했다.

하지만 오늘은 어제만큼 힘들지 않았다. 나에게 세상을 볼 수 있는 눈과 세상을 들을 수 있는 귀를 만들어주신 부모님의 은혜에 감사했다. 아무것도 없는 허공에서 이렇게 무한한 세상을 느낄 수 있는 감각을 선물해주셨다는 것은 나의 모든 즐거움을 주신 것과 같기 때문이다.

법관들을 모아 앉혀놓고, '설법'을 하시는 은사스님의 말씀을 녹음하며, 정말 중요한 내용을 듣는 것처럼 고개를 끄덕거리는 법관들을 보았다. 이런 말들을 녹음해서 어디에 들려줄까. 전부 영가며, 지옥이며, 천상 얘기다. 자유자재(自由自在)의 환희는 어디론가 사라지고, 지옥 얘기로 자꾸 겁만 주다가 결국은 영가천도로 결론을 짓는다.

스승님께서는 말씀하셨다. 설법은 생각을 하게 만드는 것이 아니라, 생각이 공(空)함을 알려주어 더 이상 생각할 것이 없게 하여 조용히 그치게 만드는 것이라고. 그래야 공포라는 생각, 집착이라는 생각, 고통이라는 생각이 사라질 것 아닌가. 하지만 세상의 설법은 그렇지 못하다. 기독교의 설교는 자기들과 믿음이 다른 이들을 사탄이라 하여 미워하게 만들고, 불교의 설법은 근거도 논리도 없는 말장난으로 신도들을 산타할아버지의 존재를 믿는 어린아이로 만들어버린다. 분노가 아니면, 어리석음이다. 그것에는 반드시 그에 따른 과보(果報)가 있으니 그 원인은 과연 누구에게 있었는가.

나는 그 '설법' 내내 이 소리와 내 귀가 어디서 만나고 어디서 끊어졌는가, 열심히 관(觀)했다. 사실 그 소리에 의미를 두지 않으려고 굳이 노력하지 않아도, 그쯤은 그저 흘려보낼 수 있다. 내가 흘려보내려고 노력하지 않아도 순간에 사라지지 않는가. 그렇지만 내가 자꾸 그 소리에 의미를 두어 마음에 번뇌가 일어나니, 그것이 문제였다.

오늘은 성공이다. 지금 기분이 무척 좋다. 내가 얼마나 중요한 존재인가 절실히 느꼈다. 나밖에 없기 때문에. 모든 것이 내 안에서 이루어지기 때문에. 모든 세상의 그림들이 '나' 라는 이름의 도화지 위에 그려지기 때문에.

"아, 왜 소리를 질러!"가 아니라, 소리를 낼 수 있고, 소리를 들을 수 있는 법칙이 신기할 따름이다. 보이지도 않는 마음이 어디선가 보이지도 않는 의미를 만들어내, 보이지도 않는 법칙을 사용해 보이지도 않는 소리를 내는 것이다. 그리고는 역시 보이지도 않는 정신이 보이지도 않는 귀의 능력으로 그 소리를 듣고 판단하여, 보이지도 않는 '짜증'을 빚어낸다.

빨리 계(戒)를 받았으면 좋겠다. 도각사에 내 마음대로 갈 수 있으니 말이다. 갈 수 없는 곳이라 그리운 것이 아니다. 지금 당장이라도 갈 수 있지만 가지 않고 있는 이 마음이 그분들을 그리워하고 큰 법을 그리워하는 것이다. 스님들을 생각하는 이 마음을 물건처럼 꺼낼 수 있다면, 아마 도각사에서는 매일 산더미 같은 소포를 받아야 할 것이다.

한 포기 풀잎이 그립다

풀이 되라
기막힌 한 편의 비극 속 주인공이 되어 장렬하고 원통하게
때로는 다수보다 강력한 소수의 변태들에게 인정받으며 떠나는 일류배우는
필요 없다

각주구검(刻舟求劍). 강 위에서 떨어뜨린 칼을 나중에 찾겠다고 배에다 떨어뜨린 자리를 표시하는 일차적이고 어리숙한 인간이 어쩌면 내 모습일지도 모른다. 제 손바닥 위에다 '뒤따르는 이는 보시오.' 하고 간절히 적은 글귀를 주먹에 쥐고 만족스럽게 떠나는 저 선구자를 보라. 누구에게 보여질 허공의 지도인가.

풀[艸]이 되라. 기막힌 한 편의 비극 속 주인공이 되어, 장렬하고 원통하게, 때로는 다수보다 강력한 소수의 변태들에게 인정받으며 떠나는 일류배우는 필요 없다. 아무도 모르는 깊은 계곡 속에서 바람과 함께 스러지는 한 포기 풀잎이 그립다.

어디서 어디로 오가는가. 이름도 알 수 없는 씨앗을 싹 틔우기

위해 이제 얼어붙기 시작한 얼음에 뜨거운 물을 끼얹는 이른바 자
식교육은 도대체 어느 나라 어머니의 마음인가.

　　침묵(沈默)보다 침체(沈滯)를,

　　자비(慈悲)보다 소유(所有)를,

　　인욕(忍辱)보다 무기(無記)를,

　　나는 사랑했다.

　　아…. 뱉기는 쉬워도 삼키기는 어려워라.

어른의 눈

세상 모두가 한 가지 색깔이요
한 가지 향기요
한 가지 소리다

반가운 소식을 들었다. 이번 주 목요일에 스승님께서 동국대에서 강의가 있다고 하셨다. 그날 오후에는 대학에서 만나 스승님께 출가한 도각사 막내스님에게 왜 이름도 없는 종단과 이름도 없는 스승 밑으로 출가했느냐며 '잘못된' 길로 너를 인도한 네 스승을 데리고 오라고 했던 모스님 교수를 만나기로 약속되어 있다고 했다. 자기가 스승님을 설득시켜 그를 큰 종단, 올바른 종단, 이름 높은 스님 밑으로 옮겨주겠다고 했다는 것이다. 그 스님은 좀 안됐다. 수업을 듣다 보면 어떻게 저런 사람이 교수가 됐을까 의구심이 들 때가 많다. 가끔 책이라도 하나 낼 때면 자기 수업을 듣는 수백 명의 학생들에게 그 책으로 수업을 한다거나 시험을 낸다고 하여 판매고를 올리는 대단한 마케팅 전략을 보여준다.

물론 한 학기 수업 동안 그 책은 한 장도 공부하지 않는다.

수업을 듣는 학인스님들 사이에서는 "저 스님이 하는 것만 하지 않으면 청정비구다."라는 소문이 돌 정도로 전형적인 탐욕과 교만을 두루 섭수하여 불자로서 가장 경계해야 할 모델로 십수 년 간 불교학과의 중요한 표본이 되고 있다. 게다가 조선시대 세도정치에서나 볼 수 있었던 족벌의 관직 집권을 당당히 실현시키고 있다. 그 스님의 사촌 동생은 한 학기 만에 하늘의 별따기 같은 전임강사를 차고 들어와 학생들에게 책을 팔고 있고, 새파랗게 나이 어린 스님의 조교이자 상좌스님은 웬만한 노스님보다 더 근엄해서 교수연구실을 찾아온 학생들에게 삼배를 받지 않으면 상담을 해주지 않는다. 한 학기에도 두세 번은 찾아가 학점이며 논문이며, 리포트에 대해 상의해야 하는데, 그 스님을 지도교수로 지정 받은 학생들은 그 상좌에게 절해대느라 한 학기를 다 보낸다.

어쨌든 그분은 스승님과 단독으로 면담을 하신다고 했고, 대화 내용도 모두 녹음된다고 한다. 기대된다. 듣고 싶다.

조금 전까지 대학시절에 도각사에서 보내주신 『금강경』 「화무소화분(化無所化分)」 번역을 읽었다. 정말이지 오랜만에 기뻤다.

우주의 모든 생각은 그것이 중생의 것이든 보살의 것이든 모두 거대한 '여래(如來)'라는 이름의 이치로 만들어지고, 마주 보는 그 사이에서 식(識)이라는 하나의 현상이 드러났지만, 여래 자체가 이미 허공과 같으니 그것으로 드러난 현상도 이름뿐이지 결국은 있다고 할 수 있는 것은 어디에도 없는 것이다. 중생을 제도했다는 그 생각도, 중생도, 모두 여래의 이치뿐이지, 그 사이에서 중생이 생겨났다는 것도 거짓이요, 다시 깨달음을 얻어 여래의 이치로 되돌아간다는 것도 거짓이다. 적멸(寂滅)의 모습이 '생겨났다.' 또는 '사라졌다.'라는 현상을 드러낼 뿐이니 그 이름만이 생(生)과 멸(滅)인 것이며 사실은 생도 멸도 아닌 그 가운데의 비(非)라는 그윽한 부처의 향기만이 가득 찼다.

역시 스승님의 말씀은 그 스케일이 다르다. 감히 그렇게 말할 수 있는 것은 스님께서 내게 미처 보지 못하는 경치를 설명해 주시고, 그것을 조금이나마 느꼈을 때 비로소 광대한 스님의 견해를 겨우 엿볼 수 있었기 때문이다. 그 견해의 끝은 아직 내 눈으로 감히 판단할 수 없을 뿐 아니라, 상상조차도 하지 못한다. 그것은 생각으로서는 알 수 없는 것, 즉 불가사의(不可思議)의 세계이기 때문이다.

방 안에 앉아 혼자 행복해했다. 혼자 기뻤다. 행자생활도 이제는 힘들지 않을 것 같다. 세상 모두가 한 가지 색깔이요, 한 가지 향기요, 한 가지 소리다. 문득 스승님께서 말씀하신 끝없이 평탄해진 산과 들, 그리고 그 밑에 깔린 검고 투명한 유리로 이루어진 대지가 떠올랐다. 그 눈이 되고 싶다.

은사스님과 병원

나는 도대체 무엇을 가지고 지금까지 그럼에도 자신 있게
그리고 당당하게 나를 주장해왔던가

점심공양을 하고 공사가 끝난 정원에다 나무를 옮겨
심었다. 또 다시 진흙땅과 삽을 들고 싸움을 했더니 온몸
이 땀으로 젖었다. 내가 혼자 일하겠다고 말했더니 은사스님께서
"혼자 일해도 성질나지 않겠냐?"고 물으셨다. 속으로 좀 찔렸지만
웃으면서 걱정 마시라고 했다. 뭔가 눈치를 채신 건지, 아니면 내
마음을 아셔서 하시는 말씀인지 잘 모르겠지만 결코 일이 싫거나
힘들지는 않다. 단지 때때로 그 의미에 속아 속상할 뿐이다.

한참 동안 구덩이를 파고 다른 곳에 심어져 있는 나무를 뽑아 옮
겨 심었다. 옆에서 여기 파라, 저기 파라, 나무를 똑바로 세워라, 돌
려라, 눕혀라 하시면서 계속 감독하시던 은사스님께서 갑자기 나에
게 물으셨다. "내가 여기서 몇 년이나 더 살겠느냐." 몇 년이 아니

라 몇 초일지도 모르는 것이 이 인생이겠지만 그 묻는 뜻이 있으리라 생각하여 "오래 사셔야죠." 하고 대답했다. 그러자 스님께서는 길어야 10년이라고 하시며 오래 살고 싶은 마음도 없다고 하셨다. 처녀총각 결혼 않겠노라는 말, 장사꾼이 밑지고 판다는 말, 노인네가 빨리 죽어야겠다고 하는 말. 이 세 가지는 믿을 것이 못 된다는 말도 있지 않은가. 그동안 스님을 뵐 때에는 건강을 꽹장히 염려하시는 것 같았는데….

열심히 삽질만 하고 있는 나를 바라보시더니, "내가 이걸 왜 이렇게 붙잡고 있는지 모르겠다."며 한숨을 쉬셨다. 정말이지 진심이셨으면 좋겠다. 내가 어디서 왔는지, 그리고 어디로 갈 것인지 알고 있다면 무엇이 가슴에 남아 한숨이 쉬어지겠는가. 더 부유하고 더 깨끗하고 더 아름다운 동네로 이사 가는 날이 다가오면 마냥 가슴이 부풀어야 하는데도, 오히려 앞길이 막막하고 지나간 인생이 허망하게 느껴지는 것은 앞날을 알 수 없는, 인생에 대한 쓰라린 회고인 것이다.

죽어버리면 이 세상이 무슨 의미이겠느냐는 말은 많이 하지만, 더 정확히 말하면 죽어버렸을 때만이 아니라 매일 잠드는 순간마다 세계는 무너지고 눈을 감는 매 찰나마다 색깔은 사라진다. 결국은 세상을 보고 있는 순간에도 내 스스로 의미를 둘 뿐이지 애초부터 의미란 어느 시간, 어느 장소에도 없었다. 단지 여래의 이치에 따라 '이렇게[是]' 드러났다 사라진다는 이름만 있을 뿐, 단 한 번도, 단

한 곳도 움직인 적 없는 세계다. 허공처럼. 허공과 같다. 아니 허공이다.

나도 죽음 앞에서 그렇게 체념할 수밖에 없을까. 어디로 통하는지도, 어디서 끝나는지도, 그 가운데 무엇이 있는지도 알 수 없는 깜깜한 밤길을 지나는 그 두려움을 겪어야만 하는가.

그러나 "자ー. 지금부터 죽음이다!" 그런 것은 없다.

예고도 없고, 변하는 것도 없다. 눈앞에는 색깔이, 귀 앞에는 소리가, 그 사이에는 '보인다.' 와 '들린다.' 는 생각이 허망하게 드러날 뿐이다. 나는 도대체 무엇을 가지고 지금까지 그렇게도 자신 있게, 그리고 당당하게 '나' 를 주장해왔던가. 남을 가져다 쌓아 놓은 똥자루(육신)? 역시 남을 가져다 쌓아 놓은 내 기억? 아니면 존재의 이유도 없고, 보이지도 않는 내 마음? 모두 다 이름뿐이다. 지금까지 혼자만 속고 있었던 것이다. 세상의 소리와 색깔은 나에게 언제나 찰나에 사라지며 오직 이름뿐이라는 무상(無常)의 진실을 말하고 있었지만, 나 혼자 그것들에 수많은 의미를 실어놓았었다. 내 기억 속의 모든 사연에서 그 이름들만 빼 놓으면 남아 있는 것이 과연 무엇일까.

오후에는 은사스님께서 허리와 다리에 이상이 있어 엑스레이를 찍는다고 하셔서 함께 시내로 나갔다. 병원 복도에 앉아서 스님께서 나오시기를 기다리는데, 문득 벽에 걸린 글씨가 눈에 들어왔다.

'종(從)의 집에 복(福)을 주소서.'

종. 종이라…. 종의 집에 어찌 복이 있을 수 있겠는가. 적어도 종에게는 종을 부리는 '주인의 복'은 없지 않은가. 주인과 종의 개념은 스스로를 한없이 작고 나약하게 만든다. 죄는 자신의 것이고, 복은 주인의 것이다. 영원한 주인의 일방적인 잣대에 휘둘리고, 그의 채찍에 혹사당하는 굴욕적인 관계에서 삶의 만족을 얻고 희열을 느끼는 것이다.

부처님께서는 생사가 본래 없다고 하셨다. 그것으로 주(主)와 종의 관계는 이미 끝난 것이다. 모두가 살기 위해 주를 따르고, 종을 자처한다. 그리고 자신과 다른 믿음을 가진 자들 위에서 주인으로 군림하며 지독한 고통과 죽음이라는 칼로 위협한다. 언제나 삶과 죽음을 가지고 어린 양들을 이리저리 몰아버리는 종교. 어디서 비롯됐는지도 알 수 없는 선악의 기준으로 선한 양과 악한 양을 갈라놓는 종교. 나에게 잘 보이면 복을 주고 욕하면 벌을 주는 초라한 소인배의 신(神)을 가진 종교. 그곳에서는 행복이란 있을 수 없다. 그곳에서의 행복이란 곧 속박과 구속 가운데의 밥찌꺼기를 의미하기 때문이다.

죽고 사는 것. 그것이 내 마음 속에서 얼마나 크게 자랄지 아직 모른다. 다행히 석가모니 부처님이라는 큰 스승을 만나 불사(不死)의 법을 얻을 수 있는 복을 받았으나, 어쩌면 내가 미처 발견하지 못한 마음의 어둠 속에 생사의 공포가 비참하게 숨어 있을지도 모르겠다. 난 내 자신도 아직 돌아보지 못했다. 나를 남으로 보는 연습이 되어 있지 않다.

파란 하늘이 문득 답답하게 느껴졌을 때, 그래서 그 파란색을 깨뜨리면 바깥에는 어떤 세계가 보일까 궁금해졌을 때, 어린 시절 그때처럼 '나' 라는 이름이 답답해지고 그 바깥의 진실이 알고 싶어진 것은 나도 모르게 남아 있는 어느 마음 구석의 생사로부터 탈피하고픈 내 본래의 원(願)이었는지도 모른다. 누구나 가야 할 길이 아직 멀고도 멀었다.

나를 남으로 보기

손전등을 켜면 밝아지는 앞과 상대적으로 어두워지는 내 손이 생기는 이치다
내 앞의 세상이 밝게 보이는 순간 어두워지고 감추어지는 내 눈이 생기는 이치다

이제야 알았다. 나에게 이런 능력이 있었다는 것을. 그리고 내가 '나'라는 개념을 타인에게 알리고, 개인이라는 고귀한 영역을 구축하려고 노력했던 순간부터 단 한 번도 이 능력을 멈추어 본 적이 없다는 사실을.

삶을 살며 어느 누구도 가깝거나 혹은 낯선 이에게 "당신은 이런 것이 잘못됐어.", "당신의 이런 모습은 참 좋아. 본받고 싶어."라고 하는 말을 해보지 않은 사람은 없을 것이다. 그 충고와 칭찬이 올바른 것이었는지, 잘못된 것이었는지 알 수는 없지만, 이상하게도 그들 스스로가 느끼지 못하는 면을 곁에서 지켜보는 사람은 잘 알 수가 있다.

왜 인간은 스스로의 모습을 잘 알 수 없을까. 나와 가장 가까운

이놈[是]이면서도 다른 이가 나에 대해 말할 때, 그때서야 비로소 얼굴이 화끈 달아오르는 것은 무슨 이유인가.

여기에, 내가 이제야 알게 된 큰 비밀이 있었다. 손전등을 켜면 밝아지는 앞과 상대적으로 어두워지는 내 손이 생기는 이치다. 그리고 내 앞의 세상이 밝게 보이는 순간 어두워지고 감추어지는 내 눈이 생기는 이치다. 남을 말할 때 나는 나를 잊는다. 색깔을 보는 나의 눈에는 색깔이 없다는 사실을 아는 사람은 아무도 없다. 그래서 나는 나를 볼 수 없다. 마주 대하는 순간 한쪽은 대상이 되어 밝게 드러나는 반면, 다른 한쪽은 현현(玄玄)하게 숨어버리는 현상은 내가 스스로를 자각하는 시간 아래서는 필연적으로 적용되고 있었다. 그래서 나에게 '보는 나'는 보이지 않았고 '보이는 대상'만 보이게 되었던 것이다.

어느 날 스승께서 제자에게 물으셨다.

"강물이 흐르고 있다는 것을 알 수 있느냐?"

"네. 알 수 있습니다."

"강물이 흐른다는 것을 어떻게 알 수 있게 되었느냐?"

"강변에 서서 강물을 바라보기 때문입니다."

"맞다. 흐르는 강물을 보는 너는 흐르지 않아야 하듯이 흐르는 세상을 보려면 보는 너는 멈추어 있어야 한다. 이것이 무시이래(無始以來)로 지금까지 너의 마음이 단 한 번도 움직인 적 없었다는 증거다."

비밀선

마치 흐르는 강물을 강둑에 멈추어 서서 바라보듯이 나를 남으로 본다면, 그제야 한시도 멈추어 있지 않은 경이롭고 유연한 세상을 발견하게 될 것이며, 동시에 언제까지나 변하지 않을 자신의 모습에 뛸 듯이 기뻐하게 될 것이다.

길을 걷다가 골목에서 튀어나오는 차를 만났을 때, 보통 "어이쿠, 깜짝이야." 하고 놀라게 된다. 그리고는 곧바로 운전자에게 내가 죽으면 책임질 거냐는 듯이 눈을 부라린다. 그때 일어나는 죽음에 대한 공포, 운전자에 대한 미움 등의 감정은 살았다고 안도한 나를 결코 살리는 것이 아니다. "깜짝이야."가 아니라 "이놈이 놀라고 있구나." 하고 바라보라. 그때 내가 미워해야 할 운전자는 어디에도 없다. 삶에 대한 애착도, 공포와 원망도 없다. 보이지도 않는 마음이 죽을까 두려워하는 어처구니없는 연극을 보는 듯하다.

어느 인간이든, 단단하게 굳어져가는 작은 자신을 바라보면서 무언가 문제의식을 느끼지만 시간이 흐를수록 그 문제의 원인은커녕 문제 자체에 대한 인지마저도 불가능하게 된다. 도대체 나의 문제가 무엇인지 몰라 헤매지 말라. 세상을 느끼고 있는 시간에 내가 보이지 않는 것은 당연하니까. 한겨울 쏟아지는 눈발을 보듯이, 자기 키만큼 지구를 밀어낸 작은 새싹을 바라보듯이 가볍고 기쁘게 내 자신으로 눈을 돌리는 것이다. 지겹게 반복해왔던 나와 남이라는 위대한 능력을 스스로에게 적용시킬 때, 내가 남의 모습을 보듯이, 나의 새롭고 놀라운 모습을 발견하게 된다. 나를 남으로 바라보기. 아직 한 번도 나의 발길이 닿지 않았던 신성한 미지의 땅이 펼쳐질 것이다.

스승님을 다시 뵙는 날

어이없이 속비되었던 내 짧은 견해를 바로잡고
세상을 다시 사실대로 바라볼 수 있는 길을 찾았다
언제까지나 나는 위대할 수밖에 없는 보이지 않는 정신을 가졌다

오늘은 스승님을 뵙는 날이다. 사정을 말씀드리니 다행히 은사스님께서는 외출을 선뜻 허락하셨다. 흙 묻고 다 떨어진 행자복이었지만, 나는 신이 나서 팔을 휘두르며 외출준비를 했다.

아침 7시 40분쯤 되어 식당에 전화를 했다. 스승님과 다른 스님들을 모시고 점심공양을 하러 갈 학교 앞 한식집을 예약하기 위해서였다. 한 명당 15,000원이라고 했다. 방을 예약하기 위해서는 적어도 그 이상의 가격을 가진 메뉴를 선택해야 한다는 것이다. 돈이 생각보다 많이 들 것 같아 순간 걱정했다. 도각사 스님들께서 주신 돈으로 마치 내가 사드리는 것인 양 그분들을 모시기는 싫었다. 하지만 행자는 돈이 없다.

그런데 오늘 아침 내 마음을 알기라도 하듯이 돈이 생겼다. 은사 스님의 사제께서 어제 오셨었는데, 아침공양을 마치고 잠깐 외출하는 나를 불러 몇만 원을 쥐어주시는 것이었다. "네 은사에겐 비밀이다." 나보고 한 달에 얼마 정도 받느냐고 물어보셨다. 받지 않는다고 하니 웃으셨다. 아마 다른 절에서는 조금씩 용돈을 주나 보다.

그 돈으로 예약을 했다. 내 입을 위해서라면 죽었다 깨어나도 그 정도의 노력과 지출은 있을 수 없다. 입에 들어가면 먹나보다 하고, 안 들어가면 굶나보다 하면 그만이다. 생사를 초월하는 불법을 배우는 놈이 밥걱정을 한다는 것은 참으로 비참한 일이다. 하지만 도각사 스님들을 위해 준비한다는 생각이 날 너무도 행복하게 했다. 오시는 발걸음 그대로 머뭇거리는 일 없이 천천히, 그리고 조용히 다시 되돌아가실 수 있도록 모든 길을 닦아놓고 싶은 마음이었다.

한식집 앞에서 뵙게 된 스승님께서는 언제나처럼 활짝 웃어주셨다. 모두 일곱 분의 스님이 오셨다. 2층에 준비된 방으로 가 스님께 절을 드렸다. 이 순간을 얼마나 기다렸던가. 그 추운 겨울부터 몇 개월 동안 오직 오늘만을 기다렸다. "저 이렇게 잘 하고 있었습니다. 걱정하지 마세요." 나는 소리 대신 온몸으로 그렇게 말하고 있었다. 힘들지 않느냐고 물으시는 말씀에 전혀 힘들지 않다고 말했다.

내가 모셔야 할 분들이 누구인가 생각해내려고 노력하지 않아도 내 곁에는 큰 분들이 너무도 많다. 이분들이야말로 '어른'들이시구나 하는 생각과 함께 내가 학교에서 그동안 만났던 스님들과 절에 계시는 은사스님, 그리고 사형스님들이 떠올랐다.

세상에서 가장 큰 용기가 정의를 위해 목숨을 버리는 일이라면, 난 그 용기를 밟고 웃을 수 있는 힘을 얻었다. 어이없이 속게 되었던 내 짧은 견해를 바로잡고, 세상을 다시 '사실대로' 바라볼 수 있는 길을 찾았다. 언제까지나 난 위대할 수밖에 없는 보이지 않는 정신을 가졌다. 내가 강아지같이 살든, 정승같이 살든 그 이치는 모두 여래(如來)의 마주보는 상즉(相卽)의 법칙을 벗어날 수 없으니, 비로소 나는 강아지도 될 수 있고 정승도 될 수 있는 자유를 얻어버린 것이다. 피할 것도 없고, 탐할 것도 없다.

계를 받고 도각사로 돌아갈 꿈이 벌써부터 내 가슴을 부풀게 한다. 내가 있어야 할 곳이 어디인가. 다시 한 번 깊게 확인한 날이었다. 왕 앞에 엎드리며 돈을 생각하는 간신이 될 바에는 차라리 부처님을 위해 몸을 던지는 충견(忠犬)이 되고 싶다. 스승님을 뵙게 된이 인연은 내 목숨을 백, 천 개를 바쳐도 절대 얻을 수 없는 보물이다. 목숨을 없애주신 인연이니 말이다.

오래된 기도

스승님께서 드시는 음식은 제자를 먹이는 것이다
그분이 맡는 향기는 나의 코를 위함이요 그분의 아픔은 나의 상처다

동물원에 가면 볼 수 있는 울타리 속 코끼리에겐 돌아가 쉴 집이 없다. 작은 동작 하나까지 가릴세라 요즘 동물원의 우리에는 창살도 박아 세우지 않았지만, 막상 돌아가 벗어날 수 없는 오늘과 내일의 철창 속에 갇히는 것은 코끼리가 아니라, 코끼리를 '구경' 한 작은 짐승이다.

박하향 잿빛 하늘을 그리워해 절규하며 떨어지는 빗방울같이, 가볍고 풍요로운 과거는 내 손에 잡힐까 흑백의 기억 속으로 쏟아져 나간다. 다시는 돌아오지 못할 짚 타는 내음의 천릿길 고향을 장식한다.

이 영원을 짓밟고 일어선 자 누구인가. 백발의 시인에게서 펜을 빼앗아 그 끝을 뭉개버린 광기의 파괴자는 누구인가. 아. 백척간두

에서 던져진 쓰레기더미 속에 아버지가 물려준 금반지가 있었구나. 갈 이는 가라. 땅속에서 일어선 검은 악귀가 너의 목을 쥐고 당길 것이다.

난 진정 두렵다. 그분의 피리 소리가 그리워질 때, 나는 두려워 어린아이처럼 바지에 오줌을 지리고 울어버릴 것 같다. 현실은 도대체 무슨 이름의 악몽인가.

스승님께서 드시는 음식은 제자를 먹이는 것이다. 그분이 맡는 향기는 나의 코를 위함이요, 그분의 아픔은 나의 상처다. 시간을 뒤로 한 채, 감사하다는 소리보다 먼저 나오는 것은 스승님의 뒷모습을 번지게 만드는 눈물이었다. 흙을 밟고 서 있는 나의 발가락 끝부터 진득이 녹여, 이상하게도 닮은 두 개의 얼굴이 그려진 고목. 고목이 되고 싶어라. 착하고 순한 이끼에게 내 갈라진 상처를 내맡기고, 대지와 하나 된 백발의 뿌리를 조용히 내리고 선.

스승님의 법문 테이프

어느 한 가지 길을 고집하는 대나무는 바람을 적으로 만들어 결국 스스로 부러지듯이
내 안의 무명은 세상을 적으로 만들어 나에게 분노라는 쓰라린 선물을 주었다

어제 스승님을 뵙고 왔다는 말씀을 드리니 은사스님께
서 무척 궁금해 하시며, 무슨 일로 학교에 오시게 되었느
냐고 물으셨다. 강의가 있었다고 했더니 혹시 전에 하셨던 강의나
법회 녹음테이프가 있느냐고 물으셨다. 무척 듣고 싶어 하시는 눈
치였다. 나는 기쁨 반 걱정 반으로 내가 가지고 있던 몇 개의 테이
프를 뒤적여 보았다. 그중 동국대 강의와 군(軍)법당 법회 두 개를
골랐다. 하지만 테이프를 손에 들고 한참을 망설였다. 내가 괜히 어
리석은 짓을 하는 것은 아닐까.

테이프를 고르다가 오래 전에 받았던 스님들끼리만 진행되었던
작은 법회를 발견했다. 처음부터 끝까지 스님들의 웃음과 진지한
문답이 계속 녹음되어 있었다. 그 장면을 은사스님께서 알 수 있을

까. 그 분위기와 그 표정들, 그 손동작 하나하나가 얼마나 신비롭고 위대한 것인지 알 수 있을까. 내가 직접 보진 않았어도 눈에 선하다. 갑자기 일어나서 도각사로 가고 싶은 마음이 솟구쳤다. 그립다.

내가 그동안 그분들을 소홀히 생각하고 세상에 빠져 잊었던 시간만큼, 지금 내 가슴이 안타깝다. 꼭 그만큼 아프다. 아직도 내 감정들이 순간순간 인정되는 것을 느낄 수 있다. 그리움과 분노. 요즘 내 마음을 흔드는 가장 큰 테마다. 지나고 나면 아무 것도 아님을 너무나도 절실히 느끼지만, 내가 이 자리를 벗어나지 않으려고 '노력' 하는 만큼 세상에는 그릇된 일들이 많아지고, 불법(佛法)을 거스르는 듯 보이는 인간들이 눈에 띄게 된다. 하지만 모두가 여래의 법칙 아래서 일어나는 생각일 뿐이다. 어느 한 가지 길을 고집하는 대나무는 바람을 적으로 만들어 결국 스스로 부러지듯이, 내 안의 무명(無明)은 세상을 적으로 만들어 나에게 분노라는 쓰라린 선물을 주었다.

지금 나에게 주어진 가장 큰 숙제는 바로 실전이다. 머리로 하는 것이 아니다. 말로 하는 것도 아니다. 하늘 아래 가장 솔직할 수밖에 없는 내 자신 내 스스로에게 아쉬움으로 기억되지 않을 진실한 찰나를 만드는 것이다. 어차피 내 앞에는 끝없는 세상이 나타나고 역시 끝없이 생각할 수밖에 없다. 어떤 눈으로, 어떤 지혜로 바라보느냐가 가장 중요하다. The Key of my Life.

은사스님께서 그 테이프를 들으시고 어떻게 생각하실 것인가에 대해서는 생각하지 않았다. 단지 가장 훌륭한 보석을 얻어 놓고도, 쓰레기라고 생각하며 그 보석을 주신 고마운 분을 욕하지 않기만을 바랄 뿐이다. 세월이라는 기억은 무척이나 거만해서 세상의 크고 작은 모든 지혜들을 '나이' 라는 이름으로 정렬시켜 버린다. 쌓여온 기억만큼 꼭 그만큼 늙은 '자신' 은 그 시간들을 지혜의 빛으로 밝히는 것이 아니라, 남을 공격하는 창과 자기 자신을 합리화하는 방패로 석화시킨다.

쉽지 않은 줄 안다. 자신의 기억을 뒤집는 것에는 '자존심' 이라는 큰 걸림돌이 있다는 것도 안다. 그렇지만 은사스님께서 그 테이프를 달라고 '자존심도 없이' 말씀하셨던 것처럼 '자존심도 없이' 이 말씀이 맞다고, 꼭 배워야 할 법문이라고 또한 말씀하시길 간절히 바랄 뿐이다.

불도를 이루고자 이 음식을 받습니다

내 자신에게 묻는다
진심으로 불도를 이루기 위해 이 음식을 받느냐고

어젯밤에는 대학 동기이자 출가 동기이며, 스승님을 함께 찾아뵙고 공부하던 절친한 내 도반 Y스님에게 전화를 걸었다. 내가 전화기 들고 있는 꼴을 은사스님이나 사형스님께서 보았다면 노발대발하시며 호통을 쳤을 텐데—행자는 사람이 아니니까—오늘은 대중스님들께서 귀한 손님과 함께 모두 출타하셔서 아무도 없다. 공양주보살님께서 일식집에서 저녁공양이 있다고 귀띔해 주셨다.

경기도에 있는 ○○사찰로 출가한 도반은 무척이나 반가워하며 보고 싶다고 했다. 내가 말했다. "지금 여기 나 혼자 있습니다. 스님들, 보살님들이 어디 가신 줄 알아요?" "어디?" "일식집." 도반스님이 웃겨 죽는다고 했다. 행자는 저녁에 김치죽 먹고, 스님들이랑 보살님들은 일식집 가고, 너무 차별하는 거 아니냐고 나도 웃었다.

어느새 나는 스님들이 외출할 때 당연히 절을 지켜야 하는 사람으로 정해졌다. 차라리 그게 편하다. 몇 번 동행해본 결과 혼자 절에서 김치죽을 끓여먹는 것이 훨씬 행복하다.

밤이 늦어도 돌아오시질 않아 법당 청소와 문단속을 마치고 먼저 자리에 누웠다. 얼마나 지났을까. 갑자기 내 방 불이 켜지고 아까 함께 나갔던 거사님이 들어오셨다. 행자 방에 함부로 들어오는 사람이 없는데, 더욱이 뻔히 자고 있다는 것을 알고 있을 텐데, 불 꺼진 방문을 함부로 여는 것이 이상했다.

"행자님, 주무세요?" 하고 큰 소리로 잠을 깨운다. 나는 다음날 예불에 늦은 줄 알고 놀라 벌떡 일어났다. 9시 40분이었다. 밤이다. 자리에 누운 지 불과 30분도 되지 않았다. 눈이 부셔 얼굴을 찌푸리며 거사님을 바라보았다. 거사님은 손에 종이봉투를 들고 계속 큰소리로 "행자님, 주무세요?" 하고 묻는다. 나에게 대답을 듣기 위해 묻는 것이 아니라 바깥에 있는 사람들에게 들리라고 말하는 것 같았다. 거사님은 내 손에 작은 종이봉투를 쥐어주고는 "스님들께는 비밀입니다."라는 말을 남기고 나가버렸다. 봉투 속에는 초밥 한 접시가 들어 있었다.

후에 들어보니 식당에 가서 저녁공양을 하고는 절을 지키고 있을 내가 생각나 마음이 불편하셨단다. 잠깐 화장실 다녀오는 척하며 식당 주방장에게 따로 유부와 김초밥을 한 접시 주문해서 차에

갖다 놓고는, 절에 돌아와서 다른 스님들 몰래 내게 전해주신 것이
었다. 그리고 동행했던 사람들에게는 내가 자고 있나 알아보는 것
처럼 보이기 위해 자꾸 큰소리로 물었던 모양이다. 이렇게 몰래 주
지 않아도 괜찮은데…. 내가 행자라서, 아니면 스님이라서 먹고 싶
은 음식이 있어도 먹지 못한다고 생각했나 보다. 그래서 미안했던
거겠지. 그 뜻이 참으로 고마웠다. 다른 신도들에게도 비밀이라고
하셨다.

스님들은 대중공양을 하기 전에 발우 앞에서 게송을 외운다.

"이 음식이 어디서 왔는가. 내 덕행으로 받기가 부끄럽네. 마음
의 온갖 욕심 버리고 육신을 지탱하는 약으로 삼아 불도를 이루기
위해 이 음식을 받습니다."[24]

내 자신에게 묻는다. 진심으로 '불도를 이루기 위해' 이 음식을
받느냐고. 그렇게 많은 인생의 의미도 모자라 이제는 밥 먹는 것까
지 다시 또 하나의 의미를 둔다. 누가 밥을 먹는가. 밥 먹는 존재는
보이지 않는다. 또 밥을 먹는다는 행동 자체도 결코 남아 있지 않
다. 수저로 밥을 떠서 입으로 넣고 씹는 일련의 동작을 지시하는 내
마음은 보이지도 들리지도 않아 어디에 있는지 찾을 수도 없는 이

주24)

五觀偈
計功多少 量彼來處 忖己德行 全缺應供
放心離過 貪等爲宗 正思良藥 爲療形枯
爲成道業 應受此食

상하고도 오묘한 놈이요, 밥을 먹는 행동은 찰나를 견디지 못하고 사라지기에 단지 배부르다는 생각과 먹었다는 기억이 남을 뿐이다. 단지 내 생각으로만 '밥을 먹었다.'라고 인정한다는 것이다. 그 생각 외에는 아무 일도 없다. 밥도 없고 나도 없다. 없다는 생각도 없다. 그 생각으로 인해 '나는 밥을 먹고 사는 사람'이라는 의미로서 자기를 삼는다. 그리고 남도 역시 그렇게 생각하기에 그 가운데 공유하는 듯 느껴지는 인생이 생겨나고 이 세상이 정말로 존재하고, 밥이 정말 있는 것으로 느끼게 되는 것이다.

매 찰나마다 난 내 자신을 공양(供養)한다. 순간의 사연이 나의 밥이요, 그 사연이 잊히기까지 잠깐 기억 속에 머무는 추억이 나의 몸체다. 내가 진실로 밥을 먹고 사는 놈이라고 생각하면, 곧 내 몸은 고깃덩어리가 되어버린다. 하지만 내가 허공이라면, 밥도 나도 허공이기에 '먹는다.' 혹은 '먹지 않는다.'라는 희론은 사라진다. 그는 결코 고기를 먹을 수 없으며, 술에 취할 수도 없다. 고기는 색깔, 소리, 냄새, 맛 등이 모인 환상이요, 나는 허공이니 음식을 먹음으로서 살아가는 존재도 아니기 때문이다. 철저한 계중(戒中)이다. 살생(殺生)할 수도, 음행(淫行)할 수도 없는 자유(自由)이다. 모두 스스로에서 비롯된 생각일 뿐이다.

"절대로 죽지 않는다!" 하고 외치시는 스승님의 법문이 떠오른다. 이 세계의 불교, 부처님의 가르침이 얼마나 빛바래버렸는지, 이제는 그 본래의 색을 찾기 어렵게 되었다. 언제나 항상한 여래의 법칙 안에 있었으면서 말이다.

초밥은 맛있었다.

특별한 중, 평범한 중

그 누가 산 속에 가서 잡초가 많다고 뽑으려 들겠는가
농작물이라는 결과를 바라기 때문에 뽑아야 할 잡초와 키워야 할 작물이 나뉠 뿐이다

밭을 만드느라 바쁘다. 오후에도 둘째 사형이신 S스님과 둘이서 괭이와 삽을 들고 흙을 일구고 돌을 골라내고 고랑을 만들었다. 고등학교 1학년 때 살던 시골의 흙이 생각났다. 눈을 바로 뜰 수 없을 만큼 햇볕이 따뜻한 봄날이었다. 어디를 가도 흙냄새가 났던 잘 고른 밭을 걷다가 문득 신발을 벗고 싶어졌다. 벗은 신발을 손에 들고 폭신폭신한 흙을 맨발로 밟았다. 간지러웠다. 밟을 때마다 흙이 쑤욱 들어가며 따뜻한 공기를 뿜어냈다. 가끔씩 개미가 기어 나와 어디론가 바쁘게 기어간다. 귀에서는 찌-잉 하는 적막의 소리가 들리고, 몸뚱이는 봄을 맞이하는 나무의 기분이었다.

그때까지만 해도 밭은 원래부터 밭인 줄 알았다. 그 속에 스며있

는 농부의 고통은 알지 못했다. 하지만 이렇게 아무것도 없던 땅에 밭을 만들고 있자니 그저 이유 없이 만들어지는 것은 아무것도 없다는 것이 실감난다. 매일 돌을 골라내도 땅은 계속해서 돌을 뱉어내고, 매일 아침마다 때 이른 모기에 뜯겨가며 풀을 뽑아대도 밤중에 누군가 씨를 뿌려놓는 것처럼 잡초는 끝이 없이 자라난다. 행여나 벌레가 생길까 농약을 쳐주고, 비가 뜸할 때에는 호스를 끌어다가 물을 뿌려준다. 사실 원하는 바가 없다면 제거해야 할 어떤 것도 없을 것이다. 그 누가 산 속에 가서 잡초가 많다고 뽑으려 들겠는가. 농작물이라는 결과를 바라기 때문에 뽑아야 할 잡초와 키워야 할 작물이 나뉠 뿐이다.

공부도 마찬가지일 것이다. 이 중생세계에 태어날 때부터 깨달은 자가 어디에 있겠는가. 석가모니 부처님께서도-감사하게도-태어날 때는 중생이었다. 그러나 원인 없는 결과를 바라는 중생들의 마음은 반드시 싫은 것과 좋은 것을 만들어내고, 마치 본래부터 세상에는 선과 악이 나뉘어 있고 부처와 중생이 따로 존재하는 것이라고 착각한다. 밭은 처음부터 밭이었던 것으로 생각했던 나처럼.

하지만 잡초와 작물이라는 이름은 농부의 기준이듯이, 부처와 중생도 무명(無明)의 기준이다. 선과 악도, 미(美)와 추(醜)도 마찬가지다. 어디에도 본래부터 정해져 있는 기준과 잣대는 없다. 어부(漁夫)는 잡초를 보고 뽑아야 할 것이라 생각하거나 끝도 없이 자라난다고 미워하지 않는다. 그저 바라볼 뿐이다. 어부는 잡초와 무관하기 때문이다. 올바른 수행자는 생각을 끊어야 한다고도, 왜 이렇게 끝도 없이 생각은 나를 괴롭히느냐고 원망하지도 않는다. 수행자는 생각과 아무런 관계도 없기 때문이다. 그저 바라볼 뿐이다. 무언가 하고자 하는 마음 때문에 단지 생각이라는 놈이 악역(惡役)을 맡으며 부각될 뿐이다.

일을 하다가 갑자기 스님께서 나에게 스승님에 대해 물으셨다. 스승이 없이 혼자 공부하신 독각(獨覺)이냐, 가르침의 요지가 뭐냐, 제자 스님들은 어떻게 출가하셨느냐, 그중에서 내게 가장 의미 있게 들린 말이 "나에 대해선 어떻게 말씀하시더냐?"였다. 그렇게 공부를 많이 하셨으면 자기를 보면 얼마나 깨닫고 있는지 알 수 있지 않겠느냐는 것이다.

엉터리라고 말씀하시진 않았느냐는 물음에 "그렇게 생각하셨으면 제가 여기로 출가하는 것을 반대하셨을 겁니다."라고 대답했다. 은사스님께서는 말씀하셨다.

"나는 특별하게 도(道)를 논하고 논리를 가지고 따지는 그런 수행자가 아니라 그저 평범한 중이다."

특별한 중, 평범한 중은 무슨 의미일까. 도를 논하고 논리적으로 사유하는 공부가 특별한 수행자가 하는 일이라면, 그렇지 않은 중은 과연 무슨 일을 하는 걸까. 그 사람의 어떤 모습에다 '중' 이라는 이름을 붙여야 할까.

한참을 말없이 밭을 갈다가 스님께서 갑자기 이런 말을 하셨다.

소 잡는 백정에게도 배울 것이 있는 거라고. 자기가 어리석으면 부처가 옆에 있어도 못 알아본다고 말이다. 누구에게든 배울 점은 있게 마련이라며 절대 교만하게 생각하지 말고 항상 배우는 태도를 버리지 않아야 학승(學僧)이라고 하셨다.

정말 눈앞의 모든 세계가 부처님으로 보인다면 얼마나 감사할까. 마치 금(金)을 모르는 아이가 금을 보고 입에 넣었다가는 맛이 없어 던져버리듯이, 아직 부처님이 무엇인지 알지 못하는 나였기에 지금까지 입에 넣었다가 내 입맛에 맞지 않는다고 팽개쳐버린 부처님이 끝도 없을 것이다. 가장 중요한 것은 부처를 찾는 것이 아니라 내 눈을 높이는 일이다.

눈 속의 티끌보다 작아지다

언제나 아프고 힘들 때에만 불도를 생각하고
기쁘고 편안할 때에는 당연히 사람 속으로 들어가는 이 치사하고 안이한 수행의 정진심
오늘 나는 나에게다 들켰다

점심공양을 하면서 개신교인들의 트집을 잡는 은사스님의 감정 실린 안타까운 소리를 듣고 나서, 나는 얼른 자리에서 일어섰다. 서로가 서로를 헐뜯지만, 결국은 똑같다. 불자들을 보고 우상숭배라고 하는 개신교인들의 논리와 근거가, 사실 부정할 수만은 없는 한국 불교의 현실이다. 은사스님께서 하느님의 존재를 증명할 수도 없으면서 있다고 믿는 그들을 비난하듯이, 역시 증명할 수도 없는 인간과 같은 모습의 지장보살과 관세음보살, 그리고 부처님과 한 술 더 떠서 영가들에게까지 절을 하는 모습은 교인들의 비난과 질책을 살 만하다. 최고의 가르침을 가지고 있으면서도 세상의 독(毒)에 취해 중생들과 구분될 수 있는 그 어떤 모습도 갖추지 못한 불제자들이기에 법당에 꽂혀 있는 『대장경』에는

지금도 먼지와 좀벌레가 들끓는다.

속상한 마음에 쓰레기나 태워야겠다고 생각하고 소대 앞에 있는 쓰레기를 주섬주섬 챙겼다. 공양실에서 성냥을 찾아들고 아무 생각 없이 불을 당기는 순간, 뭔가 눈에 튀어 들어갔다. 아마 성냥 황이 아니었을까 생각된다. 별거 아닐 거라고 생각하고 계속 불을 붙이는데, 뭔가 이상했다. 물로 씻어내야겠다는 생각으로 공양실에 들어가니 공양주보살님이 놀라 묻는다. 밥 잘 먹고 나간 놈이 갑자기 눈물을 줄줄 흘리며 뛰어 들어오니 무슨 일인가 했나 보다.

아무리 물로 헹궈내도 나오질 않는다. 눈알은 점점 더 충혈되고 눈물은 끊임없이 흐른다. 한참을 고생하는데 은사스님께서 지나가시다 그 모양을 보고는 다가오셨다. 나를 밝은 곳으로 데리고 가 눈을 뒤집고 돋보기로 살펴보았지만 내가 스스로 문질러 낸 상처뿐, 이물질은 없다고 하셨다. 한참을 끙끙대며 앉아 있는데 웃음이 나왔다. 문득 잔뜩 긴장해 힘을 주고 있는 내 가슴과 배를 보았기 때문이다. 지금 뭐 때문에 이렇게 마음을 졸이고 있나. 뭐 때문에 두 손에는 땀이 흥건한가. 돋보기로 찾아도 보이지 않는 티끌? 눈? 아픔? 어이가 없었다. 부처님 제자 아나율은 스스로 자신의 눈을 멀게 만들었다. 혜가는 도를 위해 자신의 팔을 잘랐고, 부처님께서는 수행자였던 전생에 야차에게 반 마디 게송을 마저 듣기 위해 절벽에서 몸을 던졌다.[25]

될 대로 되라. 눈이 멀어도 상관없다. 결과의 좋고 나쁨을 떠나 그 과정 속에서 마음을 졸이고 있는 나의 꼴이 우스웠다. 몸과는 관계도 없는 마음이 몸이 다칠까 벌벌 떠는 것이다. 언제나 몸을 바라볼 수밖에 없었던 마음이 마치 자신이 몸이 되어버린 것인 양, 안타까워하는 바로 그 습관 때문에 죽음의 순간에도 죽지 않는 마음은

주25) 설산동자는 전생에 석가모니 부처님께서 수행하시던 시절의 이름으로 오로지 해탈의 도를 얻기 위해 가족도 부귀영화도 버리고 수행하고 있었다. 마침 이를 본 제석천은 설산동자의 이러한 뜻의 진심을 의심하였고, 그 의지를 시험하기 위해 무서운 나찰의 모습으로 변신하여, "諸行無常 是生滅法 (제행무상 시생멸법)"이라는 게송의 반을 읊어 주었다. 설산동자는 이 소리를 듣고 무한한 기쁨을 느꼈다. 그것은 마치 오랫동안 사막을 헤매다 극적으로 구원자를 만난 기쁨과도 같았다. 그는 급히 일어났다. "저의 주위에 누가 계신지요?" 그러나 주위에는 무시무시한 나찰 외에는 아무도 없었다. 설산동자는 나찰에게 물어보려고 앞으로 나아가, "이 게송의 의미는 삼세의 모든 부처님께서 한결같이 가르치는 바른길입니다. 그런데 나찰이여, 당신은 어디서 이처럼 거룩한 게송을 들었습니까?" "나는 그런 것에 전혀 관심이 없다. 며칠 동안 먹지를 못해 다만 배가 고플 뿐이다. 이 게송은 허기와 갈증에 지쳐 그저 헛소리를 해본 것에 불과하다. 그러니 내게 먹을 것을 달라." "나찰이여, 만약 그 게송의 전부를 알려 준다면 당신의 제자가 되겠습니다." "나머지 게송을 읊을 기력마저 없으니 더 이상 말을 시키지 마라." "그렇다면 무엇을 원하십니까?" "나는 인간의 살과 피를 원한다." "잘 알았습니다. 제게 나머지 게송을 마저 들려주시면 이 몸을 당신의 먹이로 바치겠습니다." "아니, 그대는 오직 여덟 글자 때문에 자신의 몸을 바치겠다는 말인가?" "흙으로 만든 그릇 대신에 칠보를 얻을 수 있다면 기꺼이 그릇을 버릴 수 있듯이 나는 이 육신을 버려 부처님의 도를 얻고자 합니다. 당신은 왜 나를 믿으려 하지 않습니까? 모든 부처님께서 이를 증명해 주실 것입니다." "정녕 그렇다면 내가 그 게송을 마저 들려주지." 나찰은 드디어 엄숙한 표정이 되어 나머지 게송을 읊었다. "生滅滅已 寂滅爲樂(생멸멸이 적멸위락)" 그리고 나서 나찰은 말했다. "자, 그대의 원을 들어주었으니 이젠 당신의 육신을 내게 바쳐라." 게송의 반을 듣고 난 설산동자는 나찰과의 약속을 지키기 위해 나무 위에서 몸을 던졌다. 그러나 그의 몸이 땅에 채 닿기도 전에 누군가가 그의 몸을 받쳐주었다. 그가 놀라 쳐다보니 나찰로 변신하였던 제석천이었다. 설산동자의 몸을 땅에 내려놓은 제석천은 천신들과 함께 수행자의 발아래에 엎드려 공손히 예배하였다.

－『대반열반경(大般涅槃經)』 권13

살기 위해 발버둥치는 것 아닌가. 나는 부처님께 이렇게 초라한 모습을 배우지 않았다.

은사스님께서는 자꾸 병원으로 가라고 하셨지만 오늘은 휴일이다. 내 방으로 돌아와 버렸다. 누워서 잠깐 쉬면 조금 나아질 것 같은 생각이 들었다. 세상을 버린 수행자가 보이지도 않는 티끌 때문에 꼼짝없이 누워 있구나 하는 생각이 드니 어이가 없었다. 얼마나 시간이 지났을까. 혹시 눈물에 녹거나 빠져나왔을까 살며시 일어나 보다가 좀 전보다 더 날카로운 통증을 느꼈다. 마치 공부하기가 싫어서 몰래 방에서 도망 나오던 어린아이가 엄마와 마주친 것과 같이 깜짝 놀랐다. 난 얼른 다시 누웠다. 순간 눈에서 뭔가 빠져나왔다. 뭐가 나온 것인지는 알 수 없었지만 나온 것만은 확실했다. 그리고 다음 순간 긴장이 풀어지는-삶과 죽음의 경계에서 헤매던-초라한 내 어깨와 목, 가슴, 그리고 하얗게 질린 내 얼굴을 발견할 수 있었다.

처음에는 '다음번엔 이런 몸 없는 세상에서 태어나야지, 귀찮아서 못 살겠다.' 라고 생각했다. 하지만 티끌이 빠져나온 지금을 가만히 보니 이 정신 속에서 일어난 아픔도, 귀찮음도 모두 찰나에 사라져 버리는 환상이었다. 보이지도 않는 이놈 혼자서 눈 속에 박힌 것 같다느니 왼쪽으로 움직인 것 같다느니 상처가 난 것 같다느니 온갖 생각을 해내고, 한순간도 놓침 없이 그 모든 아픔을 알아채고 있으니 얼마나 오묘한가. 그저 정신 혼자서 뭐가 들어갔다 나왔다 아프다 시원하다 분별하고 있는 것이다. 누군가 달에서 지구를 바라보며, 그 속에서 눈을 붙잡고 앉아 온 마음이 티끌 속으로 들어간 나의 모습을 관찰한다면 어떤 생각을 할까. 순간 난 그렇게 작아졌었다.

마치 눈에 들어간 티끌을 꺼내듯, 그렇게 간절하게 불도를 생각했다면 나는 지금보다 훨씬 자유롭고 당당한 깨달음을 가졌을 것이다. 눈 속의 티끌은 긴박했지만 생사를 해결하는 수행은 너무도 여유로웠다. 언제나 아프고 힘들 때에만 불도를 생각하고 기쁘고 편안할 때에는 당연히 사람 속으로 들어가는 이 치사하고 안이한 수행의 정진심(精進心). 오늘 나는 나에게 다 들켰다.

눈 속에 들어간 티끌 때문에 하루 종일 아무 일도 하지 못했다. 지금까지 단 한 번도 이런 일이 없었는데 절에 들어온 뒤로는 이렇게 사소한 문제들이 많이 생긴다. 마치 잡다한 일들을 인생 어딘가에 모아두었다가 한꺼번에 쏟아내는 것 같다. 그만큼 도각사 스님들과 산속에서 살 때보다 마음이 해이해졌다는 증거 아닐까.

4부

- 나
  만
  의

  세
  계

지킬 것이 없어 자유롭다

허공이 어찌 불에 타겠는가
지혜가 어찌 불에 타겠는가
그리고 그 지혜를 따르는 제자들의 정신이 어찌 불에 탈 수 있겠는가

식목일인 어제 강원도에서 발생한 산불은 지금도 양양 일대를 모조리 숯으로 만들고 있다고 한다. 바람이 초속 20m라니 쉽게 꺼질 산불은 아닌 듯하다. 오늘 아침에는 내가 대학시절에 동아리 회원들과 함께 다섯 번이나 수련회를 갔던 낙산사가 거의 전소되었다. 뉴스에는 눈에 익은 비구니 스님들 처소가 불길에 휩싸여 무너지는 장면이 계속 방송되었고, 기자들은 아수라장이 된 현장을 어떻게 하면 더 비참하고 비극적으로 표현할까 안간힘을 쓰고 있었다.

스승님께서는 정신의 분별이 곧 불[火]이라고 하셨다. 왜 산만 실컷 태우고 꺼질 불이 오히려 산을 거꾸로 타고 내려와 바닷가에 있는 낙산사를 태웠는가. 정말 산에 붙은 불이 낙산사로 떨어진 것

인가, 아니면 낙산사에서 불을 부른 것인가.

생겨난 것은 반드시 사라진다. 석가모니 부처님께서는 생자필멸(生者必滅)이라 하셨다. 안타까울 것도 좋아할 것도 없다. 사실 아무 일도 없다. 내 눈앞에는 언제나처럼 색이 보였고, 귀에는 소리가 들렸으며, 코앞에는 냄새가 맡아졌을 뿐이지만, 그 모든 것을 합쳐 '의미'라는 양념을 넣고 '사회'라는 냄비에 넣고 팍팍 끓이면 그 이름이 산불이라는 '재앙'으로 변신한다. 산불은 스스로를 재앙이라고 부르지 않는다. 온갖 의미로 똘똘 뭉친 인간들에게만 그것은 재앙이며 '악(惡)'이다.

사라짐을 알면서도 그 위대한 가르침을 이어가기 위해 일자삼배(一字三拜)의 신심(信心)으로 팔만대장경을 새기는 사람들이 있었던가 하면, 이렇게 있는 것도 지키지 못해 결국에는 자신들의 도량마저 잃어버린 불운의 스님들도 있다. 은사스님께서 도각사는 산에 있느냐고 물으셨다. 산은 아니지만, 산에서 가깝다고 했더니. 내려와서 넓은 벌판에다 다시 지으라고 하신다. 웃음으로 넘겼지만, 도각사가 모두 타버려도 눈 하나 깜짝하지 않을 스님들의 가슴을 조금이라도 안다면 누구든 그곳에는 불에 타 사라질 재산이 단 하나도 없다는 것을 알게 될 것이다. 허공이 어찌 불에 타겠는가. 지혜가 어찌 불에 타겠는가. 그리고 그 지혜를 따르는 제자들의 정신이 어찌 불에 탈 수 있겠는가.

『숫타니파타』의 소 치는 사람, 다니야의 구절이 떠오른다. 임의

대로 간략히 줄여 써본다.

　소 치는 다니야가 말했다. "내 아내는 착하고 허영심이 없으며 내 아이들은 모두 다 건강합니다. 내게는 갓 태어난 송아지도 있고, 젖을 먹는 어린 소도 있으며, 새끼를 밴 어미 소와 그 짝인 황소도 있습니다. 또 소를 매 놓은 튼튼한 말뚝과 밧줄도 있으니 하늘이여, 비를 뿌리려거든 비를 뿌리소서." 부처님께서는 이렇게 말씀하셨다. "내 마음은 내게 순종하고 모든 것으로부터 벗어나 있으며 나는 그 누구에게도 속해 있지 않다. 나에게는 갓 태어난 송아지도 없고, 젖을 먹는 어린 소도 없으며, 새끼를 밴 어미 소와 그 짝인 황소도 없다. 또 황소처럼 고삐를 끊고 코끼리처럼 냄새 나는 덩굴을 짓밟았으니, 나는 다시 인간의 모태에 들지 않을 것이다. 그러니 하늘이여, 비를 뿌리려거든 마음껏 뿌리소서." 그때 악마 파피만이 말했다. "자녀가 있는 이는 자녀로 인해 기뻐하고, 소를 가진 이는 소로 인해 기뻐한다. 사람들은 집착으로 기쁨을 삼는다. 그러니 집착할 것이 없는 사람은 기뻐할 것도 없으리라." 부처님께서 말씀하셨다. "자녀가 있는 이는 자녀로 인해 근심하고, 소를 가진 이는 소 때문에 걱정한다. 사람들이 집착하는 것은 마침내는 근심이 된다. 집착할 것이 없는 사람은 근심할 것도 없다."

　한글번역이었으니 오역(誤譯)의 염려가 없지 않았으나, 그 의미는 충분히 느낄 수 있었다. 모든 단속과 준비를 철저히 했으니 화재를 걱정하지 않는 것이 아니라, 온 세상이 본래 텅 비어 허공과 같으니 불에 탈 수 없다는 사실을 깨달은 지혜만이 모든 '재앙'을 막을 수 있다. 수백 년 동안 낙산사를 지켜보았던 대종(大鐘)이 녹아버릴 정도의 화염 속에서 "괜찮다. 본래 영원한 것은 없다. 생겨난 것은 반드시 사라진다. 하지만 부처님의 진리가 어찌 사라질 수 있겠느냐."라고 말하는 수행자가 있었다면, 신문에 실릴 기사의 내용은 연민과 동정이 아닌 신심(信心)과 귀의가 될 것이다. 하지만 신문 어디에도 그런 말은 없었다. 그저 소실된 문화재와 재산에 대한 피해액과 재건불사를 위한 계좌번호만 쓰여 있었다.

어찌 되었든 낙산사는 결국 타버렸다. 내 기억의 낙산사도 탔으며, 나는 이제 타버린 낙산사를 알고 있는 '나'로 바뀌었다. 낙산사만 영원하지 않은 것이 아니라, '나' 역시 허망하게 생멸하는 기억으로만 이루어져 있다. 여래의 이치와 그 위대함을 알지 못하면 찰나에 사라지는 번갯불만을 바라보며 울고 웃을 뿐이지, 번갯불을 만들어내는 구름의 이치와 나아가 구름을 만들어낸 보이지 않는 허공의 영원성에 대해서는 결코 느낄 수가 없을 것이다.

나는 무상(無常)하다고 말해도 옳다. 항상(恒常)하다고 말해도 옳다. 세상은 고(苦)라고 말해도 옳고, 락(樂)이라고 말해도 옳다. 두 가지가 함께하는 것이 일체만유의 이치라고 배웠고, 또 실제로 확인할 수 있었다. 모든 분별과 망상에서부터 깨달음에 이르기까지

정(正), 즉 바르지 않은 것은 없다. 단 한 가지도 위대한 여래의 만남과 법신(法身), 보신(報身), 화신(化身)의 완벽한 조화를 바탕으로 이루어지지 않은 것은 없다. 어디에도 잘못된 것은 없다. 언제나 그대로가 딱 맞았다.

그러나 이 사실을 알지 못한 채, 옳고 그름을 따지는 것을 이름하여 '그름'이라고 말할 뿐이다. 죽음이 없는데도 죽음을 만들어내어 죽을 수 없는 스스로를 죽이는 무명(無明)만이 잘못이라면 잘못일까.

화초와 몸뚱이

화초는 그런 어리석은 지혜를 갖지 않는다
바로 옆에 아무리 많은 물이 고여 있어도 자신의 뿌리에 닿지 않으면 조용히 시든다
아무런 불평도 미련도 원망도 없다

나와 가장 절친한 도반인 Y스님에게 뭔가 선물을 하고 싶어져서 한참 고민을 했다. 나와 똑같은 행자생활에 똑같은 고민을 하고 있을 것이라 생각하니 문득 안타깝고 그리워졌다. 그래서 보살님들에게 시장에 다녀오는 길에 화초를 하나 부탁했다. 이름도 이상해서 보살님에게 듣자마자 잊어버렸다. 어쩌면 처음부터 이름 따위엔 관심도 없었던 것일 수도 있다. 화초를 작은 박스에 포장해 절에 오신 보살님께 발송을 부탁한 뒤, 은사스님의 허락을 구하여 도반스님에게 전화를 걸었다. 무척 고마워했다. 화초는 한 번도 키워본 적 없다며 잘 키울 수 있을지 모르겠다고 했다. 하긴, 그 긴 시간 동안 내 몸뚱이 하나 키워오기도 힘들었는데 화초 키울 시간이 있었겠느냐며 우린 웃었다.

바람선

이 몸은 키우기 정말 쉽지 않다. 때마다 밥 먹여야지, 똥 싸줘야지, 적당히 운동도 시켜줘야 하니 조금만 부주의하면 금세 병이 나고 만다. 또 어딘가 불편하면 이유를 알아내서 편하게 만들어줘야 하고, 피곤하면 재워줘야 하며, 가끔 잠이 안 올 때면 밤새 걱정하며 노력해야 한다. 이놈은 조금만 시간이 나면 극도로 게을러지려고 최선을 다하기 때문에 조심스럽게 달래가며 하기 싫고 귀찮은 일을 조금씩 시켜야만 한다. 이 몸뚱이를 나라고 믿으면 지금까지 힘들게 만들어 놓은 만큼 흩어질 때 그만큼 힘들어진다. 어느 누가 이 세상을 편한 곳이라고 말할 수 있을까.

은사스님도 몸뚱이는 똥 만드는 기계라고 입버릇처럼 말씀하신다. 그러면서도 똥 만드는 기계를 무척 아끼신다. 어쩌다 음식이 짜면 혈압 높여서 나 빨리 죽이려고 하느냐, 매우면 속 버린다, 많으면 지옥 가려고 낭비하느냐, 적으면 사람이 왜 이리 인색하냐 등등, 농담 반 진담 반으로 공양주보살님을 깨 볶듯 볶아댄다. 이 절에 오는 보살님들은 모두 이렇게 말한다. "우리 스님은 몸 걱정이 많으셔. 킥킥."

모아서 쌓으면 비록 그것이 쌓이기 전에는 남이었을지언정, 지금은 누가 뭐래도 세상에서 가장 소중한 내 몸이 되는 것이다. 혹, 일부의 더 지독한 사람들에게는 내 몸을 넘어 나 자체가 되기도 한다.

화초는 그런 어리석은 지혜를 갖지 않는다. 적어도 살기 위해 발버둥치거나 자신에게 다가온 죽음을 다른 이에게 떠넘기고 그의 생명을 취하려 하지도 않는다. 바로 옆에 아무리 많은 물이 고여 있어도 자신의 뿌리에 닿지 않으면 솔직히, 그리고 조용히 시든다. 아무런 불평도 미련도 원망도 없다. 그래서 화분을 선물했다.

아침마다 일어나서 밤새 조금 더 자란 화초를 보고 혼자 웃는 그 기분을 느끼게 해주고 싶었나 보다. 한 찰나도 멈춰 있지 않은 무상(無常)의 모습을 사실대로 보여주는 의미 없는 화초가 내 마음을 대변해주었다. 사랑도, 미련도, 욕망도 있는 그대로의 이치로 받아들이고 싶은 나의 마음을 도반스님에게 전했다. '～싶다.'가 아니라 '～이구나.' 하고 느끼기 위해 순간마다 노력하는 수행자의 물러섬 없는 기분을 화분에 담았다.

도반스님이 수행자의 피곤함 속에서 그 화초를 한 번 바라보면 내 생각이 나고, 내 생각이 나면 도각사가 떠오르고, 도각사가 떠오르면 스승님 생각이 나고 다시 부처님이 떠올라, 아무 일도 있지 않은 적멸(寂滅)의 이 세계를 다시 한 번 느낄 수 있게 해주고 싶었다. 바로 내가 그렇게 하고 있기 때문이다.

행복에 대한 짧은 정리

행복을 밖에서 찾지 말라

생겨난 것은 반드시 사라진다.

생겨난 행복은 반드시 사라진다.

생겨난 행복이 아니라면 사라지지 않는다.

생겨난 행복이 아니어야만 사라지지 않는다.

본래 갖추고 있는 행복이야말로 영원한 행복이다.

행복을 밖에서 찾지 말라.

배움의 중간

마음이 항상 이 자리에 멈춰있음을 관한 적이 없었다
아니 마음은 항상 이 자리였으나
언제나 움직인다고 생각해왔다는 표현이 더 정확하겠다

사미계를 받기 위해서는 최소한 6개월 이상의 행자생활을 거쳐야 한다. 벌써 행자생활의 절반이 지나갔다. 나는 그동안 무엇을 했는가.

후회는 없다. 결코 가볍게 지내진 않았다. 한시가 급했고, 법문에 대한 한 티끌의 기억이 소중했으며, 나의 인연들에 진심으로 감사했다. 내 학교 동기들과 후배들이 낄낄거리며 연애하고 술 마시며 농담하고, 때로는 정신없이 늦잠 자고 있는 동안 나는 '지금'을 놓치지 않기 위해 눈을 부릅떴고, 오염된 번뇌에 물들지 않기 위해 애썼다. 「반야심경」의 '불구부정(不垢不淨)', 아직도 오염될 수 있는 정신이 있다고 믿는 나의 어리석음이리라. 똑같은 '지금'을 사용하면서도 나는 길고 무거운 순간들을 기억했으며, 그들은 가볍고 가치 없는 잡담을 기억했다. 지금까지 살아오면서 이렇게 잠을 줄이며 일기를 쓰는 것도, 하루가 언제 갔는지도 모르게 많은 일을 하면서도 마음이 항상 이 자리에 멈춰있음을 관(觀)한 적도 없었다. 아니, 마음은 항상 이 자리였으나 언제나 움직인다고 생각해왔다는 표현이 더 정확하겠다.

내일은 또 천도재가 있다. 이 재는 49재라서 매주 일요일마다 7번에 걸쳐 제사를 지내게 된다. 이 일기를 쓰고 나서도 과자며 과일을 쌓아야 한다. 은사스님께서는 신도들과 장보러 가신다고 나가셔서 저녁공양까지 마치고 들어오시는지 아직 소식이 없다. 공양주보살님만 애가 탄다. 내일 할 일이 많아 미리 재료를 받아 준비해야 하는데 아직도 돌아오시질 않는다며 발을 동동 구른다. 나야 두 시간이면 제사상을 다 준비할 수 있지만, 보살님은 하루 전부터 해야 할 일이 많으니 걱정이다.

구도에 대한 기둥

사형스님은 구도에 대한 아무런 기둥이 없다 붙잡고 싶어도 무엇을 붙잡아야 할지 모른다 묻고 싶어도 물어볼 스승이 없다 자세가 흐트러지고 짜증이 나는 것도 당연하다

막내사형 M스님이 어제 돌아왔다. 어디서 뭘 했는지 묻지 않았지만, 좀 이상해졌다. 은사스님께 쌓인 스트레스 때문인가? 어쩌면 사제인 내가 와서 긴장했다가는 이제 본래의 모습을 보이는 것인지도 모른다. 먼저 자세가 달라졌다. 앉는 것도 삐딱해졌고, 혼자 누워서 쓸데없는 소리도 잘한다. 또 예불도 슬슬 빠지기 시작했고, 신도들과 자주 소리 지르고 싸운다. 조금 전 저녁 예불에도 나오질 않고 방에서 TV를 보고 있었다. 그런 생활이 사형스님의 본래 모습이라면 큰 실망이다. 생각했던 것보다 인생을 진지하게 생각하지 않는 것 같다. 생사(生死)에 대한 큰 고민과 불도를 향한 열정이 없다. 처음에는 간절했으나 길을 찾지 못하고 스승을 만나지 못해 식어버린 것인지, 아니면 그 자체에 관심조차 없었

비딱선

는데 단지 다른 사람들을 의식해 거짓을 보인 것인지 잘 모르겠다.

다행히 나는 이렇게 '그러려니….' 하고 되돌아갈 곳이 있지만, 여기 말고 갈 곳을 찾지 못한 스님들의 가슴은 어떨까. 죽어도 제사상 앞이요, 살아도 제사상 앞이다. 나는 이렇게 귀하고도 귀한 법을 만나 지금까지 단 한 번도 듣지 못한 법문을 내 가슴에 담아두고 있지만, 사형스님은 구도에 대한 아무런 기둥이 없다. 붙잡고 싶어도 무엇을 붙잡아야 할지 모른다. 묻고 싶어도 물어볼 스승이 없다. 자세가 흐트러지고 짜증이 나는 것도 당연하다.

아마 오늘날의 절들은 신도들만 사라지면 자연 해산될 것이다. 자신의 문제를 해결하기 위해 절에 있는 스님들은 거의 없으니 말이다. 밥이 없으면 모두 나가겠지. 만해스님께서 "오늘날 승려들은 재물과 음식이 없다면 아무도 절에 남아 있지 않을 것이다."라고 하신 말씀이 떠오른다. 가끔은 나 혼자 어질러진 방안에 앉아 있는 기분이다.

믿지 않는다

태어남은 좋아하고 죽음은 싫어하는 모습이란
들숨만 좋아하고 날숨은 쉬지 않으려고 노력하는 것과 같다

또 천도재를 했다. 아침부터 비가 주룩주룩 내려서 어두컴컴한데다 방금 화장터에서 돌아온 사람들이 퉁퉁 부은 얼굴로 법당에 앉아 있으니 정말 볼만했다. 씻질 못해서 냄새도 많이 났다. 부인께서 돌아가셨다는데 두 번째 부인이었다고 한다. 첫 번째 부인도 병으로 앞세우고, 두 번째 부인도 또 병으로 떠나보내니 남편 가슴이 참으로 볼 수 없게 찢어져 버렸을 것이다.

하지만 자식들은 친어머니가 아니라서 그런지, 아니면 어려서 그런지, 또 아니면 두 번째 맞는 장례식이라 그런지 너무나도 지겹고 짜증 가득한 얼굴로 앉아 있었다. 아버지는 천도재가 끝날 때까지 단 한 번도 입을 떼지 않았다. 아들 하나, 딸 하나가 왔는데 자기들도 지금의 상황이 무척이나 싫은지 인상이 아주 좋지 않았다. 누

가 죽은 사람이고 누가 살아 있는 사람인지 표정만 봐서는 잘 알 수가 없을 정도다. 초췌한 식구들과 친척들의 눈을 보았다. 떠나간 그 부인도 자기로 인해 가족들이 고통 받는 그런 모습을 원하지는 않았을 것이다. 하지만 이 세상에서는 어찌 된 일인지 내키지 않는 눈물과 통곡이 예의가 되는 상황도 있다.

이 세상의 이런 이치—죽고 사는 이치, 만나고 헤어지는 끝없는 윤회의 이치에 대해 왜 한 번도 돌아보려고 하지 않을까. 그동안 수억 겁의 습(習)이 감히 그런 생각을 하지 못하도록 자신의 눈과 귀를 가린 것일까. 태어남은 좋아하고 죽음은 싫어하는 모습이란 들숨만 좋아하고 날숨은 쉬지 않으려고 노력하는 것과 같다. 결코 그런 이치는 없다는 것을 모두가 잘 알면서도, 그런 생각이 오히려 고통이 된다는 것에 누구나 공감하면서도, 언제부터 시작됐는지 모를 생사(生死)라는 전염병에 걸려 충실하게 분별하며 스스로 자신을 고통과 절망의 방에 가두는 것으로 미덕을 삼는다. 또한 그 미덕을 거스르거나 뒤집으려는 자는 정신병자 아니면, 사이비종교에 미친 놈쯤으로 몰아버린다. 성도하시고도 중생들을 위해 이 세계에 남아 계신 석가모니 부처님을 성자라고 알아보고 당신께 귀의한 사람들이 과연 몇이나 됐던가.

부처님의 제자 중 언변(言辯)이 가장 뛰어나 설법제일(說法第一)이라고 불렸던 부루나존자는 부처님께 출가해 깨달음을 얻은 뒤,

낳아주고 길러준 부모님과 친척들을 떠올렸다. 이 귀한 가르침을 그들에게 전해주기로 마음먹고는 부처님께 고향으로 돌아가 전법 (傳法)하겠노라는 뜻을 밝혔다. 하지만 평소에는 언제나 전법하고 설법하라고 말씀하신 부처님께서, 그것도 설법을 가장 잘한다는 부루나존자에게 허락을 하지 않으신다. 그 이유인즉슨, "가까운 사람일수록 교화하기 어렵다."는 것. 하지만 부루나는 그 말씀을 믿지 않았다. 그는 자신을 길러준 부모님과 친척들, 그리고 친구들의 인연 역시 가볍지 않다고 생각했기 때문에 그들 먼저 교화하는 것이 옳다고 판단하고서는 부처님께 계속 간청했다. 처음에는 만류하시던 부처님께서도 결국 허락을 하셨다. 하지만 기쁜 마음으로 자신의 고향에 도착한 부루나존자가 가장 먼저 만난 마을 어귀의 주민에게 듣게 된 말은 바로 이것이었다.

"어! 저거 ○○네 집 둘째 아들 아니야?"

한 순간에 '스님'이 아니라 '둘째 아들'이 되어버린 부루나존자가 그곳에서 당신의 목적을 훌륭히 달성할 수 없었으리라는 것은 불을 보듯 뻔하다. 가까운 사람일수록 배우려 하지 않는다. 생사를 초월한 길이 있다고 말하면 신(神)을 생각하고 영생(永生)을 생각하며 사이비 광신도로 치부한다. 절대로 믿지 않는다. 누구나 죽음 앞에서는 가장 절실해진다는 것을 잘 알고 있으면서도 결코 배우려고는 하지 않는다. 심지어는 눈앞에서 자신의 부인을 두 번씩이

나 떠나보내면서도, 자식들에게 원망과 힐난의 시선을 받으면서도 죽음을 해결하기는커녕 죽음이 무엇인가에 대해서도 생각하려 하지 않는다. 스님을 보고도 자신의 옛 기억을 믿고는 귀의가 아닌 의심을 품는 것이다. 석가모니 부처님께서 성도 후 범천의 간청을 물리치고 이 사바세계를 떠나려고 하셨던 이유도 그와 비슷하지 않았을까.

이곳은 삶도 없고 죽음도 없다. 적어도 그들이 생각하는 죽음, 그리고 공부하기 전까지 내가 생각하던 의미에서의 삶과 죽음 말이다. 그저 지금, 바로 이 순간에 있다고 말할 수 있는 근거도 없이 감각이라는 스크린에 색깔, 소리, 냄새, 맛, 감촉, 뜻[色聲香味觸法]의 여섯 가지 영화가 끊임없이 상영되고 있고, 또 영원히 그럴 뿐이다. 다만 관객 스스로 오해하여 죽는다, 산다는 의미를 두고는 기뻐하고 슬퍼하지만, 관객 또한 어떤 방법으로도 잘못될 수 없는 허공의 몸을 가졌기에 영원히 그 자리를 벗어난 적이 없는 것이다.

하지만 그렇다는 깨달음을 알기 전에, 그것을 느끼기 위해 생각의 방향을 전환하는 것 자체가 금지되어 버린 이 세계다. 서로가 서로의 멱살을 잡고 놓지 않아 그 누구도 뒤를 돌아볼 수 없게 만들어버렸다. 진실한 의문을 품고 세속을 떠나는 이의 허리를 붙들고는 어리석다, 인생을 왜 버리느냐, 무책임하다, 혹은 불효나 현실도피 등을 들먹이며 그를 아프게 하고, 의문을 해결하고 돌아온 이를 향해서는 자신들의 어리석은 기억으로 그를 무시하고 자신들과 똑같은 생사의 세계로 끌어내린다. 그들이 던지는 의심의 돌은 대자대비의 부처님도 결국은 죽어버릴 인간으로, 그 위대한 제자도 코 흘리던 뉘 집 아들로 만들어버리는 무명(無明)의 마법(魔法)인 것이다.

일체는 생각이라고 배웠다. 그리고 지금 당장 확인할 수 있었다. 그렇다면 죽음도 삶도, 나도 남도, 기쁨도 슬픔도 '정신'이라는 액정에 나타나는 전기신호의 배열에 불과한 것이다. 배열되는 순서와 방향에 따라 사랑이라는 의미가 생겨나기도 하고, 이별이라는 의미가 생겨나기도 한다. 하지만 액정은 생겨나거나 사라지지 않는다. 때문에 그 의미들은 액정에 담겨 있는 것이 아니다. 액정에 나타난 글자에 담겨 있는 것도 아니다. 오직 보는 놈의 생각 속에만 어느새 생겨나 눈물과 웃음을 흘리고는 또 자기도 알지 못하는 순간에 사라져버리는 것이다.

이곳에는 아주 나이가 많은 장인(匠人)이 있다. 그는 스스로 '나'라는 이름의 인형을 만들어 놓고, 또 매일매일 '죽음'이라는 또 다른 인형을 만들어가면서, '죽음'이 완성되는 날에는 '나'라는 인형은 사라지겠구나 하고 스스로 생각한다. 그 둘은 서로 다른 인형일 뿐인데 말이다. 아주 가끔 "그것은 인형일 뿐이오."라고 말하는 이를 만나기도 하지만 장인은 그를 비웃는다. "이렇게 움직이는데?" 하지만 언젠가 반드시 '죽음'이라는 인형이 완성되는 날이 온다는 사실을 잘 알고 있는 장인은 매일이 불안하다. 어쩌다 '나'라는 인

배짱선

형이 망가질 때면 식음을 전폐한 채 울며불며 그를 고치기 위해 애쓰고, 또 어쩌다 '죽음'이라는 인형의 모습이 완성되어 가는 것을 보고는 잠을 이루지 못한다. 그리고 다음날 아침에는 어김없이 이렇게 생각한다.

"이것이 인생이다."

'나'도 '죽음'도 아닌 장인은 지금도 그렇게 떨고 있다.

이것이 인생이다.

나만의 세계

부처님은 인격이 아니다
허공이다
모든 세계를 관장하는 이치다
그리고 오직 아래로만 손을 뻗는 스승이다

해를 한 번도 보지 못한 누군가에게 태양을 설명한다면 얼마나 큰 충격일까. 둥글고 형용할 수 없이 밝은 것이 하늘 높이 떠올라 일정한 행로를 따라 움직이다가 다시 땅 저 너머로 가라앉는다는 이야기를 하며, 그것을 하루라고 말하고, 해가 뜰 때를 아침, 질 때를 저녁이라고 이름 붙였음을 알려줄 때 그는 얼마나 놀랄 것인가. 태양에서는 끊임없이 '빛'이라는 것이 나오고 그로 인해 '색깔'이 드러나게 되지만 빛도 색깔도 순간에 사라지기 때문에 손에 잡히거나 어딘가에 쌓이지도 않는다. 그러나 찰나마다 사라지는 그 빛은 '따뜻함'이라는 에너지를 주어 다른 생명들이 자라날 수 있게 하니, 다양한 모습을 창조하는 근원의 힘인 것이다. 태양이 내뿜는 빛으로 인해 지구의 모든 물체는 그림자를 갖지만,

태양 자체는 그림자조차 없다. 이러한 모습을 태양을 보지 못한 이에게 설명하여 이해시키고, 납득시킬 수 있을까.

또 나무라는 것 역시 그것을 한 번도 보지 못한 이에게 설명할 수 있다면 엄청난 충격일 것이다. 살아 있어 자라기도 하지만 걷지는 않고 뿌리라는 것을 땅속으로 뻗으며 위로는 가지와 잎을 사방으로 뻗치고 오직 푸르다가 노랗고 붉게 물든다. 가을이 되면 '꽃'과 '열매'라는 것을 매달고, 겨울이면 '씨앗'을 떨구고 잎을 모두 털어내 가지만 남았다가 봄이 되자 죽은 것 같던 그 나무는 다시 싹을 틔우는 것이다. 땅에는 녹색이 없지만 땅에서 자라는 그것의 잎은 녹색이며, 땅에는 흰색과 붉은색이 없지만 꽃은 흰빛이며, 열매는 붉다.

이렇게 생각하면 이곳은 온통 경이로운 신비로움으로 가득 차 있다. 나아가 색깔 자체를 설명할 때는 더욱 오묘하다. 설명할 수 없기 때문이다. '보인다.'를 어떻게 설명할 것인가. 색깔은 감각으로 느끼지만 그 감각 역시 또 다른 이의 감각으로밖에 설명할 수 없으니, 감각을 제외하고는 지금 이 순간의 세계를 설명할 수도, 느낄 수도 없는 것이다. 오해가 되었든 이해가 되었든 서로 색깔을 보는 눈이 있다고 믿고, 색깔의 존재를 인정하기 때문에 일체의 색깔은 그 이름을 갖지만, 사실 남이 보는 빨간색과 내가 보는 빨간색이 절대적으로 같다고는 말할 수 없는 것이다. 게다가 똑같이 빨간색이라고 말해도 그 빨간색은 1초를 견디지 못한 채 사라지고 있지 않은

가. 어느 채도, 어느 명도, 그리고 얼마만큼의 시간이 지난 빨간색이 우리가 말하는 빨강인지 정의할 수 없는 것이다.

나아가 더 큰 문제는, 태양과 나무에 대한 설명을 하였다고 해도 듣는 사람은 말하는 사람과 똑같은 모습을 떠올릴 수 없다는 것이다. 한 장님이 코끼리 다리를 만지며 '코끼리는 기둥처럼 생겼구나.' 하고 느끼고, 다른 장님은 코를 만지며 '코끼리는 뱀처럼 길고 유연하게 생겼구나.' 하고 생각하는 것과 같다. 태양과 나무를 그 어떠한 수식어로 표현한다 하더라도 듣는 이는 결코 내가 보는 태양을 떠올릴 수 없고, 내가 보는 나무를 생각해 낼 수 없다. 『열반경(涅槃經)』에는 이런 비유[26)]가 있다.

배냇소경(선천적인 시각장애인)이 젖빛[乳色]을 알지 못하여 다른 이에게 묻기를 '젖빛이 어떠한가?' 하였다. 다른 이가 대답하되 '젖빛은 조개 같으니라.' 하였다. 소경이 다시 묻되 '그러면 젖빛이 조개소리 같은가?' 다른 이가 '아니다.' 라고 대답하였다. 소경이 다시 묻되 '조개의 빛은 어떤가?' 하니 대답하되 '쌀가루 같다.' 하였다. 소경이

[26)] 如生盲人不識乳色便問他言乳色何似他人答言色白如貝盲人復問是乳色者如貝聲耶答言不也復問貝色爲何似耶答言猶如稻米末盲人復問乳色柔軟如稻米末耶稻米末者復何所似答言猶如雨雪盲人復言彼稻米末冷如雪耶雪復何似答言猶如白鶴是生盲人雖聞如是四種譬喻終不能得識乳眞色

— 『대반열반경(大般涅槃經)』성행품(聖行品)

다시 묻되 '젖빛의 보드랍기가 쌀가루 같은가? 쌀가루는 또 어떤가?'
하니 대답하되, '눈 오는 것 같다.' 하였다. 소경이 다시 말하되 '쌀가
루의 차기[冷]가 눈 같은가. 눈은 또 어떤가?' 하니 대답하되 '흰 두루
미 같다.' 라고 하였다. 이 배냇소경이 비록 네 가지 비유를 들었지만
끝끝내 젖의 참빛을 알지 못하였다.

그러나 의미전달의 어려움보다 진정으로 가장 큰 장애는 바로
그 설명을 믿지 않고 들으려 하지 않음에 있다. 듣고 이해하기 위해
최선을 다해 노력해도 완벽한 재현이란 있을 수 없음이 분명한데,
그 설명조차 들으려 하지 않는다면 그에게는 더 이상의 전달이 있
을 수 없으며, 태양과 나무를 보는 기쁨과 그를 이용해 누리는 이익
역시 영원히 없는 것이다.
　바로 이 세상이 그와 같다. 아무리 설명해도 듣지 않는다. 아무
리 전하려고 해도 상상조차 하려고 하지 않는다. 그들은 그래서 보
이지 않는 '나[我]' 의 모습을 영원히 알 수 없다.
　자신의 견해가 이미 '생사' 에 빠져 있으니 이 세상에는 단 한 가
지도 생사의 굴레를 벗어나 있는 모습이 보이지 않는다. 마치 '생
사' 라는 이름의 색안경을 끼고 있는 것과 같다. 자신의 견해가 이미
'있음과 없음' 에 치우쳐 있다면 결코 이 세상에서 있는 것도 아니
고 없는 것도 아닌 법칙은 찾아낼 수 없는 것이다. 박쥐의 귀에는
초음파가 들리지만 인간의 귀를 가지고는 초음파라는 소리를 영원

히 알 수 없듯이, 또 천상사람들이 인간계의 배고픔이라는 것을 이해하지 못하듯이, 인간의 견해를 가진 이들은 불국토(佛國土)를 설하시는 부처님의 지혜를 이해하지 못하고 깨달은 자들은 꿈속에서 죽는다고 믿어 아우성치는 인간의 무명을 이해할 수 없는 것이다.

부처 눈에는 부처만 보인다고 했던가. 설사 내 눈에 아무리 부처가 보인다고 해도, 부처를 보지 못하는 이들에게 어떤 방편으로 부처를 보게 할 것인가. 장님에게 색깔을 설명하는 것만큼 어렵고도 어려운 길이다. 나는 없으나 나를 설명하여 다시 없음으로 이끌고, 고통은 이미 사라졌으나 고통을 설명하여 다시 적멸(寂滅)로 이끄시는 석가모니 부처님의 끝없는 자비의 마음에 오체투지 할 뿐이다. 부처님은 인격(人格)이 아니다. 허공이다. 모든 세계를 관장하는 이치다. 그리고 오직 아래로만 손을 뻗는 스승이다.

중생을 위해 병을 고치다

스님이 병원에 오는 건 오래 살기 위해서가 아니다
중생들을 더 많이 교화하기 위해서다
내가 여쭙지도 않았는데 이렇게 말씀하시는 스님께서 정말 그러시길 간절히 빈다

아침공양 후 내일까지 끝내야 할 운력을 생각하고 있는 나에게 은사스님께서 뜬금없이 물으셨다. "너 오늘 할 일 있냐?" 무슨 일이냐고 여쭤보니 9시 반에 병원에 가신다고 하셨다. 내일까지 끝마쳐야 할 일들이 많은데…. 마치지 못하면 분명 사형 스님들께 꾸중을 들을 것이다. 잠깐 갈등했으나 스님께서 가자고 하시는 말씀임을 뻔히 알면서 바쁘다고 감히 말할 수 없었다. 또 편찮으신 분 혼자 병원에 다녀오시는 모습을 상상하니 좋지 않았다.

스님을 따라 차를 타고 나섰는데 고속도로로 향하셨다. 가까운 시내에 있는 병원으로 가시는 줄 알았는데 분당에 있는 큰 대학병원에 예약을 하셨다고 했다. 가서 수면내시경을 받으신다고 하니, 스님께서 잠에서 깨어나실 때까지 몇 시간은 앉아서 기다려야 하는

것이다. 병원에 도착해 스님을 모시고 안내 데스크로 가 접수를 하고 의자에 앉아서 기다렸다. 대기실에 있는 TV를 보니 십 년이 넘도록 한 프로만을 진행한 MC가 영원히 늙지 않을 것 같이 웃고 있었고, 자막에는 '한국인의 암, 무엇이 원인인가.' 하는 붉은색의 글씨가 거칠게 쓰여 있었다.

난 혼자 웃었다. 암(癌). 내[自] 속에서 자란 남[他]이다. 사실 이치적으로 내 안에서 어떻게 남이 자라날 수 있겠는가. 그런 일이 일어났다면 어디부터 어디까지를 '나'라고 말해야 하는지 경계가 사라지고 만다. 내 속에서 생겨난 것은 모두 나다. 하지만 몸뚱이가 나라고 착각하는 사람들에게 암은 분명한 내 속의 남이다. 아니, 나를 죽이는 나다. 스승님께서 말씀하셨다. 꿈속에서도 내가 생겨나고, 꿈속의 나 앞에는 반드시 남인 세상도 생겨난다고. 그러나 꿈속의 나와 남이 결국은 꿈꾸고 있는 놈이 만들어낸 꿈에 불과하다고. 내 살로 만들어진 암 덩어리에 '내가 죽는다.'고 생각하듯이, 꿈속에서도 내 꿈으로 만들어낸 꿈속의 남 때문에 '내가 죽는다.'고 생각하는 것이다.

방청료 받고 무대 앞에서 녹음기를 틀어놓은 것처럼 "아~" "네~" "그렇구나~"를 연발하는 방청객의 가식적인 감탄사도, 표정도 지겨워져 나는 앉아서 졸다가 깨다가 TV를 노려보다 또 졸았다. 대기실에는 꽤 많은 사람들이 모여 있었는데도 내 옆에는 한 명도 앉질 않았다. 더러운 행자복을 입고 진흙 묻은 고무신을 신은 채 스님도 아닌 듯한 놈이 졸고 있으니 무척 이상했나 보다.

색깔과 눈이 하나라는 사실은커녕, 아무 색깔도 없는 청정한 눈이 '나'라는 생각도 하지 못하는 중생들의 온 정신이, 내 갈색의 행자복과 빡빡 깎은 머리와 하나가 되어버리는 순간이다. 끝까지 자기는 보는 놈이면서도, 순간마다 보이는 색깔로 달려 나가 그것이 되어버리는 것이다. 그래서 더러운 것을 보면 나는 보는 놈임에도 불구하고 구역질을 하고, 맛있는 음식을 보면 역시 나는 보는 놈임에도 불구하고 식탐이 일어나는 것이다. 역시 내 몸이 보인다면 나는 보이는 몸이 아니라 보는 감각이지만, 달려 나가 몸뚱이에 달라붙으면 그는 반드시 죽는다. 몸뚱이는 반드시 사라지기 때문이다.

얼마나 지났을까. 은사스님께서 굉장히 멍한 얼굴로 나오셨다. 주사로 수면제 같은 것을 놓은 모양이다. 어지러워서 운전을 하려면 두세 시간은 지나야 한다고 하셨다. 비틀거리는 스님을 부축하며 홀로 건강을 위해 노력하시는 그 모습에서 왠지 모를 외로움을 느꼈다.

"스님이 병원에 오는 건 오래 살기 위해서가 아니다. 중생들을 더 많이 교화하기 위해서다."

내가 여쭙지도 않았는데 이렇게 말씀하시는 스님께서 정말 그러시길 간절히 빈다. 중생들을 교화하기 위해 이 세상의 인연을 놓지 않는다는 말, 그것은 정말 무섭고도 아득한 선언이다. 그 마음이 되기에는 수없이 해결해야만 하는 무척이나 엄하고 진지한 고민들이 있다. 중생들을 위해 산다는 말은 모든 인연을 버리고 떠나버리는 것이 더 쉽고 편안하지만, 중생들을 향한 자비 때문에 고달프고 피곤한 삶을 이어나갈 뿐이라는 말과 통한다. 과연 이 세상에 그렇게 생각하는 선각자가 몇이나 될까.

나는 어떤 마음으로 지내고 있는가, 다시 한 번 돌아보았다. 삶과 죽음이 바로 이 생각 하나에 의해서 생겨난다는 부처님의 거대한 가르침은 제쳐놓고, 검사 30분 후에는 반드시 죽을 먹어야 한다는 의사의 말에 스님과 함께 급하게 죽집을 찾는 내 모습을 보며, 나는 이 세상의 의미를 잃어버린다. 누군가가 이 사바세계의 중요함을 필사적으로 보여주려고 노력할 때, 나는 그만큼 이곳에 대한 옛 기억들과 멀어진다. 인간의 의미를 강조하는 모든 이들을 대할 때마다 내 눈은 자꾸 인간세계를 떠나 멀고 먼 곳으로 향하는 것이다.

스승님께서는 지금 이 순간 어떤 생각을 하고 계실까. 어떤 지혜로 내가 바라보는 이 색깔, 소리, 냄새, 맛, 감촉, 뜻을 해석하고 계실까. 어디선가 읽은 책에 쓰여 있던 '네 영혼과 내 영혼이 만나 하나가 되는 날…' 이라는 구절이 떠올랐다. 적어도 생사라는 숙명의 문제를 '공포' 가 아닌 '시험' 으로 만들어주신 스님께 감사드린다. 아직 해탈이라는 글자를 감히 바라보지도 못해 '아무래도 아무렇지 않은 마음' 보다는, 처음 느껴보는 죽음이라는 경치를 두 눈 부릅뜨고 지켜보리라는 용기밖에 얻지 못한 나지만, 올바른 길에 들어섰다는 믿음이 언제나 자랑스럽다. 홀로 외롭게 암흑을 헤치며 정각을 이루어내신, 나침반도 지도도 없던 석가모니 부처님의 노고와 은혜를 떠올리니 갑자기 가슴이 아파온다.

효의 마음

출가하지 않아도 부모와 자식은 반드시 헤어지게 마련이고
가슴에 박히는 못은 피할 수 없다
만난 것은 반드시 헤어지기 때문이다

저녁에 은사스님께서 나에게 밤 11시에 신도 한 분이
아버님 영정을 모시고 올 거라며 자지 말고 기다리라고
하셨다. 방에서 쏟아지는 졸음을 애써 참으며 앉아 있는데 법당 문
이 열리는 소리가 들렸다. 그 무겁고 많던 졸음이라는 놈들이 어디
로 사라져 버렸는지 생각할 겨를도 없이 벌떡 일어나 법당으로 나
갔다. 불안하고 미안하고 피곤한 눈으로 한 부부가 사진을 들고 서
있었다. 하나는 아버님, 다른 하나는 어머님 사진이라고 했다. 법
당에 앉아 조용히 얘기를 들어보니, 참으로 효성이 지극한 분이었
다. 아버님께 돌아가시기까지 병수발을 했고, 임종을 지켜봤다는
것이 무척 기쁘고 감사하다며 몇 번이나 말했다. 아버님께서 당신
이 떠날 때 먼저 가신 어머님 사진도 같이 태워달라고 하셨다며

은사스님께 부모님 마지막 길을 부탁드릴 수 있어서 정말 다행이라고 했다.

그 효성이 얼마나 절절한가. 또 부자지간에 흐르는 의미 또한 얼마나 신비로운가. 하지만 그 근본이 더 아름다운 허공이었음을 알았다면 금상첨화였을 것이다. 떠날 곳을 알고, 그 떠남이 이름뿐인 것을 안다면 서로의 가슴속에 슬픔과 그리움만이 아니라, 거대한 깨달음과 통쾌한 대장부의 바람을 안겨줄 수 있을 텐데 말이다.

생사가 본래 없음을 알지 못했다면, 그 아무리 아름다운 부자간의 정(情)과 의리가 있었다 하더라도 그 끝은 반드시 '슬픔'이다. 기쁨일 수 없다. 아버지는 떠나면서 아직도 어리기만 한 자식들을 보며 걱정을 놓지 못하고, 자식들은 떠나가는 아버지를 보며 생전에 불효했던 일과 행복했던 추억을 떠올리며 슬퍼하거나, 혹은 재산의 분배를 생각하며 눈알을 굴리게 되어 있다. 부모와 자식이 진정 아름답고 소중한 인연이라면, 부처님께서는 단 한 명도 찬성하지 않던 출가를 결심하지 못했을 것이다.

부모님의 가슴에 못을 박는 것이라며 아직도 출가라는 것을 부정적으로 바라보는 사람들이 많다. 하지만 출가하지 않아도 부모와 자식은 반드시 헤어지게 마련이고, 가슴에 박히는 못은 피할 수 없다. 만난 것은 반드시 헤어지기 때문이다.[27]

『잡아함경』을 보면 석가모니 부처님 재세 시에 부모와 자식의 인연에 대해 말씀하신 짧은 경이 나온다. 제자가 말한다. "오늘 마을에 살고 있는 유복한 바라문이 아들을 낳은 경사가 있었습니다." 그러자 부처님께서는 짧게 대답하시고 그 경은 끝을 맺는다. "아니다. 기뻐할 일이 아니다. 만나면 반드시 헤어져야 하고 기쁨은 반드시 슬픔을 약속하기 때문이다."

어찌 되었든 덕분에 여기엔 두 분의 영가(靈駕)가 더 '같이 살게' 되었다. 전에 49재를 지내달라고 부탁한 분까지 합하면 법당에는 나와 사형스님, 그리고 세 분의 영가들이 살고 있는 셈이 된다. 우습다. 누가 누구를 보며 산다고 말하는가. 아무것도 없는 허공을 보며 허공인 깨달음이 생각한다. '있다' 라고. 그것 역시 보이지 않는 허공의 깨달음이다. 그렇다는 이 말도 깨달음이다. 그래서 나는 이렇게 살아 있다고 내 멋대로 착각할 수도 있다. 이 세상이 허공으로

주27) 부처님께서 베사리성의 큰 숲에 계실 때 부처님께서 열반을 예고하시자 아난존자가 슬퍼하였다. 그때 부처님께서 아난존자에게 말씀하셨다. "인연으로 이루어진 세상 모든 것들은 빠짐없이 무상(無常)으로 귀결되나니 은혜와 애정으로 모인 것일지라도 언제인가 반드시 이별하기 마련이다. 세상의 모든 것들은 의례 그런 것이거늘 어찌 근심하고 슬퍼만 하랴." 아난은 계속 눈물을 흘리면서 말씀드렸다. "하늘에서나 인간에서 가장 높으시고 거룩하신 스승님께서 머지않아 열반에 드신다 하니 제가 어찌 근심하고 슬퍼하지 않으리이까! 이 세상은 눈(眼)을 잃게 되고, 중생은 자비하신 어버이를 잃나이다." "아난아, 근심하거나 슬퍼하지 말라. 비록 내가 한 겁 동안이나 머문다 하더라도 결국은 없어지리니, 인연된 모든 것들의 본래 성질이 그런 것이니라."

- 『대반열반경(大般涅槃經)』권 상(上)

이루어지지 않은 이상 내가 느끼는 이런 세계란 있을 수 없다. 찰나에 사라지기에 1분, 1초라는 시간의 흐름이 있다고 느끼고, '있다'고 할 수 있는 것이 없으니 세상은 이렇게 아름다운 여섯 가지의 향기를 흔적 없이 뿜어내고 다시 거두어갈 수 있다.

부모라는 깨달음, 자식이라는 깨달음, 정(情)이라는 깨달음, 사랑이라는 깨달음, 가족과 피붙이라는 깨달음. 그 모든 의미들이 단지 찰나에 생겨난 듯하다가 언제인지도 모르게 문득 사라져버리는 하나의 깨달음이 아니었다면 우리는 의미의 더미 속에 파묻혀 결코 빠져나올 수 없고, 영원히 슬픈 기억이 잊히지 않아 고통의 삶을 살아갈 수밖에 없을 것이다. 그러나 그 아무리 진하고 간절한 의미도 그저 허망한 하나의 깨달음에 불과하니, 스승님을 통해 그것이 진실한 것이 아니었다는 또 하나의 '깨달음'을 얻어야만 비로소 어깨를 짓누르던 모든 무게가 사라지는 것이다. 애써 의미를 버리려 하지 않아도, 없애려 노력하지 않아도, 정말 다행스럽게도 이 세상 모든 것은 거역할 수 없는 생멸법(生滅法) 속에 들어 있다.

무엇이 옳다, 그르다라는 분별을 떠나서 그렇게 생각할 수 있게 해준 허공의 깨닫는 능력에 감탄할 뿐이다. 그 능력 덕분에 지독한 고통의 삶도, 자유로운 해탈의 삶도 생겨나기 때문이다. 두 내외가 돌아간 후에 불 꺼진 법당에서 두 분의 영가 사진을 보며 혼자 중얼거렸다.

"너무 위대해도 문제야."

주인의식

제자를 믿지 못하면 누구를 믿을 수 있는가

벌써 산에는 진달래가 활짝 피었다. 내가 여기 들어온 날도 기억 속에서 조금씩 멀어지고 있다. 아무리 하찮은 시간이라도 흘러가면 다시는 돌아오지 않으니 인생은 일방통행 외 길인가 보다. 후진(後進)할 수 없는 시간 속에서 지난날에 대한 기억으로 지금을 망친다면 얼마나 어리석은가. 다시는 돌이킬 수 없는 기억이고, 또 한 번도 겪어보지 못한 '지금'인데….

오늘은 아침에 은사스님께서 수처작주(隨處作主)라는 말씀을 하셨다. 막내 사형스님들과 나에겐 주인의식이 없다는 것이다. 더 자세히 말하면 사형스님들에게 말씀하셨는데 나 역시 포함되어 있다고 생각했다. 매일 군대 간 신병처럼 날짜나 세고 있고, 일기장이 두꺼워질수록 웃음을 참지 못하는 내 모습을 보니 은사스님 말씀이 왠지 내 얘기 같았다. 자꾸 떠날 생각을 하고 있지는 않나 돌아봤다. 사실 그런 생각이 없는 것은 아니다. 하지만 '처해진 곳마다 주인이 되어라.'가 아니라, '머무는 곳, 내가 처해진 곳에 따라[隨處] 내가 만들어진다[作主].'는 것은 아닐까 하는 생각에 떠나거나 머무는 의미에 대해 혼자 허망해져 웃는다.

그래서 오늘은 주인의식을 되살려 M스님과 법당 문창호지를 다시 붙였다. 얼마나 오래됐는지 두꺼운 문창호지가 누렇게 변하고 군데군데 찢어져 있었다. 법당에 아이들이 오면 가끔씩 종이가 찢어지는 일이 있다. 종이는 찢고 얼음은 깨고 돌탑은 무너뜨리고 싶어 하는 것이 아이들의 마음인가 보다.

창고를 뒤져 창호지를 찾아오고, 밀가루로 풀을 쑤었다. 창문을 떼어내고 법당 바깥으로 나가 창호지를 떼어냈다. 물걸레로 문틀에 남아있는 종이들을 벗기고, 빗자루로 창틀의 먼지를 털어냈다. 창문은 전부 8개였다. 혼자 들 수 있는 문이 아니라 사형스님과 함께 들어야 했다. 아직 창문을 열고 생활할 때가 되지 않았다고 생각했었는데 낮에는 꽤 더웠다.

법당에 신문지를 깔고 창호지에 풀을 발랐다. 붓이 지나갈 때마다 풀이 발라진 창호지는 뭔가 의지를 내는 듯 반짝거렸다. 풀에 젖어 무거워진 창호지를 조심스럽게 들고 세워놓은 창문에 붙였다. 창호지 한 개로는 모자라 두 개를 이어 붙였다. 다시 옷을 입은 창문이 하나씩 창틀에 끼워졌고, 시간이 흘러가면서 사형스님과 나도 점점 그 일에 익숙해졌다.

오늘은 하루 종일 아무것도 못하고 문창호지에 매달렸다. 오후 4시가 넘어서야 일이 끝났다. 역시 초보자가 하려니까 시간이 오래 걸린다. 세세한 곳에서는 아쉬움이 남았지만 그런대로 만족했다. 은사스님께서도 삐뚤게 붙여놓은 꼴을 보시더니 어이없어 하시면서도 그래도 무척 기분이 좋으셨던 것 같았다.

가끔은 은사스님을 볼 때 가슴이 아프다. 그동안 제자라고 있던 스님들은 어느 정도 크면 모두 떠나버려 이제는 누군가에게 자신을 맡기고 기댈 수 있는 믿음은 좀처럼 내기 힘드신가 보다. 나는 그게 속상하다. 제자를 믿지 못하면 누구를 믿을 수 있는가. 비록 그 믿음이 불법을 전하는 스승과 제자의 인연이 아니라, 그저 인간적인 집착에서 비롯된 믿음이라고 하더라도 그것마저 사라진다면 오늘날의 절은 수행의 장(場)이 아닌 이익집단이 되고 말 것이다.

왜 이런 일이 생기는지 알 것 같다. 서로 간에 흐르는 바가 무엇인가에 따라 그 관계는 달라지는 것이다. 마치 물고기가 물에 살듯이, 내가 있을 곳은 스승님 아래요, 내가 마셔야 할 물은 부처님의 가르침이라는 생각을 의심하지 않는 제자라면 이렇게 구멍 뚫린 절은 있을 수 없을 것이다. 사랑과 집착이 오가면 연인이고, 미움과 악담이 오가면 원수지만, 돈이 오가면 고용주와 고용인의 관계가 되는 것이 당연하다. 월급을 올려달라거나 못하겠다거나 하는 일로, 그리고 자동차를 사달라거나 못하겠다거나, 더 크게는 절을 넘겨달라거나 못하겠다는 등의 일로 싸우는 사제지간을 자주 보아왔다. 학교에서도 그런 일로 절에서 뛰쳐나와 혼자 방을 얻어놓고 수업을 듣는 스님들이 있었고, 유학을 보내주지 않는다고 은사스님과의 인연을 끊고 사업을 시작하겠다는 스님들도 보았다. 또 거꾸로 제자들은 매일같이 절에서 천도재를 지내고, 그 돈으로 스승은 골프가방을 들고 해외로 '성지순례' 다니는 일도 적지 않다.

은사스님께서 주인의식이 없다고 말씀하신 것도 오늘날 몇몇 스님들의 쓰라린 실태를 잘 알고 계시기 때문이라고 생각한다. 스승과 제자가 서로 어디를 바라보고 있는지 말이다. 부처님께서 요즘 절의 모습을 보시면 뭐라고 말씀하실까. 오늘은 좀 피곤하다.

올빼미

나는 올빼미의 눈을 보았다
자신이 어떤 상황인지 어떤 존재들 사이에 있는지 알지도 못한 채
막연한 두려움으로 퍼덕이는 공허한 날갯짓을 보았다
그것은 죽음에 대한 공포와 고통에서 벗어나기 위한 몸부림이었다

　　　　은사스님께서 해외여행을 가신다고 인사동에 있는 여
행사에 심부름을 시키셨다. 정말 오랜만에 오르는 서울
길이었다. 도반스님과 연락하여 같이 점심을 먹고 그동안 하지 못
했던 대화를 나누었다. 식당에서 나와 여행사로 걸어가고 있었다.
큰 빌딩 안에서 상가들이 죽 늘어선 통로를 올라가는데 갑자기 도
반스님이 깜짝 놀란다. 가리키는 곳을 보니 작은 간판 위에 인형같
이 앉아있는 물체가 하나 있었다. 올빼미다. 키는 15cm 정도 됐고
갈색 깃털을 가진 아직은 어린놈이었다.

　야행성인 올빼미는 낮에는 시력을 잃는다. 거의 보이지 않아 어
두운 나무구멍이나 깊은 숲에 숨어 있다가 밤이 되면 밖으로 나와
쥐, 토끼, 벌레, 개구리 같은 것들을 잡아먹는다. 그놈도 어젯밤에

가까운 산속에서 내려왔다가 아침에 돌아가지 못하고 그곳에 앉아 있는 것 같았다.

사람들의 시선이 자기에게 쏠리는 것을 느꼈는지, 고개를 갸우뚱하며 나를 계속 쳐다본다. 노란색 눈이 잠깐 반짝이더니 훌쩍 뛰어오르며 비상구를 향해 날아갔다. 계단 밑으로 내려가더니 길을 찾을 수 없다고 생각했는지 다시 날아와 사람들 머리 위로 날아올랐다. 하지만 역시 앞이 보이지 않았던 모양이다. 도자기를 파는 가게의 큰 유리창을 보지 못하고 그만 머리를 세게 부딪치며 떨어졌다. 날개를 이상하게 꺾으며 경련을 일으키는 꼴이 무척 충격이 컸던 모양이다. 수없는 사람들이 오고 가는 서울 시내 한복판에 떨어진 그 올빼미는 아무도 믿지 못하는 눈빛이었다. 내가 달려가 조심스럽게 들어 올렸다. 심장이 손바닥을 통해 내게 고동쳐왔다. 눈을 반쯤 감고 떨고 있는 그놈은 아직 정신을 차리지 못한 상태였다.

여기서 기다렸다가 깨어나면 날려줄 수도 있겠지만, 또다시 많은 빌딩과 상점의 유리창에 달려들 것 같아 도반스님과 경복궁으로 가서 놓아주기로 했다. 종이봉투를 하나 구해 그 안에 올빼미를 넣었다. 택시를 타기 위해 잠깐 걸어가는 동안 봉투 안에서 어둠에 익숙해졌는지 구멍 사이로 노란 눈을 크게 뜨고 나를 뚫어져라 쳐다본다. 차로 달린 지 1분도 되지 않아 우리는 경복궁에 도착했다. 인적이 드문 나무들 사이로 들어가 살짝 봉투를 열었다. 올빼미는 내 손을 할퀴던 길고 날카로운 검은색 발톱으로 발버둥치며 봉투에서 빠져나오기 위해 필사적으로 노력했다. 봉투 위로 기어 올라온 그놈은 잠깐 앉아서 뒤를 돌아 나를 바라보았다. 밝은 곳에서는 몰랐는데 비교적 어두운 숲으로 들어오니 올빼미의 동공이 커지고 초점이 분명해지는 것을 느꼈다. 순간 펄쩍 뛰어오른 올빼미는 가까운 소나무 가지에 날아가 앉았다. 도반스님과 나는 갈 곳으로 가겠지, 안도하며 숲을 걸어 나오는데 그놈이 다시 날아올랐다. 위기에서 아직 벗어나지 못했다는 듯이 급한 날갯짓을 하더니 우리를 앞질러 숲 바깥으로 날아갔다. 하지만 그 멍청한 놈은 또다시 경복궁의 돌벽에 머리를 부딪치고는 떨어져 버렸다. 도반스님 말로는 입에서 무언가를 토하기까지 했단다. 우리는 거꾸러져 발작을 일으키듯, 버둥거리는 올빼미를 보며 그대로 두는 것이 그놈을 돕는 것이라고 판단하고 그곳을 나왔다.

죽는 것은 불쌍하지 않았다. 아무도 죽지 않는다. 그리고 어차피 다시 태어난다. 이름만 죽고 태어남이 있을 뿐, 사실 그 경계도 그을 수 없다. 끝없는 생사는 그 이름만 다를 뿐 허공의 마법 속에서 영원히 계속되기 때문이다. 하지만 나는 올빼미의 눈을 보았다. 자신이 어떤 상황인지, 어떤 존재들 사이에 있는지 알지도 못한 채 막연한 두려움으로 퍼덕이는 공허한 날갯짓을 보았다. 그것은 죽음에 대한 공포와 고통에서 벗어나기 위한 몸부림이었다. 유리에 부딪히고, 돌벽에 또다시 부딪히는 그 순간, 얼마나 진지하고 간절하게 고통스러웠을까. 화장실에 들어가 손을 씻으려고 보니 내 손에 들려 있는 동안 손과 옷 앞자락에 희고 노란 똥을 싸놓았다. 그 두려움이 느껴졌다. 무명의 고통과 절대로 빠져나올 수 없는 지혜의 부재(不在)가 내 가슴을 아프게 했다. 물에 옷을 닦아내며 인간의 몸을 받은 이 위대한 인연에 감사했다. 그리고 그중에서 다시 불법을 만나게 된 이 기막히고 감히 수식하고 묘사할 수 없는 진리와 법칙의 오묘함에 경배했다. 나는 올빼미를 보고 가슴 아파할 수도, 웃을 수도, 모른 척할 수도 있지만 그놈은 스스로 진지했다. 진실로 아팠고, 진실로 두려웠다.

도반스님이 물었다. 그놈은 언제 어떻게 더 나은 몸으로 태어날 수 있을까. 마치 인간들이 언제 어떻게 불도를 다시 만날 수 있겠느냐고 묻는 것과 같았다. 무시(無時)다. 기약이 없다. '지금'이라는 하나의 시간을 사용하고 있지만, 진실하게 어리석은 축생(畜生)의 지금은 나의 지금과 그 무게가 결코 같지 않다. 그 재료와 색깔은 한 가지일지언정 그 무게와 맛은 완전히 다른 것이다. 언제 어떻게 자유자재(自由自在)인 자신을 발견할 수 있을까. 수없이 법(法)을 듣고, 수없이 경(經)을 읽으며, 수없이 눈물을 흘려도 쉽게 믿어지지 않는 이 '사실'인데, 아직도 이 세계에는 '모두'라는 대명사로 일축시킬 수 있을 만큼 많은 존재들이 너무나도 태연하고 여유롭게 걷고 기며 날아다니고 있다. 그 안의 고통 역시 허공과 같이 보이지 않는 생각일 뿐이라 하지만, 그것을 아는 그 누가 감히 '중생이 없다.'라고 말할 수 있을 것이며 '고통이 없다.'라고 말할 수 있으랴.

"다 공(空)이다!" 했던 선사들의 막무가내 단말마가 중생의 고통을 해결해 줄 것인가. 없는 것[無]이 있게 되는[有] 알 수 없는 허공의 위대함이기에 이 순간이 정말로 진실하게 실재하는 것처럼 느껴진다는 사실을 가르쳐주지 않는다면 이 세계는 혼란과 암흑의 진흙탕일 뿐이다.

하루 종일 올빼미 생각이 났다. 서울 시내에서 좀처럼 겪기 어려운 일을 겪었다. 그리고 좀처럼 감사하지 못했던 행복과 매일같이 실감하지 못했던 슬픔에 가슴이 씁쓸한 하루였다. 나의 어리석은 한 모습을 구경했고 반면에 이 길에 들어선 나의 선택에 진실로 감사했다. 그리고 온몸으로 슬퍼했던 올빼미가 내게 큰 가르침을 주었다. 내 이 바람이 어떠한 의미로 다가갈지 알 수 없으나 그 녀석에게도 반드시 깨달음의 순간이 오기를 간절히 두 손 모아 기도한다. 지혜 없는 이 세상엔 슬픔이 너무 많다.

사슴이 사는 언덕

눈앞에 보이는 꿈과 귀 앞의 꿈들이
진실하고 진지하다 못해 지루해지고 시큰둥해지면
이제 꿈을 깰 수 없게 된다

눈앞에는 색깔이, 코앞에는 냄새가, 귀 앞에는 소리가 항상 나타난다고 했다. 천상이든, 지옥이든, 내가 '여기' 또는 '지금'을 느끼기 위해서는 반드시 그 둘과 가운데에서 생겨난 생각이 전제되어야 하니, 내가 생각하고 있는 곳에는 반드시 대상과 감각이 상(相), 마주하고 있는 것이다.

감각이야 대상을 느끼려면 청정투명(淸淨透明)해야 하니 말할 것 없지만, 과연 대상도 그럴까. 다시 말하면, 색깔을 보는 내 눈은 색깔이 없는 것이지만, 내 눈과 마주하고 있는 색깔은 정말 있는 것[有]일지도 모른다는 생각을 자주 하곤 했다. 청정하고 투명하다면 있다고 말할 수 없지만, 그 청정함 앞에 비춰지는 대상은 보이고 들리는 것이기에 마치 있는 듯 느껴진다. 하지만 색깔을 가져올 수 있는가. 소리를 가지고 올 수 있는가.

느껴진다는 것은 하나로 통했다는 말이고, 하나라면 떨어진 곳이 없으니 한 가지 재료임이 분명하다. 나의 감각[根]이 허공으로 되어 있다면 감각이 느끼는 색(色)도 허공임이 당연하다. 또한 색은 순간에 사라진다. 결정적으로 내가 생각할 때만 느껴진다. 어떻게 색이 눈앞에 있다고 말할 수 있는가. 어떻게 소리가 귀 앞에 있다고 말할 수 있는가.

있는 듯하지만, 자기 자신만 느낄 수 있고, 순간에 퍼뜩 깨어나면 사라져 흔적도 남지 않으며, 그것을 아는 놈과는 아무런 상관도 없는 이 경치를 이름하면 '꿈'이다. 정말 이 세계는 꿈인가. 내가 느끼지 못하고 실감하지 못하는 것은 아직 깨어나지 못한 잠자는 자이기 때문이며, 꿈을 진실로 느끼는 꿈꾸는 자이기 때문이다.

눈앞에 보이는 꿈과, 귀 앞의 꿈들이 진실하고 진지하다 못해 지루해지고 시큰둥해지면, 이제 꿈을 깰 수 없게 된다. 그런 마음은 극도의 긴장에서 꺾이고 무너지는 순간의 회의감마저 느낄 수 없는 진흙에 스며든 물과 같다. 흙인지 물인지 분간할 수도 없는 애매모호한 정신이 되어 버리는 것이다. 더 강렬하고 더 말초적인 감각을 원하고, 남들의 눈[目] 위에서 살고 싶어 하는 광대를 자처한다.

갈대밭 속에서 홀로 자라는 나무는 모든 갈대가 바람에 누울 때 그 모습을 드러낸다. 사람들이 더더욱 주저앉고 가라앉을수록, 깨달은 이의 견해는 돋보이고 빛나게 될 것이다. 스러져가는 이들은 홀로 서 있는 현자에게 어리석다고 말하겠지만, 나는 모두가 누울 때 홀로 외롭게 서 있는 나무가 되리라.

호랑이를 잡으려면 호랑이굴로 들어가야 한다기에 여기에 왔는데, 알고 보니 호랑이굴이 아니라 토끼굴이었다. 호랑이가 한 마리도 보이지 않는다. '불교는 나를 죽이는 가르침이다.' '불교는 불립문자(不立文字)다.' '마음은 영원하지만 세상은 허망하다.' 수없이 주절거리지만, 한결같이 "왜 그렇습니까?"라는 질문에는 묵묵부답이다. 왜? 왜인가? 왜 불교는 나를 죽이는 가르침이며, 왜 불교는 불립문자며, 왜 마음은 영원하지만 세상은 허망한가? 도대체 그렇게 말하는 이유가 무엇인가? 그것으로 나는 무엇이 달라지는가? 왜 증명하지 못하는가? 말로 할 수 없는 것이 불교이기 때문인가? 어느 누가 승단을 말 없는 벙어리 집단으로 추락시켰는가. 평생을 설법하신 석가모니 부처님을 수다쟁이라 말하는 교만한 마구니는 누구인가. 그들이야말로 불교를 말뿐인 껍데기의 종교로 전락시키지 않았는가. 너무 많아서 골라내기가 어렵구나. 내 앞에서 이치 없이 결과만을 말하는 존재는 용서치 않으리라. 그런 무책임한 언행으로 얼마나 많은 수행자들의 가슴이 무너졌는가.

아. 부처님께서 설법하셨던 곳. 고귀하고 긴 목의 사슴들이 사는 언덕이 그리워진다.

마음속의 연등

난 적어도 내가 어디에 떨어진 줄 안다
여기가 어딘 줄 알아 하지만 우린 독하잖아 이렇게 견디고 있다

오늘부터 나흘간은 아마 눈코 뜰 새 없이 바쁠 듯하다. 오늘은 은사스님께서 순창에서 있을 결혼식의 주례를 보러 떠나신다. 그동안 사형스님과 '부처님오신날'이라고 쓰여 있는 현수막을 걸고 야외에 설치하는 비닐 연등을 나무에 열매처럼 주렁주렁 매달아야 한다. 그리고 내일은 아침 10시에 천도재가 하나 있고, 오후 3시에는 49재가 있다. 그 다음날에도 200만 원짜리 천도재-나도 이제 이렇게 이름을 붙인다-가 있으며, 또 그 다음날에는 지장재가 있다. 우리나라 절의 주인은 스님이 아니라 영가다.

공양주보살님과 다른 거사님들, 그리고 사형스님과 나도 긴장상태다. 사형스님은 게다가 은사스님께 잡혀 와서 꼼짝없이 3일간 목탁을 두드려야 한다. 불쌍했다. 짜증이 나는지 사형스님은 하루 종

일 인상을 쓰고 화를 내고 있다. 영가를 천도해야 한다면서 화를 내고 목탁에게 분풀이하고 있으면 과연 천도가 될까. 아침에 연등과 현수막을 달기 전에 내가 사형스님께 몇 시에 일을 시작하실지 물어보았다. 어젯밤 과자와 과일을 쌓느라 잠을 설쳤기 때문이다. 은사스님께서도 새벽에 출발하셨으니 시간은 조금 여유가 있었다. 사형스님도 9시쯤 천천히 시작하자고 하셨다. 하지만 상추를 너무나도 사랑하시는 은사스님의 잔소리를 이기지 못한 공양주보살님이 나에게 슬쩍 "행자님, 바쁘세요?" 하고 묻는 것으로 내 계획은 순간 무너졌다. "아뇨, 안 바빠요."

상추 모종을 심고 내 방으로 올라오니 9시까지 한 시간 정도가 남았다. 모처럼 생긴 시간에 잠깐 쉴까? 공부를 할까? 고민을 하다가 도각사에서 보내주신 테이프 8번을 들었다. 언제나처럼 스승님의 피맺힌 목소리가 들렸다. 내 방 바로 앞에서 부처님께 절을 하고 있는 사형스님과 함께 듣고 싶었다. 사형스님은 매일 부처님께 1,080배를 올린다. 자기 수행이라고 했다.

테이프에는 여러 스님들과 법사님들의 목소리가 담겨 있었다. 갑자기 도각사로 가고 싶은 충동이 생겼다. 스승님의 말씀 중에 이한 마디가 내 가슴을 울렸다.

"난 적어도 내가 어디에 떨어진 줄 안다. 여기가 어딘 줄 알아. 하지만 우린 독하잖아. 이렇게 견디고 있다."

부처님 재세 시에도 중생들은 부처님의 가르침을 비웃었다. 바라문들은 부처님을 비렁뱅이라고 비웃었고, 외도들은 부처님을 오히려 외도라고 모략했으며, 어리석은 중생들은 의심의 눈길을 던졌던 것이다. 이 사바세계에서 부처님 법을 펼치는 것이 계란으로 바위치기인 줄 아시지만 끝까지 버리지 않으시려는 스님의 마음이 문득 느껴져 가슴이 벅찼다.

맞다. 우린 얼마나 독한가. 생각이 악으로 악으로 치받혀 '아옹다옹' 이라는 표현이 인생살이를 묘사하는 평범한 수식어가 되어버렸다. 사는 것은 왜 싸움이어야만 하는가.

아까 연등을 달고 있는데 이런 생각이 들었다. '이 세상에 부처님께서 오셔서 정말 다행이다.' 라고 생각하는 사람들이 몇이나 될까? 스님들은 부처님오신날에 부처님을 생각하고 기뻐할까, 보시하러 절에 오는 신도들을 생각하고 기뻐할까? 해수욕장이나 스키장처럼 한철 장사로 생각하고 있지는 않을까? 불래불거(不來不去)라고 아무리 외쳐도 부처님 '오신 날' 이란다. 내가 왔다고 해도 거짓말인데 중생의 눈으로 부처님을 저울질해 오신다, 가신다 판단하고 있다. 언제 오셨다가 언제 가셨단 말인가. 중생의 미혹한 정신도 보이지 않건만, 오직 이치(理致)만이 남은 석가모니 부처님의 정신을 오고 간다고 말한다는 것은 얼마나 어리석은 견해인가.

오늘 연등을 다 달았다. 큰길에서 절 주차장까지 하루 종일 나무와 전봇대에 매달려 '경축. 부처님오신날' 이라고 쓰인 연등을 달았다. 하지만 머리 깎지 않은 중생들과 머리 깎은 중생—바로 나 말이다―의 가슴에는 언제쯤 연등이 달릴지 잘 모르겠다. 오늘은 스승님만 생각하며 행복해했다.

네 가지 좋은 말(馬)

원각경에서 제자들의 잘못은 스승에게 그 책임이 있다고 배웠다
그 아무리 훌륭한 스승이라고 해도 제자들이 망나니짓을 하면
망나니의 스승일 수밖에 없다

계를 받기 위해 행자교육원에 들어가 통과해야 할 과
목 중 하나인 『초발심자경문』을 오늘부터 공부하기 시작
했다. 아침예불이 끝나고 은사스님께서 30분 정도씩 가르쳐주신
다고 했다. 스님 방에 가서 읽고 풀이를 들으면 그 다음날 아침까
지 전날 배운 부분을 외워야 한다. 나는 방에서 혼자 책을 펴고 앉
아 웃었다. 부처님께서는 정각을 이루신 후 "모든 할 일을 끝마쳤
다."라고 하셨다는데, 나는 또 하나 '해야 할' 일이 생겼으니 말이
다. 정각을 이루어야 해야 할 일을 마친 것일까, 해야 할 일을 모두
마치면 정각을 이루는 것일까?

오늘 아침 스님께 『계초심학입문』의 처음 두 줄을 배웠다. "처음
불도를 공부하고자 하는 이는…" 하고 시작하더니 끝은 절에 오시

는 보살님들 얘기로 흘렀다. 사실 어젯밤에 보살님들이 음주운전에 단체로 걸린 '사건'이 있었기에 은사스님 신경이 온통 그것에 가 있으셨던 모양이다. 음주운전이야 흔히 속세에서 일어나는 일이기 때문에 크게 문제 될 것은 없었지만, 절에서 집으로 돌아가는 길에 음주단속에 걸렸다는 것은 웃지 못할 일이다. 절에서 술을 마신 것은 아니지만 자기들끼리 집으로 곧바로 가지 않고 쓸데없는 행동을 해서 세간인들의 입에 절의 이름을 오르내리게 했다는 점에서 은사스님께서는 화가 단단히 나셨나 보다.

원각경에서 제자들의 잘못은 스승에게 그 책임이 있다고 배웠다.[28] 그 아무리 훌륭한 스승이라고 해도 제자들이 망나니짓을 하면, 망나니의 스승일 수밖에 없다. 그러나 제자가 아무리 뛰어나도 스승이 외도라면 그 제자는 스승을 믿고 그 가르침을 따른 일로 인해 외도에 들어선 것이므로 모든 허물은 외도의 스승에게 있는 것이다. 하지만 오늘 낮에 신도들이 절에 찾아왔을 때, 은사스님께서는 어제의 일을 크게 꾸짖지 않으셨다. 신도들은 전처럼 아무 일도 없었다는 듯이 먹고 웃고 떠들었다. 그처럼 불경스러운 일이 생겨

遇邪見者未得正悟是則名爲外道種性邪師過謬非衆生咎

만약 모든 중생이 어리석은 도반을 만나서 올바르게 깨닫지 못하면 이것을 법칙상 외도종성이라고 이름하니 삿된 스승의 잘못이지 중생의 잘못은 아니다.

–『대방광원각수다라요의경(大方廣圓覺修多羅了義經)』미륵보살장(彌勒菩薩章)

도 "그런 짓은 나쁜 것이다."라는 말을 제외하고는 아무런 가르침도 줄 수 없는 이 세상의 스승들은 이빨 빠진 사자다.

『아함경』에는 말(馬)의 종류를 설명하시며, 가장 훌륭한 말은 마부의 손에 들린 채찍의 그림자만 보아도 뛰는 놈이요, 어리석은 말은 맞아야 뛰는 놈이라고 나와 있다.

세존께서 모든 비구들에게 말씀하셨다.

"세상에는 네 가지 좋은 말이 있다. 어떤 좋은 말은 편안한 안장에다 채찍 그림자만 보아도 곧 빠르게 달린다. 그리하여 말을 모는 사람의 형세를 잘 관찰하여 느리게 가고 빠르게 가며 왼쪽으로 가고 오른쪽으로 가되 말을 모는 사람의 의도대로 따라 행한다. 비구들아, 이것을 세간에 좋은 말의 첫 번째 덕목이라고 하느니라.

또 비구들아, 세상의 어떤 좋은 말은 채찍 그림자를 보면 스스로 놀라 살필 줄 아는 능력은 없지만, 그러나 채찍이 그 털끝을 스치기만 하면 곧 놀라서 말 모는 이의 마음을 어느새 살피고는 느리게 가고 빠르게 가며 왼쪽으로 가고 오른쪽으로 간다. 이것을 세간에 좋은 말의 두 번째 덕목이라고 하느니라.

또 비구들아, 세상의 어떤 좋은 말은 채찍 그림자를 돌아보거나 털끝에 스쳐도 사람의 마음을 따르는 능력은 없으나, 그러나 채찍으로 살갗을 조금 때리면 곧 놀라서 말을 모는 이의 마음을 살피고는 느리게 가고 빠르게 가며 왼쪽으로 가고 오른쪽으로 간다. 비구들아, 이것을 세 번째 좋은 말이라고 한다.

또 비구들아, 세상의 어떤 좋은 말은 채찍 그림자를 돌아보거나 털을 스치고 지나가거나 살갗을 조금 맞는 정도로는 움직일 줄 모르고, 송곳에 몸을 찔려 뼈를 다친 뒤에야 비로소 놀라 수레를 끌고 길에 나서서, 말을 모는 이의 마음을 따라 느리게 가고 빠르게 가며 왼쪽으로 가고 오른쪽으로 간다. 이것을 세간의 네 번째 좋은 말이라 하느니라.

바른 법(法)과 율(律)에도 이와 같은 네 종류의 선남자(善男子)가 있다. 어떤 것이 그 네 가지인가? 어떤 선남자는 다른 마을의 어떤 남자나 여자가 질병이 들어 고통을 받거나 심지어는 죽기까지 했다는 말을 듣고 나서는 곧 무섭고 두려워서 바른 사유[正思惟]에 의지한다. 마치 저 좋은 말이 채찍의 그림자만 보고도 곧 길들여진 것과 같다. 이것을 바른 법과 율에서 스스로 잘 길든 첫 번째 선남자라고 하느니라.

또 어떤 선남자는 다른 마을의 어떤 남자나 여자가 늙고 병들고 죽는 고통을 받는다는 말을 듣는 것으로는 무서워하고 두려워하여 바른 사유에 의지하지는 못하지만, 다른 마을의 어떤 남자나 여자가 늙고 병들고 죽는 고통을 겪는 것을 보고는 곧 무서워하고 두려워하여 바른 사유에 의지한다. 비유하면 마치 저 좋은 말이 털끝을 스치기만 해도 어느새 길들여져서 말을 모는 이의 마음을 따르는 것과 같다. 이것을 바른 법과 율에서 스스로 잘 길든 두 번째 선남자라고 하느니라.

또 어떤 선남자는 다른 마을에서 어떤 남자나 여자가 늙고 병들고 죽는 고통을 보거나 듣는 것으로는 두려워하는 마음을 내어 바른 사유에 의지하지는 못하지만, 마을이나 성읍(城邑)에서 어떤 선지식(善知識)이나 친한 사람이 늙고 병들고 죽는 고통을 당하는 것을 보고는 곧 두려워하여 바른 사유에 의지한다. 비유하면 마치 저 좋은 말이 살갗을 조금 맞고 나서 비로소 길들여져서 말을 모는 이의 마음을 따르는 것과 같다. 이것을 거룩한 바른 법과 율에서 스스로 잘 길든 세 번째 선남자라고 하느니라.

또 어떤 선남자는 다른 마을에서 어떤 남자나 여자나 친한 사람이 늙고 병들고 죽는 고통을 받는 것을 듣거나 보는 것으로는, 무서워하고 두려워하는 마음을 내어 바른 사유에 의지하지는 못하지만, 제 자신이 늙고 병들고 죽는 고통을 당하는 일에 대해서는 싫어하고 두려워하는 마음을 내어 바른 사유에 의지한다. 비유하면 마치 저 좋은 말이 살을 찔리고 뼈까지 다치고 나서야 비로소 길들여져서 말을 모는 이의 마음을 따르는 것과 같다. 이것을 바른 법과 율에서 스스로 잘 길든 네 번째 선남자라고 하느니라."

부처님께서 이 경을 말씀하시자, 모든 비구들은 부처님의 말씀을 듣고 기뻐하며 받들어 행하였다. [29]

크게 꾸짖어 몸과 마음에 고통을 주는 것으로 다시는 실수하지 못하게 하는 방법은 제자를 가르치는 데 있어 수승하지 못한 방법이지만, 그마저도 하지 못한다는 것은 보통 문제가 아니다. 제자들이 스스로 부끄럽게 생각하여 무명의 굴레에서 벗어나게 할 수 있으면 더 좋겠지만, 우리나라 절에서는 어림도 없는 일이다. 구제할 수 없는 놈이라면 차라리 나가라고, 다시는 오지 말라고 훈계하는 것이 더 좋은 방법이 될 수도 있겠지만, 오늘날의 절은 신도가 없으면 '경영'이 어렵기 때문에 스승들은 신도들의 눈치를 본다. 신도가 없으면 제사와 보시가 없고, 제사와 보시가 없으면 집세며, 전기세, 차량운영비 등을 낼 수가 없어 절을 운영해 나갈 수가 없다. 운영이라…. 절을 운영하기 위해서는 거짓말이라도 해야 한다는 말이다. 절이 누구를 위해 존재하는지 알지 못한 전도된 생각이다. 배울 제자가 없고, 가르칠 깨달음이 더 이상 없다면 스승은 자연스럽게

주29)

世尊告諸比丘世有四種良馬有良馬駕以平乘顧其鞭影馳馳善能觀察御者形勢遲速左右隨御者心是名比丘世閒良馬第一之德復次比丘世閒良馬不能顧影而自驚察然以鞭杖觸其毛尾則能驚速察御者心遲速左右是名世閒第二良馬復次比丘若世閒良馬不能顧影及觸皮毛能隨人心而以鞭杖小侵皮肉則能驚察隨御者心遲速左右是名比丘第三良馬復次比丘世閒良馬不能顧其鞭影及觸皮毛小侵膚肉乃以鐵錐刺身徹膚傷骨然後方驚牽車著路隨御者心遲速左右是名世閒第四良馬如是於正法律有四種善男子何等爲四謂善男子聞他聚落有男子女人疾病困苦乃至死聞已能生恐怖依正思惟如彼良馬顧影則調是名第一善男子於正法律能自調伏復次善男子不能聞他聚落若男若女老病死苦能生怖畏依正思惟見他聚落若男若女老病死苦則生怖畏依正思惟如彼良馬觸其毛尾能速調伏御者心是名第二善男子於正法律能自調伏復次善男子不能聞他聚落中男子女人老病死苦生怖畏依正思惟見聚落城邑有善知識及所親近老病死苦則生怖畏依正思惟如彼良馬觸其膚肉然後調伏隨御者心是名善男子於聖法律而自調伏復次善男子不能聞見他聚落中男子女人及所親近老病死苦生怖畏心依正思惟於自身老病死苦能生厭怖依正思惟如彼良馬侵肌徹骨然後乃調隨御者心是名第四善男子於聖法律能自調伏佛說此經已諸比丘聞佛所說歡喜奉行

— 『잡아함경(雜阿含經)』편영경(鞭影經)

떠나면 된다. 스승님께서 입버릇처럼 하시던 말씀처럼 "엿장수가 엿 다 팔았으면 옆 마을로 떠나야 한다."

죽고 산다는 의미 속에서 살고 있는 중생들에게 깨달음을 주어야 할 스승이 먹고살기 위해 절을 '운영' 해나간다고 생각하고 있으니 공부니, 신심이니, 부처님이니 하는 말들은 그들의 머릿속에서 이미 사라진 지 오래다. 내일은 공부를 하고 나서 은사스님께 여쭤봐야겠다. 출가자의 정의에 대해서 말이다. 혼날지도 모르겠다.

어제는 아침공양 반찬으로 메밀묵이 나왔다. 다들 아무 말 없이 공양을 시작하려는데 은사스님께서 갑자기 호통을 치신다.

"공양주!"

공양주보살님이 깜짝 놀라 대답하니, 누가 메밀묵을 반찬으로 꺼내 놓으라고 했느냐며 혼을 내셨다. 대중들이 다들 무슨 말인가 어리둥절하고 있는데 은사스님께서 이렇게 말씀하셨다.

"메밀묵은 영가들이 좋아하는 거야. 앞으로 밥상에 올리지 말어!"

나는 공양이 끝나고 구석에 앉아 눈물이 글썽글썽한 보살님 앞에서 설거지를 하다말고 몇 번이나 미친놈처럼 웃으면서 데굴데굴 굴렀다. 보살님이 날 째려보며 왜 그렇게 웃느냐고 하셨지만, 나는 대답할 수가 없었다. 웃는 내 눈에도 자꾸 눈물이 났기 때문이다.

내 몸 하나 편하게 지내려고 생각한다면 절은 극락이다. 시간 맞춰 삼시 세 끼 밥이 나오고, 신도들은 뒤에서는 욕할지 몰라도 앞에서는 절을 하고, 목탁만 잘 두들기고 주문만 외우면 다른 이들이 피

눈물 흘리며 엎드려 벌어온 돈이 앞에 저절로 쌓여가니 말이다. 나는 내 몸이 가난에 마르고 노동에 절어 찌그러진다고 해도, 나는 내 마음에 대해 공감하는, 보물을 보물로 볼 줄 아는 뜨거운 가슴들과 함께 살 것이다. 물론 그곳이 어디가 되고, 언제일지 알 수 없으며, 역시 고민들과 어려움이 없을 수는 없다. 하지만 거짓말은 하지 않아도 되니 얼마나 행복한가. 오직 진실만을 말하는 청정한 입을 갖고 싶다. 영가들이 메밀묵을 좋아한다는 말이 아닌, "당신은 이렇게 위대하고 아름답습니다. 당신은 죽지 않습니다."라는 진심어린 부처님의 가르침을 주는 보살의 입 말이다.

차라리 도(道)를 지키다가
빈천 속에서 죽을망정,
도에서 벗어난 짓을 하며
부귀를 누려 사는 일이 없거라.

— 『육도집경(六度集經)』

길을 닦는 일

무시이래로 단 한 번도 지혜의 손길이 닿지 않은 잡초들 사이로
부처님께서 말씀하신 지혜의 길을 한 번 두 번 계속하여 왕복하는 것

이 세상의 모든 것은 '있는 것'은 물론 아니요, 또 '환상' 뿐이기에 다시 '환상'이라고 말할 필요도 없겠지만 다시 그것을 '꿈'이라는 다른 이름으로 표현한다면, 그 꿈들은 여섯 가지로 드러나는 6진(塵)과, 6진을 드러나게 만들어준 이치가 있다. 더 사실적으로 말하자면 6진이라고 생각하는 이 '생각'과 그 생각이 튀어나올 수 있게 한 생각의 근본, 이치라고 해야 할 것이다. 생각은 '보인다.', '들린다.' 등과 같이 주관적으로 확인할 수 있는 바를 말하지만, 그 이치는 '보이는 것'이 아니고 '들리는 것' 또한 아니다. 마주보는 견(見-견해)과 식(識-기억)의 두 구름이 부딪힐 때 번개가 치고 천둥이 울리지만 두 구름에는 어떠한 빛과 소리도 들어 있지 않음과 마찬가지다.

그래서 우리가 항상 무엇인가를 바라볼 때면 그것의 색(色)은 보일지언정, 이치(理)는 숨어 있다. 이것을 도가(道家)에서는 '현현(玄玄)하다.'라고 표현했다. 빛에 드러나 보이는 색깔과는 달리 그 근본은 깊고 깊어 보이지 않으니, 어둡고 어둡다고 말하는 것이리라.

석가모니 부처님께서 계신 곳에는 반드시 다보여래가 따라다니며 증명한다[多寶如來常住證明]는 말과 같이 우리의 생각이 있는 곳에는 항상 그 이치가 함께하고 있음을 알 수 있다. 하지만 세계의 기본이 되는 진(塵)·근(根)·식(識)은 이미 2가 굴러 3이 되어버린 것이므로 2를 말할 수 없다. 말한다는 것, 그 자체가 벌써 3이기 때문이다. 말은 드러나지만 그 이치는 또다시 숨는다. 그렇다면 이치는 어떻게 설명해야 할 것인가. 부처를 드러낸 여래는 어떠한 방법을 통해 펼쳐 보일 수 있을까. 표현할 수 없다. 드러낼 수 없다. 표현한다는 것 역시 여래가 작용한 결과이지 여래는 아니다. 칠보를 가지고 이용하여 보시하는 것으로는 여래의 공덕을 드러낼 수 없다.[30]

담 너머에 연기가 나면 쫓아가 들여다보지 않아도 그 아래 불이 있음을 알 수 있듯이, 생각의 근저에는 반드시 이치가 있는 것이라고 지혜로써 단지 다시 '생각' 할 뿐이다. 절대로 진·근·식의 법칙을 벗어나 생각한다는 것은 불가능하다. 3의 이전은 생각의 자리가 아니기 때문이다. 불가사의(不可思議)다.

아까는 삽질을 하려고 풀숲으로 들어갔었다. 처음에는 풀들이 자꾸 걸려서 다니기가 무척 불편했는데, 몇 차례 왕복하니 풀들이 양쪽으로 누워 길이 생겨버렸다. 수행도 이와 같지 않을까. 무시이래로 단 한 번도 지혜의 손길이 닿지 않은 잡초들 사이로 부처님께서 말씀하신 지혜의 길을 한 번, 두 번 계속하여 왕복하는 것, 자기만의 길을 닦아 언제 어디서든지 쉽게 들어가고 나올 수 있는 작은 오솔길을 만들어내는 것이다. 그래서 도(道)를 닦는다고 말하지 않았을까. 언젠가는 온통 길뿐이라 따로 들어가고 나오지 않아도 될 깨달음을 위해.

스승님과 도각사의 스님들, 그리고 나와 뜻을 같이하는 도반들을 비롯해 이 법을 돕고 있는 감사한 분들 모두가 깨달음의 길을 만들고 있다면 내 온몸과 마음을 바쳐 그 대도(大道)의 초석이 되리라. 길을 닦다 이 몸뚱이가 죽어 자빠져 결국 그 길 아래 묻혀 썩어갈 때 비로소 나는 부처님을 바라보며 웃을 수 있을 것 같다. 아. 시간이 아깝다.

불호령

그럼 왜 출가합니까?

어제 저녁에는 공양주보살님과 나무를 심었다. 산에 올라가서 야생화와 꽃나무를 파다가 심겠다고 나에게 '사업 계획'을 발표한 지 벌써 일주일이 지났다. 그동안 매일같이 나만 보면 쫓아다니며 "나무, 나무" 하고 중얼거렸다. 보고 싶으면 산에 가서 보면 되는데, 갖겠다는 소유욕이 일을 만든다. 산에서 봐도, 정원에서 봐도, 방 안에서 봐도 꽃은 언제나 찰나마다 색이 바래가고 또 시들고 있다. 산에서 잘 살고 있는 나무를 삽으로 뿌리를 끊어가며 파다가는 화단에 박아 놓았으니 물 주고 거름 주고 가지 치는 일은 다시 나의 일이 될 거다. 삽을 들고 올라가는 내 뒤를 신이 나서 따라오는 공양주보살님을 보며 혼자 웃었다.

이름 모를 꽃들과 나무를 파 들고 내려와 법당 앞 잔디밭 주변에

땅을 파고 심고 있는데 우리들 앞에 한 보살님이 걸어오셨다. 운동
복을 입고 벙거지를 쓴 모양이 아무래도 비구니스님이 사복을 입으
신 것 같았다. 그냥 문득 그런 느낌이 들었다. 법당이 어디냐고 묻
는 말에 안내하고 삼배 마치기를 기다려 내가 물었다.

"어디서 오셨습니까?"

나는 보통 처음 오는 신도들에게는 어디서 오셨느냐고 묻는다.
그리고는 언제나 떠올리는 단어가 있다. '불래불거(不來不去).' 허
공으로 만들어진 것도 만들어졌다고 해야 할까. 경계도 없는 이쪽
허공에서 저쪽 허공으로 움직이는 것을 움직였다고 해야 할까. 만
들어진 듯했지만 찰나에 사라져 흔적도 남지 않는 이 세상을 머물
러 있다고 해야 할까. 색깔도, 소리도, 냄새도 없는 나의 감각을 태
어났다고 말해야 할까. 아니면 그 사이에서 생겨난 뿌리 없는 생각
들을 생겨났다고 해야 할까. 오지도 않고 가지도 않는다. 오는 것이
아니기에 가는 것도 아니다. 오지 않았으므로 가지 않는다. 올 수
있는 것도 갈 수 있는 것도 아니다. 뭐가 됐든, 움직이지 않는 '지
금'의 경치를 놓치지 않기 위해 노력하던 뜻들이 이제는 애써 생각
해내려고 하지 않아도 자연스럽게 튀어나온다. 덕분에 십중팔구는
신도들의 대답을 듣지 못하고 다시 묻는다.

"예? 어디라고요?"

자신은 수덕사 포교당에 있던 비구니인데 새로 거처할 도량을
찾고 있다고 말했다. 나는 큰스님께서 출타 중이시니 연락처를 남

겨달라고 했다. 그 스님은 차로 돌아가 나에게 명함을 주었다.

오늘 아침 은사스님께 어제 일을 말씀드리니 갑자기 흥분을 하시며 "그것들 사기꾼이니까 절대 들여보내지 말라."는 열변을 토하셨다. 나는 "사기꾼이 아닐지도 모르지 않습니까?" 하고 여쭀다. 완전히 실수했다. 행자는 묵언인데 말을 한 것도 모자라 말대꾸를 한 것이 되어, 그 뒤로 공양이 끝나고 내가 은사스님의 발우를 모두 닦아 다시 묶을 때까지 끝없이 반복되는 정신교육을 받아야 했다.

요즘은 새벽예불이 끝나고 아직 해도 뜨지 않았을 시간에 은사스님께 『초발심자경문』을 배운다. 오늘은 내가 스님께 여쭈었다. 며칠 전부터 묻겠다고 벼르던 질문이었다.

"스님. 출가자와 범부의 차이가 뭡니까?"

"없다."

나는 내가 출가자와 범부의 차이가 무엇이냐고 여쭈었을 때 스님께서 하실 말씀이 무엇인지 알고 있다. 마음은 모두 똑같은 부처라서 다름이 없다는 것이다. 왜? 왜? 도대체 왜인지는 왜 말해주지 않는 것인가? 왜 출가자와 범부는 같은가? 사막 한 가운데서 "모래가 곧 물이니라." 하고 말하면 그 누가 믿겠는가. 마음이 부처다, 육근(六根)은 청정하다, 일체는 무상하다, 부처와 중생이 둘이 아니다, 생사일여(生死一如)다, 부처도 없고 조사도 없으며 중생도 없다, 번뇌즉보리(煩惱卽菩提)다, 불교는 불립문자(不立文字)다, 화두(話頭)를 들어라, 마음을 내려놓아라, 번뇌를 끊어라, 수없이 읽고 또 읽는 전심법요, 선문촬요, 선가귀감, 벽암록…. 그 정도는 누구나 다 안다. 지겹게 들은 수박 겉핥기. 수박도 그 정도 오래 핥으면 속이 드러날 것이다. 하지만 수백 년을 핥아왔어도 속이 보이지 않는다는 것은 아예 핥지도 못했다는 말과 같다. 이치도 근거도 설득력도 상식도 없는 황당한 말들. 그것이 불교라고 생각하게 만든 스님들. 범부들은 알아들을 수 없는 말을 내뱉는 것이 고승인 것같이 포장한 위선. 나의 범부와 출가자의 질문은 결코 가볍지 않았다.

"그럼 왜 출가합니까?"

깜짝 놀라셨나 보다. 갑자기 목소리가 높아지며 내 머리 위로 불호령이 떨어졌다.

"다른 게 있으니까 출가한다! 남들 신경 쓰지 말고 너나 잘해라! 나가!"

사기꾼이 오면 욕심의 허망함을 가르쳐 사기꾼에서 벗어나게 해주고, 살인자가 오면 본래 생사가 없음을 가르쳐 살인자에서 벗어나게 해주는 것이 스승의 모습일 것이다. 눈은 시간이 지날수록 이곳에 익숙해지고 있지만, 마음은 점점 낯설어진다.

오늘 은사스님께서는 나에게 스승이 마음에 들지 않으면 떠나라고 하셨다. 절과 도반이 싫으면 더 좋은 곳으로 떠나라고 하셨다. 나는 오늘 '질문'을 했다. 그리고 "떠나라."는 말씀을 들었다. 행자는 묵언(默言)해야 한다는 규칙을 어겨서일까. '질문=떠나라.' 이 이상한 공식을 그려놓고 그 두 가지 단어에 무슨 연관이 있는지 곰

곰이 생각해봤다.

이곳은 도대체 어디인가…. 모두 같은 부처라면서…. 가슴은 아
픈데 자꾸 웃음이 나온다.

그들은 세상을 버리지 못했다

생각이라는 것이 얼마나 허망한 환상인지 알았다면
이제는 생각할 필요가 없다는 것을 느꼈을 테니
그만 쉬어보는 연습을 하라

아침에 『초발심자경문』을 공부하러 은사스님 방에 갔더니 나에게 이런 말씀을 하셨다. 다른 곳에 가서 공부하겠느냐, 여기서 배울 것이 없으면 네가 하고 싶은 공부를 해야 하지 않겠느냐는 것이다. 내게서 그런 느낌을 받으셨나 보다. 하지만 나는 가지 않겠다고 말했다. 처음 올 때부터 마음을 굳혔기 때문에 도중에 떠난다든지, 그만 둔다든지 하는 마음은 추호도 없다고 확실하게 말했다. 말이 "공부하러 가라."이지 사실은 "나가라."인 것을 잘 안다. 그리고 내가 간다고 말했을 때는 이 절의 모든 대중들이 갖는 나에 대한 인식이 얼마나 부정적으로 변할지도 잘 알고 있다.

은사스님께서 나에게 말씀하셨다. "도를 닦는 것은 그렇게 혈기나 머리, 알음알이로 하는 것이 아니다."라고. 분명히 옳은 말씀이다. 하지만 '지금'이 아니면 닦을 수 없다. 모두가 '지금'이라는 한 순간에 들어 있으니 말이다. 만약 부처님께서 할 일을 모두 마치고 출가하겠다고 생각하셨다면, 아니면 내일 또 내일로 결단을 미루었다면 영원히 성을 뛰어넘지 못한 채 죽고 말았을 것이다. 언제 세상을 떠날지는 아무도 모른다. '지금' 닦지 않으면 안 된다. 나는 '지금' 고통스러우며, '지금' 슬프다. 죽는 순간도 '지금'이 될 것이며, 깨닫는 시간도 '지금'일 수밖에 없다. 지금은 공부하지 말고 나중에 공부하라니…. 지금 공부하고 싶으면 떠나라니…. 옛 선지식들은 하루해가 저물면 오늘도 깨닫지 못했노라고 땅을 치고 통곡했다던데, 그들의 정열은 모두 잘못된 것이었나 보다. 그들이 강원과 선방을 전전하지 못하여 깨닫지 못했는가. 스승님께서는 밀가루 반 봉지를 들고 산으로 들어가시며 이 밀가루가 떨어질 때까지 깨닫지 못하면 굶어죽겠다고 말씀하셨다는데 그 말씀도 어리석은 만용이었나 보다.

승복만 걸친 머리 깎은 범부들은 생사에서 벗어나기를 갈구하지 않고, 자기 자신에 대해 알고 싶어 하지도 않으며, 부처님의 가르침을 결코 믿지 않는다. 그들이 부처님 법을 운운하며 기대했던 결과는 깨달음과 대자유의 기쁨이 아니라, 그저 돈과 양식이었을까. 아무리 "나무아미타불 나무관세음보살"을 외쳐도 불전함에 돈이 모이지 않으면 그들의 머리는 다시 길게 자랄 것이며, 목에는 염주 대신 넥타이가 매달릴 것이다.

대학시절 읽었던 카잔차키스의 『그리스인 조르바』라는 책이 생각났다. 마을에서 산속에 있는 수도원으로 올라간 조르바가 초면의 수도승들에게 들은 첫마디가 "신문은 안 가지고 왔느냐?"였다. 수도승들에게 신문이 어디에 필요하냐고 묻는 조르바에게 그들이 이렇게 대답한다. "신문을 봐야 세상을 알죠." 그 장면을 작가는 또한 이렇게 묘사했다. "세상은 그들을 버렸지만, 그들은 세상을 버리지 못했다."

어젯밤에 스승님의 법문 테이프를 다시 들었다. "생각이라는 것이 얼마나 허망한 환상인지 알았다면 이제는 생각할 필요가 없다는 것을 느꼈을 테니, 그만 쉬어보는 연습을 하라." 마치 내가 어제 써놓은 일기를 보신 것처럼 말이다. 이제 쉬어라. 이 말씀이 가슴 깊이 와 닿는다. 그래, 이제 좀 쉬어보자. 어차피 도를 닦는 길에 들어선 이유가 바로 죽음의 숙제를 벗어난 휴식을 위해서 아니었던가. 어떠한 생각도 모두 찰나에 지나가고 또 사라진다. 애쓰고 힘들여서 생각을 공연히 지어내는 노력은 이제 그만하자. 그대로 앉자. 그대로 두자.

두부의 기억

가끔은 이대로 거꾸러져도 나를 동정하거나 살리기 위해
방정을 떨어줄 인간이라는 동물이 내 주위에 없다는 사실
그것이 나에게 묘한 자유를 느끼게 해주었다

오랜만에 외출했다. 은사스님의 심부름으로 잠깐 시내에 들렀다가 절로 돌아오는 길에 두부장수를 보았다. 전에는 수레를 끌고 다니며 종을 딸랑거리는 두부장수와 메밀묵장수가 꽤 많이 있었는데, 요즘에는 거의 찾아보기 힘들다. 사람들 입이 고급이 되어서인지, 아니면 매머드급 마트들이 많아져 영세한 자영업자들이 모두 사라져버렸기 때문인지 알 수 없지만 오랜만에 종을 흔드는 두부장수를 보니 문득 옛 생각이 나며 도각사 스님들이 떠올랐다.

스님들께서 만들어주시는 두부요리가 먹고 싶어졌다. 도각사에는 공양주보살님이 없다. 모든 의식주를 스님들께서 직접 해결하신다. 눈이 무릎까지 내려 오도 가도 못하는 산속에서 가끔 스님들은

두부전골을 드셨다. 산속의 버려진 폐가였던 그 집을 고쳐 열두 분의 스님이 수행하셨다. 세 평도 되지 않는 방에서 대여섯 명이 끼어 자면서도 마냥 행복했던 그 시절. 부엌이 바깥에 있는 오래된 집이라 신발을 신고 음식을 하러 나가셔야 했다. 유리가 깨져 비닐로 막아 휘청거리는 문이 삐걱 열리면 김이 무럭무럭 올라오는 냄비를 들고 들어오시는 스님들의 뒤에는 연하장에서나 볼 수 있는 새하얀 설(雪)세계가 펼쳐져 있었다.

눈처럼 하얀 두부를 건져 먹으며 나는 종종 눈밭에서 뒹구는 상상을 했던 것 같다. 왠지 눈이 푹신하고 따뜻할 것만 같았다. 시작을 알 수 없는 무명과 업(業)의 무게에 짓눌려, 때로는 스승님의 사자후에 가슴이 열려 기쁨에 피가 터져라 악을 쓰고 소리를 질러도 아무도 듣지 못하는 깊은 산속. 아상(我相)의 뿌리까지 뽑혀 스님 앞에 엎어진 채로 엉엉 울어도 아무도 일으켜주지 않는 그 어두운 산속. 가끔은 이대로 거꾸러져도 나를 동정하거나 살리기 위해 방정을 떨어줄 인간이라는 동물이 내 주위에 없다는 사실, 그것이 나에게 묘한 자유를 느끼게 해주었다.

스승님께서는 부처님오신날에 찾아가 뵈어도 되겠느냐는 내 말에 올 생각 말고 은사스님이나 잘 모시고 있으라고 하셨다. 그리고는 큰일을 위해서 사사로운 감정은 갖지 말라고 말씀하셨다. 그 말씀을 들으니 내가 스승님께 혹시 서운해 하고 있지는 않은가 다시 돌아보게 되었다. 서운한 것보다는 내가 있어야 할 자리를 더 굳건히 지켜주셔서 기뻤던 감정이 더 컸던 것 같다. 정답을 알면서도 누군가 믿을만한 분이 다시 한 번 확인해 줄 때 느끼는 안도감. 스님께서 말씀하시는 대사(大事)를 모르는 바 아니며 그 서원은 나 역시 가슴에 굳게 품고 있기에 지금 내가 머물고 있는 자리에 대한 의미는 사실 그리 무겁지 않다. 그러나 지금 이곳이 어찌 보면 다른 사람의 '밑'에 있게 되는 마지막 자리일지도 모른다는 생각에 언행에 있어 조금 더 신중하고 조심스러워지는 것이 사실이다. 시간이 되어 다시 스승님께 돌아간 뒤에는 스승님의 슬하에서 배우고 깨달아야 할 제자이기에 여기에서 숨을 고르고 앉아 있는 것에 대해 충실함을 끝까지 잃지 말아야 한다고 생각한다. 나의 어리석음과 실수가 다른 이들에게는 곧 스승님의 어리석음과 실수로 비춰지기 때문이다.

내가 스승님으로 모셔야 할 분에 대한 마음은 단 한 번도 흔들리지 않았음을 자신한다. 그리고 그와 같은 믿음을 가진 도반들의 애틋하고 진실한 신심 또한 세상 그 무엇보다 값진 보물이라고 자부한다. 내가 이곳에서의 하루하루를 '허비'가 아닌 '수행'이라는 이름으로 채워나갈 수 있게 하는 의지의 원천이 바로 스승님과 어른 스님들, 그리고 도반들의 힘임은 말할 필요도 없다.

하지만 스승님의 말씀에 내 자신을 다시 한 번 돌아보았고, 뜨거운 사랑이 아닌 차가운 믿음으로 내 가슴을 냉철하게 단련하고 있는가 반성하게 되었다. 어느새 나 스스로 자부하던 냉정함이 자비라는 명목의 그림자로 얼룩지고 있지는 않은가. 아직도 도각사 스님들께서 그리도 강조하시던 '정(情)에서의 해탈'을 잊고, 이미 지나가 사라져버린 추억 속에서 머물고 있지는 않은가.

새장에 갇힌 새가 하늘로 날아오르려 하듯이, 말뚝에 묶인 이리가 산으로 돌아가려고 하듯이, 어항에 담긴 자라가 강물로 내려가려고 하듯이, 내 생각은 매 찰나마다 기억이라는 큰 동굴 속으로 들어가려고 한다. 또한 눈은 색깔로, 귀는 소리로, 코는 냄새로 항상 달려 나가려 한다. 그 습(習)이 고(苦)의 과(果)를 맺지 않는 보리수라면 상관없지만, 냉철한 지혜의 빛 없이는 그 어떤 중생도 결국 무명의 12연기를 벗어날 수 없는 것이기에 아직 긴장을 풀어서는 안 되는 것이다. 내가 무명에 빠져 있어도 그 역시 여래(如來)의 품속이지만 허공이 색깔을 드러내듯, 색깔이 내 의미 속에서 피와 물의 이름으로 변하듯, 어리석음은 환상 또한 진실한 고통으로 변하게 할 수 있음을 경계해야 한다. 내가 생각을 하는 매 찰나가 바로 수행이고, 시험이며, 깨달음의 도량인 것을 절대 잊지 말아야겠다.

벌레를 좋아하세요?

우리들의 마음에는 싫은 것이 너무 많다
미운 것이 너무 많다 사랑스러운 것만을 보고 싶어 한다
그것들이 영원하지 않다는 것 역시 잘 알고 있으면서 말이다

조금 심하다 싶을 정도로 벌레를 혐오하는 사람들이 있다. 사실 객관적으로 징그럽거나 더럽다는 인식보다는 귀엽고, 착하다는 이미지를 가진 벌레들도 많은데 말이다. 벌레라면 눈물까지 흘리며 도망가는 사람들을 볼 때면 그가 정말 벌레를 싫어하는 건지, 아니면 자기 마음속에 있는 벌레라는 생각을 싫어하는 건지 참 아리송하다. 아무것도 없는 등 위에 벌레가 앉았다고 농담을 하면 과연 무엇을 떠올리며 비명을 지르는 걸까. 풍뎅이? 지렁이? 벌? 나비? 송충이? 벌레라고 하는 명사가 갖는 의미의 범주도 확실치 않다.

국어사전에는 벌레의 정의를 이렇게 내리고 있다. '사람, 짐승, 새, 물고기, 조개 따위를 제외한 작은 동물을 통틀어 이르는 말' 그

렇다면 불가사리도 벌레고, 개구리도 벌레다.

　가만히 생각해보면 우리들이 싫어하는 '그놈'은 아마도 색깔인 것 같다. 바로 '벌레같이' 생긴 색깔. 그리고 그 색깔에 의해 드러나는 모양까지. 붉은 색에 혐오감을 느끼는 사람은 거의 없지만 붉은 색의 지렁이는 많은 사람들에게 이유 없이 소외받는 가엾은 '벌레'가 되었다.

　우리는 얄미울 정도로 이기적인 건지도 모른다. 가위바위보를 할 때 가위는 싫어하고 보만 좋아하는 것과 같다. 오른손은 사랑하고 왼손은 미워하는 것과 같다. 우리는 정신의 신(神)이 내린 '감각'이라는 위대한 선물을 받았지만 언제나 반쪽은 버리고 싶어 한다. 가끔씩 보고 싶지 않은 TV뉴스를 만난다는 이유로 장님이 되고자 하는 사람은 없을 것이다. 공포영화를 보다가 무서움을 견디지 못하고 눈을 감지만 불과 몇 초 후에는 또다시 눈앞의 사연들이 궁금해지는 우리들이다.

　하지만 우리들의 마음에는 싫은 것이 너무 많다. 미운 것이 너무 많다. 사랑스러운 것만을 보고 싶어 한다. 그것들이 영원하지 않다는 것 역시 잘 알고 있으면서 말이다. 그래서 그 뒤에는 그림자처럼 슬픔과 기쁨이 따르게 되고 우리의 삶은 고요와 평화가 없는 난폭하고 피곤한 망아지와 같아져버린다. 매번 지는 가위바위보를 하고 있더라도 이기고 지는 감정보다 가위바위보를 할 수 있는 손이 있다는 사실에 감사할 줄 알아야 하지 않을까? 벌레가 아무리 구역질나게 싫어도 색깔을 볼 수 있는 능력이 내게 있다는 이 경이로운 사실에 먼저 기뻐해야 한다.

그 어떤 것으로도 대체할 수 없는 세상의 유일무이(唯一無二)한 선물을 주신 부모님과 나아가서는 보이지 않는 우주의 흐름에게 감사해야 하고, 끊임없이 생겨나고 변하고 사라지는 변화무쌍한 세계의 법칙에 매 순간 감탄해야 한다. 그리고 그 사이에 어느새 '보인다.'는 현상을 인식하는-그러나 보는 놈은 오히려 보이지 않는-내 마음의 이치에 경의를 표해야 할 것이다. 이 세계에 살면서 이곳을 어떻게 바라보느냐에 따라 내가 살고 있는 세계의 이름이 바뀌기 때문이다.

노보살님의 탄식

죽음이든 삶이든 고통이든 절망이든
무엇이든지 오라
내 크게 웃어 주리라

하루가 정말 빨리 지나갔다. 내가 많은 기억을 쌓지 않
아서였던 것 같다. 하루 종일 일만 하다 보면 하루가 몇
시간 안 되는 것 같아 좀 허무하다. 지나간 과거란 되돌릴 수 없는
멸(滅)이구나.

며칠 전 마을에 사시는 한 노보살님이 여기서 하룻밤 주무시고
가셨다. 저녁공양을 하는데 반찬을 먹으면 소화가 안 된다며, 젊었
을 때에는 꽁보리밥에 고추장만 비벼서 아무렇게나 먹어도 건강했
는데 지금은 매 끼니마다 소화제를 먹어야 하니 슬프다고 하셨다.
"그 시절은 이제 절대로 돌아오지 않으려나 봅니다."라고 혼잣말하
시는 노보살님의 표정을 보며 그 자리에 있던 모든 사람들은 웃을
수 없었다.

이렇게 하루가 가고 남은 것은 기억뿐인데, 그 기억마저 아무런 가치가 없다면 혹시 나는 지금 가치 없는 스스로를 만들고 있는 것이 아닌가. 왜 받아먹기만 하고 공부를 게을리 한 스님들이 죽으면 소가 된다고 하는지 알 것 같다. 은사스님의 옛 도반들도 요즘 한 주에 한 분씩 돌아가셨다. 2주 만에 세 명의 친구를 잃은 것이다. 언제나 같이 있을 것만 같던 친구들의 죽음을 보고 스님께서는 적지 않게 불안해 하셨다. 언젠가 내가 스님께 "나는 죽고 싶지 않아서 이 공부를 합니다."라고 했을 때, "생사는 바다의 파도같이 당연한 것이다."라고 말씀하셨던 것처럼 그분들의 죽음도 당연하고 지극히 자연스러운 것으로 보아야 하지만, 지식과 현실은 그리 닮지 않았나 보다. 막상 자신의 일로 다가왔을 때는 생각처럼 쉽지 않은 것이다. 나에게 도각사에 가서 공부하라고 말씀하신 이유도 조금 알겠다.

길어도 100년이 채 안 되는 짧은 시간 동안만 내 눈을 뜨고 살 것이라고 생각하는 하루살이 같은 인생을 보면 불법(佛法)이 얼마나 광대하고 무한한지 실감하곤 한다. 내 모든 전생(前生)을 알고, 내 모든 내생(來生)을 알며, 모두가 현생(現生)인 '지금'에 있다는 사실을 아는 수행자들에게 죽음은 한 번도 맛보지 못한 별미요, 한 번도 즐겨보지 못한 게임이요, 한 번도 타보지 못한 놀이기구이며, 한 번도 보지 못한 영화다. 요즘 자꾸만 잊어버리는 부처님의 가르침을 추스르고 나도 언젠가 반드시 외치고 싶다. 죽음이든, 삶이든, 고통이든, 절망이든, 무엇이든지 오라. 내 크게 웃어 주리라.

일 등

지금은 우선 절벽에서 있는 힘껏 죽자고 뛰어내리는 거다
절대 죽지 않는다고 배웠다
나는 그것을 믿는다

불도를 닦는 것과 세속을 배우는 일 중 어느 것이 더 중
요하겠느냐고 묻는다면 생각할 필요도 없이 불도를 닦는
것이라고 대답할 것이며, 백 번, 천 번 그를 위해 인생을 걸어야 한
다고 확신할 것이다. 불도는 따로 배우거나 익히는 것이 아니라 바
로 이 순간을 느끼는 것이며, 이 순간의 사연은 곧 사라지나 그 '찰
나' 인 지금은 영원한 것이기에 가장 궁극의 진리를 열어 보이게 된
다고 할 수 있다.

내 자신을 가만히 뒤돌아보면 어느 곳, 어느 때에서나 항상 질책
보다는 칭찬을, 미운 사람보다는 좋아하는 사람들이 더 많아 그곳
이 매번 나의 자리가 되곤 했다. 잘났다고 생각하고 살아올 수도 있
었을 그 시간들이 불도에 귀의하게 될 인연으로, 그리고 그 법을 펼

쳐야 할 서원을 세웠던 전생의 인연으로, 삿된 장애 없이 지금까지 흘러온 것이었음을 이제 알게 되었다. 그러나 말 그대로 잘났으면 좋겠는 마음이 없는 것은 아니다. 누구보다 훌륭하고, 착하며, 다른 이들에게 인정받고 싶어 하는 중생상(衆生相)을 가끔 내 스스로에게 들킬 때가 많다.

어쩌면 그 중생상 때문에-결국은 아상(我相)이겠지만-나는 결코 갈등할 필요가 없는 아까와 같은 물음에 단호히 대답하면서도, 속세의 사연들에서도 역시 밀려나고 싶지 않은 욕심을 부리는 때 아닌 여유를 가진다. 아직 마음의 정체가 완숙되지 않은 시기에 부리는 욕심은 항상 패배의 고배와 부담을 낳기 마련이다. 수행하는 것에는 말할 것도 없지만, 학교 공부 역시 그 누구에게도 뒤지기 싫다. 하지만 너희가 모르는 것을 나는 알고 있다는 생각과 실제로 그렇게 보이는 깨달음이라는 이름의 우월감에 사로잡혀 속세인도 해내는 일들을 나는 아주 지진한 무리들 사이에서 겨우 힘겹게 풀어나가는 모습을 보일 때가 많았던 것이다.

눈 감으면 색이 사라져버리는 위대하고 위대한 진리 안에 있으면서도 그것들에 대해선 왜 눈감지 못할까. 아직도 의미를 가지고 불도를 닦는 이는 무엇이든지 잘해야 하며, 어느 분야에서든지 1등을 해야 한다는 교만과 강박관념에서 헤어 나오질 못하는 것인가.

부끄럽다. 오늘은 마치 내 가슴 깊은 곳에서 위벽을 타고 흐르는 위산처럼 스스로를 녹이게 될지도 모를 위험한 놈을 발견했다. 그놈 때문에 더 이상 갈등하고 번뇌를 쌓아갈 이유가 없어졌다. 그것을 보는 것, 그리고 그것 역시 한낱 이름이고, 의미이며, 꿈이고, 허공인 줄 아는 것으로 이미 전부터 나는 무명에서 벗어나 있었음을 깨달아 이제야 비로소 자유로워질 수 있게 되었다. 색을 보았다면 색을 보는 나는 색이 아니듯이, 번뇌를 바라보았다면 이미 나는 번뇌를 벗어난 것이다.

무언가를 없애거나 얻으려고 애쓰는 수행자의 최고 장애에 대해 스승님께서는 10여 년 동안을 몸소 보여주시며 가르쳐주셨다. 배울 것이 없다고, 그저 부처님께서 가리키는[指] 곳을 바라보고 그것도 비었고 그것을 바라보는 나도 비었으며, 비었다는 생각까지 비었음을 알 뿐이라고 말이다. 내가 가장 두려워하는 것은 없애기 어려운 독한 습(習)이 아니다. 내가 보지 못하는 나의 무명이다. 알아챌 수 없으면 거울이 나타나기 전까지 기약 없는 고통과 이유 없는 긴장 속에서 살아가야 하며, 그것은 곧 죽음을 의미하기 때문이다.

좀 더 차분해지고 좀 더 세밀해지자. 내 가슴 속의 티끌 같은 사견(邪見)마저 자세히 관찰하고 분해하여 실체를 밝힌 후에, 그때에 여유를 부리자. 할 일을 마치고 노는 것, 지금은 우선 절벽에서 있는 힘껏 죽자고 뛰어내리는 거다. 절대 죽지 않는다고 배웠다. 나는 그것을 믿는다.

5부

스승은

제자가

만든다

충직과 믿음

조조가 적토마와 여러 보물을 주지만 결코 관우의 마음을 돌리지는 못했다
결국 그가 떠날 것이라는 사실을 조조 역시 모르는 바 아니었으리라

몇 년 전에 주인을 찾아 수백 킬로미터를 달려 집으로
돌아온 진돗개 한 마리가 있었다. 돌아오는 도중에 여러
사람들에게 붙잡혀 며칠 동안 밥을 얻어먹으며 갇혀 있다가도 곧
도망쳐 나와 계속해서 달렸다고 한다. 당시 매스컴에 크게 회자되
며 다시 한 번 진돗개라는 이름을 '충직'의 대명사로 만들었다.

내가 중학교 때 기르던 진돗개도 옛 주인을 잊지 못하고 매일 짖
고 물어뜯으며 발광하다 여러 차례 매도 맞았던 걸로 기억한다. 아
무리 맛있는 밥을 줘도, 비싼 햄 통조림을 줘도 시큰둥하던 그 개의
눈빛을 보고 내심 실망했었던 내 어린 마음이 떠오른다.

삼국지를 보면 조조에게 잠시 몸을 의탁한 관우가 유비와 장비
를 잊지 못하고는 매일 갈등하는 모습이 나온다. 조조가 적토마와

여러 보물을 주지만 결코 관우의 마음을 돌리지는 못했다. 결국 그가 떠날 것이라는 사실을 조조 역시 모르는 바 아니었으리라.

요즘 나를 바라보는 은사스님의 눈빛이 바로 그렇다. 내가 하는 말 하나, 행동거지 하나가 도각사 스님들을 떠오르게 하는 것 같다. 그리고 당신께서는 절대로 그분들이 나에게 주는 알 수 없는 무언가에 대응할만한 어떠한 것도 없다는 것을 느끼고 계신 듯하다. 그래서 내게 단념 아닌 단념의 마음을 던지신 은사스님을 뵈면 참 죄송한 감정이 든다.

내가 설령 "이곳에 뼈를 묻겠다."고 큰소리를 쳐도 그분은 믿지 않으실 것이다. 어차피 결국은 그곳으로 되돌아갈 놈이라는 생각이 더 깊으신 듯하다. 갈 곳이 있는 상좌를 두고 있는 스승의 가슴은 어떨까. 단지 계를 받기 위해 며칠을 '버티고' 있는 상좌를 볼 때 무슨 생각이 들까.

아직 모르겠다. 은사스님께서 나를 얼마나 믿으실지. 아직 나는 자신에게 단 한 번의 실수도 용납하지 않았다. 스님 앞에서는 무엇이든 완벽했고, 스님 뒤에서는 언제나 말이 없었다. 이곳에 머무는 동안 도각사 스님들에 대한 얘기는 꺼낸 적도 없었는데, 내가 생활하는 모든 모습에서, 그리고 스님을 바라보는 내 눈빛에서 그것을 느끼셨나 보다. 스님께서는 공양주보살님에게도 내 얘길 꺼내시며 그놈이 어디로 간다는 말을 한 적 없었느냐고 물으셨단다. 이런 관계는 솔직히 좋지 않다. 내가 이곳에서 어디를 바라보며, 그리고 무엇을 위해 이렇게 '머물고 있는지' 알지 못하실 것이다. 조금 더 시간을 두고, 천천히 보여드리겠다. 저놈이 원하는 바가 무슨 내용인지는 잘 알 수 없지만, 적어도 잘못된 길은 아니라는 믿음을 가지실 때까지 말이다. 무엇을 배우든 다 좋은데, 어떤 것이 정도(正道)인가를 잊어서는 안 된다며 은사스님께서 내게 당부하셨던 그 단단한 세월의 앙금이 모두 녹을 수 있을지는 장담할 수 없지만, 그렇다고 그저 벙어리가 될 수는 없다. 결코 그럴 순 없다.

단 비

땅으로 스며들어간 물을 뿌리가 빨아들여 생기를 되찾기도 전에 이미
뜨거운 햇빛에 모두 증발해버린다
농작물들이 나의 행동을 보며 조소하는 것 같다

드디어 비가 온다. 농사를 짓지 않는 사람은 맑고 구름
한 점 없는 날만을 좋아하고 때맞춰 비를 내려주는 하늘
에게 감사할 줄 모른다. 오늘 날씨도 청명하다고 흥얼거리고 있을
때, 오늘도 비가 오지 않는다며 바싹 말라가는 고춧잎을 보고 안타
까워하는 농부가 있는 줄 알지 못한다.

며칠 전 내가 땀 흘리며 심어놓은 나무며 열무, 토마토들이 오그
라들고 시들며, 땅이 쩍쩍 갈라져 지렁이들이 밖으로 기어 나와 말
라죽을 때, 바가지로 몇 번 물을 끼얹어보았지만 어림없다. 땅으로
스며들어간 물을 뿌리가 빨아들여 생기를 되찾기도 전에 이미 뜨거
운 햇빛에 모두 증발해버린다. 농작물들이 나의 행동을 보며 조소
하는 것 같다. 정작 자기들은 아무렇지도 않은데 나 혼자 안타까워

발을 동동 구르는 것은 아닌가. 말라서 시들해진 토마토는 내 발 바로 앞에 있지만, 아무것도 할 수 없는 나는, 그들과 말이 통하지 않는 바다 건너 외국에 홀로 떨어져 있는 것 같다.

비가 많이 올 때는 하늘에서 쏟아지는 물을 감당하지 못하고 등을 돌려버리는 땅을 원망하기도 했다. 정원에 있는 잔디들이 쓸려가 머리칼 같은 뿌리들이 드러나고, 무거운 돌을 들어 애써 쌓아놓은 밭의 경계들이 무너진다. 신발을 벗어버리고 비를 맞으며 물길을 내고 수로의 진흙을 떠낼 때는 하늘이 날 보며 웃는 것 같았다. 비를 맞으며 삽질하는 것도 쉽지는 않았지만, 요즘은 아예 삽이 박히지도 않는 땅을 보며 그때를 생각한다.

어떤 곳에는 색이 허공으로 변하지 않아 걱정이지만, 이렇게 허공에서 색이 만들어지지 않아 걱정하는 곳도 있다. 물이든, 불이든 모두가 허공으로 되어 있는데, 또다시 그 중간에 속상함과 안타까움이라는 환상의 꽃을 피워내는 것이다. 비를 내리지 않는 하늘보다, 무언가를 뿌려 결과를 바라는 인간의 마음이 문제다. 미래의 과(果)를 기대하는 '지금'이 찰나에 사라진다는 것을 모르는 그들이기에 자신들의 생각과 같이 어느 때와 어느 장소에 무언가 정해진 규칙에 따르는 현상이 변함없이 나타나주었으면 하는 바람을 갖는 것이다.

하지만 그런 것은 없다. 미래도 없고, 미래의 과는 더더욱 없다. 특정한 장소도, 어느 하나의 규칙적인 시간도 현상도, 그것을 기대하고 바라는 '나'까지도 정체를 알 수 없고, 의지하는 바를 찾을 수 없는 허깨비다. 모두가 이 세상, 이번 생(生), 사람, 나아가 '나'라는 이름뿐인 전제가 설정된 후에 생겨나는 이야기일 뿐이다. 배우와 관객들만이 공감하는 무대의 세팅은 오래지 않아 본래의 자리로 되돌아갈 것이다. 꿈을 깨듯이 한순간에 말이다.

　스승님께서는 나에게 적멸(寂滅)을 말씀하셨다. 본래 아무 일도 일어나지 않았음을 설명해 주셨다. 석가모니 부처님께서 생사의 공포와 인간으로서의 혼란 속에서 기어이 얻어내신 적멸 말이다. 하지만 아이러니하게도 그 노력과 열정으로 깨달아 가르쳐주신 적멸이란, 땅을 파는 노력으로 얻어내는 것도, 불로초를 찾아내려는 열정으로 발견하는 것도 아니었다. 본래, 처음부터, 무시이래(無始以來)로, 지금도, 앞으로도, 영원히 적멸이었으며 또 적멸일 것이라는 말이다. 이 얼마나 기쁘고도 어처구니없는 말씀인가. 사실 아무것도 하지 않았어도 아무렇지 않았던 것이다.

　비가 온다는 것도 내 생각이고, 농작물이 말라죽는다는 것도 내 생각이며, 물을 줘야겠다는 것도 내 생각이다. 하늘을 원망하는 것도 내 생각이고, 비를 그리워하는 것도, 물을 퍼 날랐다는 것도 내 생각이다. 그 생각들은 찰나에 기억으로 돌아갈 뿐이다. 실제로 존재하는 물질이 아닌 것이다. 무게도 없고 색깔도 없다. 기억으로 돌아간다고 했지만 정말 생각이 보여서 돌아간다고 할 것인가. 단지 내 정신 속에서 이러쿵저러쿵 말만 많았고, 생각만 분주했지 남아 있는 것은 아무것도 없다. 하늘에서 아무리 많은 비를 쏟아내든, 뜨거운 화염을 뿜어내든, 허공은 언제나 부동(不動)이었다. 비가 그치면 허공에는 빗자국 하나 남지 않고, 구름이 해를 가리면 허공에는 그을린 자국 하나 남지 않는 것이다.

　스승님께서는 자주 말씀하셨다. "골라라. 생멸하는 놈과 생멸하는 것을 만들어내는 놈 중에서." 나는 무엇을 선택할 것인가. 내가 선택하는 것이 곧 내가 된다. 비가 오지 않는다고 가슴을 칠 것인가, 비가 오지 않는다는 것을 깨닫고 있는 이 정신을 바라볼 것인가. 하나는 생사요, 하나는 열반(涅槃)이다. 이 오묘한 법칙과 지혜의 견해는 위대하고도 위대하다. 비록 오늘 저녁 은사스님께서는 밭에 물을 주지 않았다고 나에게 꾸중을 하셨지만 말이다.

중생을 다 건지오리다

그들이 말하는 중생구제란 절대 있을 수 없는 일이다
깨달음 자체는 중생의 것이든 보살의 것이든 이미 평등한 금강이 아니었던가

요즘 『숫타니파타』에서 읽은 부처님과 다니야의 대화
가 잊히지 않는다. 누가 더 행복할까. 누군가에게 이 물음
을 받았을 때 당연히 부처님이라고 대답할 것 같은 내 마음과는 반
대로, 세상에는 다니야의 손을 들어주는 사람들이 의외로 많다. 오
늘은 바로 그런 사람들이 절에 찾아왔다. 잃을 것이 없어서 편안한
것이 아니라, 도둑맞지 않도록 잘 단속했다는 믿음에 편안함을 느
끼는 이들이다. 지방법원 판사들의 모임이었다.

모든 것을 본래의 모습으로 바라보도록 가르치신 부처님의 향기
가 조금이나마 남아 있어 이름만 유지하고 있는 절에 온 그들은 법
담보다는 주식에, 부처님 말씀보다는 절 규모에, 간절한 질문 대신
가치 없는 돈다발을 던져 놓는 것에 더 기쁨을 갖는 가엾은 중생들

이다. 똥 속에는 구더기가 있는 것이 당연하고, 꽃이 피면 벌·나비가 모이는 것이 당연하듯, 천상에는 천인(天人)들이, 이 사바세계에는 인간이라는 마음이 머무는 것이 지당한 일일 것이다. 그리고 인간의 마음이 모여 있기에 이곳을 인간세(人間世)라고 말하는 것이리라. 이 오탁악세(五濁惡世)[31] 속에서, 이 인간세계 속에서 부처님의 가르침을 따르겠다고 함께한 도각사 스님들과 도반들은 진정 위대한 보석이다.

오늘날 스님네들이 부르짖는 '중생구제의 서원'을 다시 한 번 생각해 볼 필요가 있다. 모든 중생을 성불시키겠다는 무시무시하고도 막무가내 억지의 괴변은 결코 이룰 수 없는 일임에도 마치 승려들의 당연한 구호같이 쓰이고 있는 것이다. 그 말대로라면 너무 성급한 결정을 내리신 것은 아닐지 모르겠다. 온 바다의 파도를 없애겠다는 말인가. 아니면 이미 바다인 파도를 다시 바다로 만들겠다는 말인가. 내 마음 속에 피어나는 허공의 꽃을 없애는 것이 구제인가. 아니면 꽃을 피워내는 이치를 무너뜨리는 것이 구제인가. 그 어느 것도 아닐 것이다. 그들이 말하는 중생구제란 절대 있을 수 없는 일이다. 깨달음 자체는 중생의 것이든, 보살의 것이든 이미 평등한 금강(金剛)이 아니었던가.

주31) 오탁(五濁)이란 곧 나쁜 세상에 대한 5종의 더러움이니 겁탁(劫濁) 견탁(見濁) 번뇌탁(煩惱濁) 중생탁(衆生濁) 명탁(命濁)을 말한다. 이 다섯 가지의 탁한 모양이 나타나 악한 일이 많은 세상

아무것도 건들지 않고, 아무것도 움직이거나 없애지 않은 채로, 중생의 세계 그대로를 부처님의 세계로 바꾸어주시는 스승님은 석가모니 부처님뿐이다. 다니야의 말처럼 '있음'으로 안락을 찾을 수 있다는 생각은 중생을 부처로 바꾸겠다는 스님네들의 말과 같다. 그렇다면 「반야심경」의 무안이비설신의(無眼耳鼻舌身意)는 육근(六根)의 청정함을 설명하신 글이 아니라, 나의 눈을 빼고, 코를 망가뜨리고 귀를 막아버리라는 외도의 가르침이 될 것이다. 티끌 하나 버리거나 가져오지 않은 채로, 앉은 자리에서 극락과 정토를 보여주시는 부처님은 진정 삼계대도사이시다. 목숨 바쳐 모실 어른이 내 곁에 있다는 것, 이 얼마나 큰 행복인가.

부처님오신날

며칠간의 급한 일과 일상의 반복이라는 수면제가 나를 단지 보고 잠자고
또다시 보는 것을 반복하는 무기의 돌덩이로 만든 것은 아닌가

오랫동안 일기장을 펴지 못했다. 아무 말씀도 없는 부
처님을 모시기 위해 벌써 열흘이 넘게 난리법석을 떨었
다. 도각사에서 보내주신 약도 챙겨먹지 못했다. 무엇이 이렇게 나
를 눈코 뜰 새 없이 만드는가. 며칠간의 급한 일과 일상의 반복이라
는 수면제가 나를 단지 보고, 잠 자고, 또다시 보는 것을 반복하는
무기(無記)의 돌덩이로 만든 것은 아닌가. 일기를 쓰지 못했다는 것
은 시간이 없었다기보다 토해내지 않으면 견디지 못할 것 같은 간
절한 가슴이 없다는 말이고, 약을 먹지 않았다는 것은 어른스님들
을 그만큼 잊었다는 것이다. 벌써 아사리[32]를 놓칠 만큼 마음속의

항상 곁에서 삿된 길로 들어서지 못하도록 바르게 지도하고 충고하는 스승

게으름이 커진 것은 아닐까.

부처님께서는 어느 경전에서도 "앞으로 나의 생일을 영원히 기려야 한다. 그리고 일 년에 한 번인 내 생일에는 절에 가서 돈을 내고 연등을 달아야 한다. 또 그날 결혼식을 올리거나 제사를 지내면 큰 복을 받느니라." 하고 말씀하지 않으셨다. 부처님께서는 태어남도 죽음도 없다고 말씀하셨고, 오거나 가지도 않는다고 하셨다. 하지만 어제는 부처님 '오신' 날이라 새벽에 눈을 떠 밤에 잠들 때까지 단 1분도 앉아서 쉴 수가 없었다. 사실 구석에 보이지 않는 곳에서 조용히 앉아 있어도 내게 왜 일하지 않고 게으름을 피우냐고 욕할 사람은 아무도 없다. 그간 내게 나태라는 단어는 없었기 때문이다. 하지만 법당에서 요사채, 공양실, 주차장과 창고에 이르기까지 모든 곳에서 나를 필요로 하고 있다는 것을 알기에 쉰다는 것은 있을 수 없는 일이었다.

법당 안에는 연등이 300개가 달려 있는데 매년마다 꼬리표를 바꿔 신청한 신도들의 이름을 올린다. 이번에는 보살님들이 하시던 연등접수를 내가 맡게 되었다. 요사채에서, 공양실에서, 종무소에서, 법당에서 쉴 새 없이 행자를 찾으니, 내가 없을 때는 초파일을 어떻게 치렀는지 모르겠다. 올해에도 연등이 300개가 훨씬 넘게 달렸다. 야외에 하루만 달아주는 곳에도 자리가 없어 겨우 매달리는 연등을 보며 일 년에 한 번 법당에 오는 한 거사님이 말했다. "어이 ~ 이거 되는 장사네." 되는 장사…. 정말 적절한 표현이면서 동시에 쓰라린 현실이었다.

요즘은 절에서도 돈의 힘이 무척 크다. 이 절에 오는 유명한 기업 모 사장은 초파일 아침에 불전함에 1억 원을 넣었다. 그리고 은사스님께서는 모든 대중이 모인 자리에서 그 사실을 자랑스럽게 발표하셨다. 그때 나는 모든 이들의 표정을 자세히 보았고, 그들의 마음을 읽을 수 있었다. 이제 부처님오신날에 부처님은 계시지 않는다.

초파일 전날에 나의 두 번째 사형스님께서 오셨다. 하얀 얼굴에 각진 턱, 약간 신경질적인 목소리가 함께 살고 있는 셋째 사형스님과는 전혀 반대였다. 제멋대로인데다 고집이 대단해서 은사스님께서도 다루질 못한다고 들었다. 하긴 요즘에 제자들을 진정으로 귀의시킬 수 있는 스님이 몇이나 될까. 말 못하는 영가 마음은 귀의시켰다고 말하면서 말이다. 너무나도 당당하게 영가가 천도됐다고, 가면서 기뻐하더라고 말하는 스님들을 보면 가끔 겁이 난다.

셋째 사형은 둘째 사형을 별로 안 좋아한다. 안 좋아한다기보다는 피한다. 기가 세서 셋째 사형이 꼼짝을 못한다. 나는 그런 사람들이 오히려 편했다. 표현이 직설적이고 무식하지만, 꾸밈이 없고 솔직하다. 나이는 마흔다섯 살이 넘었다는데 하는 행동을 보면 서른 살 정도로밖에 보이지 않는다. 전기도 우편집배원도 들어오지 않는 지리산의 움막에서 혼자 살고 있다고 한다. 겨울은 대중들이 있는 선방에서 지내고 여름은 그렇게 깊은 산속에 가서 혼자 산다고 했다. 그곳에서 매일 무슨 생각을 할까.

둘째 사형은 오늘 아침에 떠났다. 가기 전에 은사스님께 인사를 드린다고 올라갔는데, 은사스님께서 나도 올라오라고 하셨다. 무슨 일인가 했더니 수고했다며 봉투를 주신다. 그간 힘들었던 마음을 위로해주시려는 그 뜻은 정말 감사했으나 내게는 돈이 필요가 없다. 그저 마음 편하게, 그리고 진지하고 수행자다운 솔직한 대화를 나누고 싶은 마음뿐이다. 아직도 나는 이 집안에서 '일을 해주는 사람'이다. 아직도 '남'이고, 아직도 '언제 갈지 알 수 없는 불안한 놈'이다. 나를 그런 마음으로 바라보시는 스님의 눈이 정말 가슴 아프다.

오후까지 천막이며 현수막, 의자, 연등을 정리했다. 뜨거운 햇빛 아래서 땀을 흘리며 일을 끝내고 내 방에 돌아와 방바닥에 누워버렸다. 마치 세상에서 할 일을 모두 끝내고 돌아온 기분이었다. 이제 해야 할 일이 사라진 것 같았다. 초파일행사가 끝나고 바로 진행된 49재 때문에 오늘까지 3일이 지나간 것 같다. 제사가 있으면 그 전날 오후부터 당일 정오까지 꼬박 하루가 지나가버린다. 붙이는 파스의 효력을 한 번도 신뢰하지 않았던 나였지만, 어젯밤에는 어깨에 붙이고 잤다. 무거운 것을 잘못 들었는지 어깨가 좀 이상하다. 그나마 평소에 허리를 펴고 앉는 버릇이 있어 그 쪽에 무리가 가지 않은 것이 다행이었다. 이곳에 오기 전까지는 건강에 크게 신경을 쓰지 않았는데 여기 온 후로는 '일하기 위해' 건강해야겠다는 생각이 들었다. 하지만 다시 '무엇을 위해?' 라는 생각이 들면 힘이 빠지곤 한다. 나는 쓸데없는 생각이 너무 많다.

견(見)과 식(識)의 법칙에 의하면 석가모니 부처님께서는 이 인간세계에 올 수 없는 분이다. 자기가 바라보고 느낀 그대로 기억이 만들어지고, 그 기억은 반드시 다음번의 분별을 낳게 된다. '자라 보고 놀란 가슴 솥뚜껑 보고 놀란다.'고 하지 않았던가. 자라를 보고 놀란 견해(見)는 찰나에 기억(識)으로 들어가고, 이제는 솥뚜껑을 보면서도 그 기억에 의지하는 견해로 인해 자라로 오해하게 되는 것이다. 그렇다면 인간세계에 오려면 반드시 인간의 기억을 쌓아야 한다는 것을 알 수 있다. 천상에 가기 위해서는 거지에게 돈을 주어야 할 것이 아니라, 지금 이곳에서 천상의 기억을 쌓아야 하는 것이고 그를 위해서는 반드시 불도를 닦아야 하는 것이다. 따라서 부처님께서 이 세계에 오셨다는 것이 진정 이상한 일이다. 인간세계에는 인간만이 올 수 있는 곳이기 때문이며, 인간이라는 견해가 모이기에 인간세계라 이름하기 때문이다. 그래서 경전에서 부처님을 향해 "희유(希有)하십니다."라고 말했나 보다.

그러나 석가모니 부처님뿐만 아니라, 세상을 만들어낸 내 생각 역시 같은 이치로 이루어진 것이니, 단지 4월 초파일 하루만 부처님이 오신 것은 아니다. 매 찰나마다 수많은 부처가 화현(化現)한다. 아무리 그 의미가 다르고 수준에 차이가 있다고 할지라도 내 마음 속에서 생겨났다 흔적도 없이 사라지는 그 모든 생각들은 화신

불(化身佛)이다. 이런 눈을 알려주신 석가모니 부처님과 스승님께 감사할 따름이다.

그러고 보면 참 이상한 일이다. 부처님께서는 항상 여기가 꿈이라고 말씀하셨다. 그렇다면 부처님과 스승님은 꿈속에서 "여기가 꿈이야."라고 말씀해주시는 분들이 아닌가. 이 세상의 60억 인구 중에 꿈속에서 이곳이 꿈이라고, 정신 차리라고 말하는 그런 꿈을 꾸어본 존재가 몇이나 있을까. 꿈이니 마음 놓으라고 하는 꿈. 행복하다.

사랑과 이별 그리고 슬픔

완전한 깨달음을 얻지 못하고는 억울해서 죽을 수 없다

벌써 봄꽃들이 지고 있다. 가을도 이제 얼마 남지 않았구나. 내가 몇 살이더라? 나이를 잊고 지낸 지 정말 오래됐다. 사실 윤회가 무엇인지 알고 있다면 나이를 따지는 것이 얼마나 어리석은 생각인지 잘 알 것이다. 끝이 없는 두 개의 선은 길이를 비교할 수 없다.

하지만 지금 이 나이의 방황과 미숙함에 나이는 어쩔 수 없다는 듯 누구나 고개를 흔들지만, 아련한 동경에 '내가 그 나이 때에는…' 하며 안타까워하는 알 수 없는 나이.

나는 관심 없다. 나 역시 지나간 인생을 돌이켜보면 아깝다. 다시는 돌아오지 않을 시간이며, 나 역시 그 시간과 함께 사라져버렸다는 아쉬움, 그리움, 그리고 분노. 하지만 피할 수 없다, 변화는.

나는 원하지 않았지만 이 세상이라는 모습을 내 다른 한 끝에 빚어낸 순간-쉽게 하자-내가 태어난 그 사건에 마치 패키지 상품처럼 딸려온 반품불가의 선물이 있었다. 바로 헤어짐. 이별. 이별!

나에게 감당할 수 없는 기쁨을 안겨주신 스승님이라 할지라도, 헤어진다. 스승님께서는 나에게 당신을 사랑하라고 말씀하지 않으셨지만, 바로 그만큼의 사랑이 내겐 남아 있어, 다음 역이 없는 지하철에 잘못 올라탄 일방통행의 슬픔은 이미 결정된 것이었다. 애별리고(愛別離苦).[33]

있지도 않은 소설을 쓰고 앉아 있는 건 아니라고, 이건 정말 생각해 봐야 할 일이라고 외쳐봐야 거울 속의 또 다른 나는 비웃고 있을 뿐이다. 그놈이 밉진 않다. 그런데 왜 이리 슬플까. 왜 자꾸 마음이 급해질까. 잠들면 스승님이고 부처님이고 다 잊어버려, 잊었다는 말조차 할 수 없는, 비겁하지만 거대한 침묵이 곧 내 모습인 것을 안다. 아직도 알고만 있다. 그래, 아직도 알고만 있다.

내 앞에 남아 있는 마지막 단 한 그루의 나무를 붙잡고 눈알마저 녹여내며 울고 싶었지만, 나무는 내 눈물을 위해 그늘을 만들지 않았다. 다른 이들은 자신의 스승이 떠나가실 때 기분이 어떨까. 슬플까? 기쁠까? 아니면 아무렇지도 않을까? 나는 그 울분을-상해

주33) 중생에게 반드시 존재하는 여덟 가지 고통 중 하나. 사랑하는 것. 또는 사랑하는 사람과 헤어져야만 하는 고통

버린 감자와 같은–내 가슴 속 심장의 소름 끼치는 광란을 견딜 수 있을까.

"완전한 깨달음을 얻지 못하고는 억울해서 죽을 수 없다."

스승님의 이 말씀이 있어서 나는 마음대로 그 뒤를 따를 수 없을 것이다. 그래, 이 게임은 피눈물이 흘러도 감을 수 없는 필승을 각오한 내 무명과의 눈싸움이다. 아무리 비참해도 눈 돌릴 수 없다. 처음부터 끝까지 지켜보아야만 하는 것이다.

삶은 잔인한 영화다. 부처님 말씀처럼 일체(一切)는 개고(皆苦)다. 내가 있고 남이 있으면, 비록 그 남이 부처님이 될지라도 땅을 치며 후회하는 제자의 갈가리 찢긴 흙 묻은 옷자락이 있다. 스승님께서는 나에게 처음부터 아무 끈도 매여 있지 않았음을 증명하셨다. 눈 뜨면 생겨나는 세상이다. 그리고 찰나마다 사라지는 세상과 함께 사라지는 나다. 아쉬울 것은 없다. 어디서 시작됐는지 알 수 없는 흑백영화의 암묵적인 인생에 관한 동의는 더 이상 내게 효력이 없다. 그 누구도 발 디딜 곳 없는 좁은 관 속에 누워 나는 불사(不死)의 창문을 내고, 극락(極樂)의 샘[泉]을 파내고 말리라.

컵 속에 담긴 한 잔의 물, 그리고 그 위에 비춰진 일그러진 반쪽짜리 형광등보다도 가치 없는 이놈의 자아(自我). 그리고 언제나 말이 없는 낯선 구면(舊面)의 부처.

본래부터 부처

깨달음이 얻어지는 것이라면 반드시 잃을 것이고
얻어지는 것이 아니라면 수행할 이유가 없으며
얻어지는 것도 얻어지지 않는 것도 아니라면 이름뿐인 환상이라는 말이다

깨달음이라는 것은 수행을 통해 얻어진다고 생각하는
것이 현재 통상적인 정론이다. 오늘 아침 화장실에 앉아
문득 그 생각이 떠올랐는데, 깨달음이라는 것에 극한의 희소성을
부여하고 그 경치에 대해 알 수도 없으면서 표면적으로는 모두가
지향해야 하는 모범답안이라고 서로 인정해버린 이 오해를 풀어낼
수 있는 작은 방편이 생각났다.
  만약에 깨달음이라는 어떠한 실체로서의 생각이 존재하는 것이
라면-이미 오해지만 말이다-그 깨달음은 반드시 무엇인가를 그 원
인[因]으로 삼아야 한다. 이 세계에 존재하는 모든 것은 그 인을 필
연적으로 가져야 하기 때문이다. 깨달음의 원인이란 어떤 것인가.
일반적인 상식을 빌리자면 깨달음의 원인은 수행이다. 그 수행의

빼딱선

이름이야 어찌되건 깨달음은 범부가 하지 않는 특이한 행동과 차별된 언어를 통한 단련의 과정이 필수요건이 된다. 정리를 하자면 '깨달음을 얻기 위해서는 수행을 해야 한다.' '수행을 하면 언젠가 깨달음을 얻는다.' 라고 하는 극히 '지당한' 상식으로 일축할 수 있다.

수행을 원인으로 하는 것의 결과[果]가 깨달음이라면, 깨달음은 연기(緣起)한 것이라 할 수 있다. 인연되어져 생겨난 것이라는 말이다. 연기한 것이라면 생겨난 것[生]이고, 생겨난 것은 반드시 멸(滅)한다. 따라서 깨달음은 비록 수행을 통해 얻어졌다 하더라도, 언젠가는 사라진다는 말이고, 다시 말하면 부처를 '이루었더라도' 언젠가는 다시 범부로 돌아올 수밖에 없다는 결론에 도달한다. 이것은 수행자의 목표 자체를 정면으로 부정하는 것이고, 수행의 의미를 상실하게 만들며, 청정하고 영원히 무한하다고 표현되는 깨달음의 세계에 대한 정의를 스스로 모순되게 하는 논리가 된다. 원각경의 금강장보살이 부처님께 질문했던 바로 그 내용이다.[34]

世尊若諸衆生本來成佛何故復有一切無明若諸無明衆生本有何因緣故如來復說本來成佛十方異生本成佛道後起無明一切如來何時復生一切煩惱

세존이시여 만약 모든 중생이 본래부터 부처로서 이루어졌다면 어찌하여 다시 일체 무명이 있다는 것이며, 만약 모든 무명이 본래부터 중생에게 있는 것이라면 어떤 연고로 여래께서는 본래부터 부처로서 이루어졌다고 다시 말씀하십니까? 시방으로 갈라져 생겨나는 것이 본래 부처로서 이루어진 길이나 나중에 무명이 일어나는 것이라면 일체의 여래에게는 언제 다시 일체 번뇌가 생겨나게 되는 것입니까.

　　　　　－「대방광원각수다라요의경(大方廣圓覺修多羅了義經)」
　　　　　금강장보살장(金剛藏菩薩章)

그렇다면 흔히 말하는 '깨달음'이라는 것과 그 인(因)이 되는 '수행'이라는 것의 정의에 대해 오류가 있었음을 인정해야 한다. 깨달음이 얻어지는 것이라면 반드시 잃을 것이고, 얻어지는 것이 아니라면 수행할 이유가 없으며, 얻어지는 것도, 얻어지지 않는 것도 아니라면 이름뿐인 환상이라는 말이다.

부처님께서는 이 세계를 말씀하실 때, 너와 나, 나무와 물 등을 말씀하신 것이 아니라, 보이는 대상과 보는 감각과 보인다는 생각이라는 세 가지의 큰 묶음을 들어 보이셨다. 그 세 가지는 분명히 각자로서 작용을 하기에 세상과 나와 생각이라고 분리하여 말할 수 있지만, 반대로 떨어진 자리가 없기에 역시 셋이라고 말할 수 없으며, 또 다시 셋이라고 말할 수 있는 것도 모두가 붙었기 때문에 분별 가능한 것이라고 하셨다.

또한 그 이치를 모습으로 표현하면 기(起), 즉 일어남이라는 말이며 곧 연기(緣起)한다고 말할 수 있다. 연(緣)-떨어짐이 없으나, 곧 떨어짐이 없기에 '둘, 셋은 떨어졌다.'고 분별할 수 있는 거대한 어울림. 기(起)-연은 단순히 어지러이 어울려 횡(橫)으로만 전전하는 것이 아니라, 종(縱)으로 당당히 그 존재를 드러내는 힘을 가졌다. 그렇다면 범부들이 말하는 깨달음이라는 환상 속의 도착지는, 한 티끌의 번뇌와 마찬가지로 연기의 법칙을 따르는 생멸과 허구의 물거품이다. 그들의 인식 속의 깨달음이란 진(塵)·근(根)·식(識)의 오묘한 조합으로 빚어진 한 생각에 불과하다. 꽃과 내 눈이 만나 생겨난 '꽃이구나.' 라는 하나의 생각과 수행을 통해 얻어진 '깨달음' 이란 동일한 한 찰나의 식(識)일 뿐이다. 그것에는 더 이상의 의미를 둘 수가 없다.

아무리 깨달음이라는 이름을 가진 내 밖의 무언가를 구하려고 노력한다 하더라도, 그것이 결국에는 사라질 생멸의 존속물일 뿐이라면, 이제 눈을 돌려야 한다. 강물이 흐르는 것을 아는 자는 강물이 아닌 강둑에 움직임 없이 서 있듯이, 구하고자 했던 그 모든 것이 생멸하는 것이라고 느꼈다면, 생멸을 바라보는 자, 모든 흐름을 관조하는 자리, 그곳은 무시이래로 바뀐 적이 없는 것임을 알아야 한다. 그것은 만들어지고 사라짐을 모두 알기에 그 둘이 아니고, 따라서 있다, 없다의 논리로 말할 수 없다. 결코 부처님이나 내가 만들어낸 허상이 아니며, 깨달은 자만이 갖게 되는 특권도 아니다. 한낱 지옥 중생에서 천상·보살에 이르기까지 본래부터 갖추어진 금강(金剛)의 능력이다. 왜냐하면 그것뿐이기 때문이다. 본래성불(本來成佛)이다. 부처를 이루는 것이 아니다. 부처로 이루어진 것이다.

진근식이 서로 별개의 것이기에 내 밖에 다른 세계가 존재한다고 여기면 그 순간 나는 '보이는 것과 하나' 가 아닌 '보이는 것 속의 하나' 가 되어버린다. 따라서 깨달음 역시 자신이 지금 하고 있는 스스로의 모습을 보는 것이 아니라, 자기 밖의 또 다른 무언가가 있어 그것을 가져오는 것이라 착각하는 수준으로 결정되는 것이다. 이것 역시 위대한 부처의 능력이요, 재료는 공(空)이고 기분은 나

[我]라는 것을 느낀다면, 그는 진정 깨달음을 '얻었다.' 라고 말할 수 있는 자이며, 다시 중생에게는 깨달음의 지혜가 '없다'고 말할 수도 있는 자이리라.

깨달음이라는 무엇인가가 내 밖에 존재해, 열심히 수행해서 그 깨달음이 없는 나를 깨달은 나로 바꾸겠다는 소리는 이제 그만했으면 좋겠다. 그런 말에 속아 귀중한 인생을 바치는 수행자도 더 이상 없었으면 좋겠다. 순간마다 나 역시 본래성불임을 잊고 작위성불(作爲成佛)하려고 노력한다. 스스로를 노예로 자처하는 지독한 병에 걸려 있음을 확인하는 바이다. 그리고 다시 그 병마저 본래성불임을 재확인하는 바이다.

독화살의 비유

마치 도살장에서 소 한 마리를 잡아 부위별로 갈라놓듯이 불교를 나누고 나누어
명찰을 붙이고 무게를 달며 색깔을 입혀 화려하게 꾸미고자 노력한다

현재에 무늬만 불자들인 '아수라들의 불교학(學)'이라
는 이름의 희론과, 자기들끼리만 심각한 '부처님 부재중'
인 법당 안의 수행자들은 괴상하게 어울려 한국 불교의 망신에 앞
장서고 있다. 가까운 나라 일본, 중국에서도 우리나라의 불교를 보
며 그 수승함과 심오함에 '어려워' 감히 배우려고 하는 마음을 털
끝만큼도 내려하지 않는다. 지난해에 개최되었던 하버드의 불교학
학술회장에서 당했던 대한민국 불교의 망신은 이미 세계적인 이슈
가 된 지 오래다. 세계 200여 국의 석·박사들이 모였던 학술회에
서 우리나라 동국대를 중심으로 한 교수진이 단상 위에 올라 발표
를 시작했을 때, 방금 전까지 빽빽했던 객석이 휜히 비어버렸다는
말이다. 들을 가치도 없어서 밥을 먹으러 갔던가. 미국과 일본, 독

일의 불교학논문 발표가 가장 화려했다는 소식은 조금 허전하고 씁쓸했다.

개미가 한 마리 한 마리씩, 모래를 물어와 거대한 개미집을 짓듯이 내 마음의 각 부분을 따로 구분지어 각각을 연구해 다시 쌓아놓으면 부처님의 가르침을 완성할 수 있다고 믿는 것이다. 너는 유식(唯識), 너는 중관(中觀), 너는 반야(般若), 너는 화엄(華嚴), 너는 아비달마(阿毘達磨), 너는 천태(天台). 나는 지금까지 내 마음이 이렇게 나뉘어 있다는 말을 들은 적도 본 적도 없다. 하나로, 하나로 통일시키고 무너뜨려도 시원찮을 판에 불교학의 카테고리는 나날이 발전해가고 있으니 통탄할 노릇이다. 나아가 이제는 선학(禪學)도 나왔다. 스스로가 불립문자를 앞세우며 경전을 태우고 불상을 깨버린 좌복 위의 수행자들이 이제는 선(禪)에 학(學)을 붙이고 있다. 이심전심(以心傳心)이 좌복 위에서만은 어려웠나 보다.

어쩌면 그들의 목표는 부처님의 가르침을 깨닫는 것이 아닐지도 모른다. "부처님께서 말씀하신 인연법이란 바로 이런 것입니다."라고 말하는 것보다 "부처님께서 말씀하신 인연법은 당시 타(他) 학파와 이런 공통점과 차이점이 있습니다."라고 말하는 것을 선호한다. 마치 도살장에서 소 한 마리를 잡아 부위별로 갈라놓듯이, 불교를 나누고 나누어 명찰을 붙이고 무게를 달며 색깔을 입혀 화려하게 꾸미고자 노력한다. 나아가 듣는 내가 우주의 중심으로 완연히 작용하고 있음을 알기보다는 그 말씀이 어떤 시대에 어느 자리에서 어느 제자에게 전수됐는지, 그리고 그것이 부처님의 진설(眞說)이었는지를 구별해내는 것이 그들에게는 더 중요한 공부이다. 바로 독화살의 비유, 그것이다.

이것은 마치 어떤 사람이 몸에 독화살을 맞았는데, 그의 친속들이 그를 불쌍히 여겨 편안하게 하고 이익되게 하려고 독화살을 제거해줄 사람을 찾고 있는 것과 같다. 이에 그 사람은 이러한 생각을 하였다. '나는 화살을 제거하지 않고 반드시 활을 쏜 그 사람의 성은 무엇이고 이름은 무엇이지, 키는 큰지 작은지 중간인지, 피부는 검은지 흰지, 찰리 출신인지 바라문 출신인지, 거사 출신인지 장인 출신인지, 동쪽에 있는지 남쪽에 있는지 서쪽에 있는지 북쪽에 있는지, 누가 화살로써 나를 맞추었는지 알아야겠다. 나는 이 독화살을 제거하지 않고 반드시 그 활을 살라(薩羅)나무로 만들었는지, 다라(多羅)나무로 만들었는지, 시라앙굴리(翅羅鴦掘梨)나무로 만들었는지 알아야겠다. 나는 이 독화살을 제거하지 아니하고 반드시 그 힘줄이 소의 힘줄, 염소의 힘줄, 검은 소의 힘줄 중 무엇으로 그 활을 감았는지 알아야겠다. 나는 이 독화살을 제거하지 아니하고 반드시 그 활의 손잡이를 흰 뼈로 만들었는지, 검은 옻나무[黑漆]로 만들었는지, 붉은 옻나무[赤漆]로 만들었는지 알아야겠다. 나는 이 독화살을 제거하지 아니하고 반드시 그 활줄을 소의 힘줄로 만들었는지, 염소의 힘줄로 만들었는지, 검은 소의 힘줄로 만들었는지 알아야겠다. 나는 이 독화살을 제거하지 아니하고 반드시 그 화살을 사라(舍羅)나무로 만들었는지 대[竹]나무로 만들었는지 라아리(羅蛾梨)나무로 만들었는지 알아야겠다. 나는 이 독화살을 제거하지 아니하고 반드시 화살을 감은 힘줄이 소의 힘줄인지, 염소의 힘줄인지, 검은 소의 힘줄인지 알아야겠다. 나는 이 독화살을 제거하지 아니하고 반드시 화살의 털과 깃이 공작의 것인지, 두루미의 것인지, 독수리의 것인지 아니면 그 날개를 가지고 깃을 만들었는지 알아야겠다. 나는 이 독화살을 제거하지 아니하고 그 화살촉이 바차(婆蹉)인지, 바라(婆羅)인지 나라(那羅)인지 가라비인지 알아야겠다. 나는 이 독화살을 제거하지 아니하고 반드시 그 쇠장이[鐵師]가 성이 무엇이고 이름은 무엇인지, 모습은 키가 큰지 작은지 중간인지, 피부는 검은지 흰지, 그리고 그 사람은 동쪽에 있는지 남쪽에 있는지 서쪽에 있는지 북쪽에 있는지 알아야겠다.' 라고 하면, 그 사람 역시 알 수도 없고 중간에 곧 목숨을 마칠 것이다.[35).

猶如有人身被毒箭因毒箭故受極重苦彼見親族憐念愍傷爲求利義饒益安隱便求箭醫然彼人者作是念未可拔箭我應先知彼人如是姓如是名如是生爲長短麤細爲黑白不黑不白爲刹利族梵志居士工師族爲東方南方西方比方耶未可拔箭我應先知彼弓爲柘爲桑爲槻爲角耶未可拔箭我應先知弓札彼爲是牛筋爲獐鹿筋爲是絲耶未可拔箭我應先知弓色爲黑爲白爲赤爲黃耶未可拔箭我應先知弓弦爲筋爲絲爲紵爲麻耶未可拔箭我應先知箭䈦爲木爲竹耶未可拔箭我應先知箭纏爲是牛筋爲獐鹿筋爲是絲耶未可拔箭我應先知箭羽爲飄髀毛爲雕鷲毛爲鵝毛爲鶴毛耶未可拔箭我應先知箭鏑爲錍爲矛爲鈹刀耶未可拔箭我應先知作箭鐵師如是姓如是名如是生爲長短麤細爲黑白不黑不白爲東方西方南方北方耶彼人竟不得知於其中閒而命終也若有愚癡人作如是念若世尊不爲我一向說世有常者我不從世尊學梵行彼愚癡人竟不得知於其中閒而命終也

— 『중아함경(中阿含經)』 전유경(箭喩經)

356 비팔선

내가 끝없는 삼천대천세계 중 남섬부주, 그 남섬부주 중 이 태양계, 그리고 그 태양계 중 지구, 다시 지구 가운데 한국이라는 헤아릴 수도 없는 극소의 모래알 속의 교만한 자들에게 인정받아, 그들의 '인가'를 얻기 위해서는 반드시 그들의 법칙과 규칙을 따라야 한다. 올바른 말을 하면 곧 묵살당하는 이곳에서는 역사적으로 똑같이 거짓말을 하도록 요구한다. 육신은 껍데기일 뿐이지 진정한 내가 아니라고 말하면, 그 말을 이해하려 하기보다는 육신이 나라고 주장하기 위한 근거와 변명을 찾아내는 곳으로 머리를 먼저 굴리는 청개구리들이다. 좋다. 따라줄 수 있지. 하지만 그들에게 비굴해져야 할 만큼 그 '인가'가 필요하지는 않다. 아무도 날 인정하지 않아도 좋다. 사이비라고, 외도라고 말해도 좋다. 내 안의 세계이니 말이다. 눈 감으면 색은 사라진다. 색은 진정 어디에 있던가.

외국인 노동자

그는 기름때에 절은 낡은 청바지를 입고 면 티셔츠 하나만 걸친 채
두 손을 맞잡고 두려운 눈으로 나를 보고 있었다

사시불공을 마치고 요사채로 내려가려는데 마당에 누가 서 있었다. 근처에서 일하는 외국인 같았다. 이 절 아래 동네에는 가구공장과 안전모공장이 있어 그곳에서 일하는 외국인 노동자들을 심심치 않게 보게 된다. 대부분 동남아시아나 서남아시아 부근의 사람들인데, 불교국가가 많아서인지 절에 찾아오는 노동자들도 꽤 있다. 오늘 온 사람도 스리랑카에서 왔다고 했다.

그는 기름때에 절은 낡은 청바지를 입고 면 티셔츠 하나만 걸친 채, 두 손을 맞잡고 두려운 눈으로 나를 보고 있었다. 인사를 하니 고개를 주억거리며 뭐라고 끙끙대는데 스리랑카 말인 것 같다. 그렇게 덥지도 않은 날씨인데도 땀을 흘리며, 계속 뭔가 중얼거리고 있는데 자기도 답답한가 보다. 그래서 영어를 할 줄 아느냐고 물었

더니 얼굴이 밝아지며 "Yes!"라고 크게 말한다. 자기는 한국에 온 지 두 달밖에 안 되서 한국어를 모른다고 영어로 말했다. 하지만 그 사람이 말하는 영어는 영어가 아닌 것 같았다. 스리랑카에서 배운 영어라서 그런지 대부분 알아들을 수가 없었다.

어쨌든 30분이 넘게 서서 들어본 결과를 정리해보니, 자기는 스리랑카에서 돈을 벌기 위해 두 달 전에 한국에 왔고, 안전모공장에 취직을 했다고 한다. 자기도 불교신자이고 부처님을 무척 좋아한다며 합장을 했다. 나는 법당으로 들어오라고 말했다. 그는 법당에 들어오더니 불단을 향해 삼배를 올렸다.

좌복을 주고 앉아 이것저것 물어보니 자기는 비자가 없는 불법체류자라며 지금 숨어 있는 것과 다름없다고 했다. 나이는 30대, 한국에서 월급을 타면 매달 집으로 송금하고 있단다. 그저 참배를 할 생각이었으면 법당에 들어왔을 텐데, 밖에서 불안하게 서 있던 것을 보니 할 얘기가 따로 있었던 것 같았다. 무슨 일로 찾아오셨냐고 물어보았다. 어제 일이 끝나고 방으로 돌아갔는데 친구를 통해 고향 소식을 들었다고 했다. 아버지의 부고였다. 그래서 비행기를 타고 집으로 돌아가려고 하는데 여비가 3만원 부족해서 도움을 청하는 것이었다. 비행기는 내일 오후 3시라고 했다.

그 말을 듣고 요사채에 가보니 어느새 무섭다며 도망와버린 공양주보살님이 있었다. 스님은 공부 중이시니까 뵐 수 없다고 말하고 보내라고 한다. 아마 스님께서 그렇게 시키셨나 보다. 나는 갑자기 혼란스러웠다. 그래서 우선은 법당으로 돌아갔다. 혼자 앉아 있는 그 사람에게 스님께서 공부 중이라 지금 당장은 뵐 수가 없으니 잠깐 기다리자고 했다. 매몰차게 가라고 말할 수가 없었다. 가족을 물어보니 지갑에서 가족사진을 꺼내 보여준다. 아버지와 어머니, 형과 자기가 있는 사진을 들고 설명을 하더니 곧 훌쩍거리고 울기 시작한다. 나는 내 방에서 지난 부처님오신날에 받았던 보시금 중에 남은 2만원과 껌통에 모아놓은 동전들을 다 가지고 나와 싸주었다. 그게 내 전 재산이라고 하니까 합장을 하며 운다. 아무리 기다려도 요사채에서는 소식이 없다. 그 사람은 나에게 스님을 제발 만나게 해달라며 몇 번이나 애원했다. 어쩔 수가 없어서 내일 떠나기 전에 다시 오라고 말해버렸다.

겨우 그를 돌려보내고 요사채로 올라갔다. 은사스님께서는 손님과 차를 마시고 계셨다. 상황을 말씀드리니 3만원이 아니라 30만원이라고 하신다. 그럴 수도 있겠다고 생각했다. 스님께서는 요즘 돈이 없다고 하시며, 문을 닫아버리셨다.

누가 잘했고 못했다고 말할 필요는 없다. 모두가 자기 세계에 살고 있다. 자기 믿음대로 판단하고 바라본다. 아버지가 돌아가신 슬픔이 정말로 있는 것[有]이라면, 은사스님께서도 나도 똑같이 그 사람처럼 슬퍼야 하지만, 그 감정은 결코 같을 수 없다. 나는 슬퍼하는 이를 향한 안타까움이었고, 스님께서는 불신과 무관심이었으며, 그 외국인 노동자는 비참함과 서러움이었다. 어떠한 생각이든지 그 생각을 하고 있는 자기에게만 실재하는 것처럼 실감 나는 것이다. 다른 이들에게는 TV 속의 영상과 소리처럼 단지 인정해주는 것에 불과하다.

그리고 더 근본적으로는 눈앞에는 색이요, 귀 앞에는 소리가 있는 듯하다 사라지고 만다는 사실이다. 꿈이라는 것이다. 아무리 큰 슬픔이 있어도, 나와 세상과 그 사이의 생각[識]을 인정한 후에야 비로소 슬프다느니, 견딜만하다느니 하는 말을 하게 된다. 사실 아무 일도 일어나지 않았다. 일어나는 듯하다가도 찰나를 견디지 못하고 사라지는 것이 이 세상이고, 내 생각이다. 일단 사라진 세상과 생각은 아무리 노력해도 기억에만 남았을 뿐, 다시 재생시킬 수 없다. 마치 흘러간 강물은 결코 되돌릴 수 없듯이, 인생은 일방통행인 것이다.

언젠가 스승님께 내가 여쭈어보았던 기억이 떠오른다.

"스님께서는 항상 이 모든 것이 찰나에 사라지는 것이요, 허공에서 비롯된 것이요, 또한 내 생각에만 존재하는 것이기에 진실한 것이 아니라고 말씀하십니다. 그리고 아무래도 아무렇지 않은 해탈의 마음을 언제나 전해주시려고 하십니다. 제가 배운 바대로 이 세상에는 본래부터 중생도, 번뇌도, 아무 일도 없는 열반이라면, 큰스님께서는 누구를 위해, 그리고 무엇을 위해 설법을 계속하십니까?"

당돌하고 버릇없는 질문이었다. 하지만 궁금했다. 스승님께서는 말씀하셨다.

"내가 만약 슬퍼하는 이를 보았다면 내 눈의 끝은 '슬퍼하는 이'가 되어버린 것이다. 내가 그를 향해 '슬퍼하는 이'라고 이름 붙일수 있는 것은 내 눈과 통해 하나가 되어 그 사람과 나의 눈 사이에서 환상처럼 생겨난 '슬픔'이라는 생각 때문이다. 마치 꼬리에 불이 붙으면 '불 붙은 꼬리'가 되듯이, 내 눈 끝에 슬퍼하는 이가 있다면 '슬픈 세상'에서 살고 있는 내가 된 것이다. 세상과 나는 둘이아니기 때문이다."

슬픈 이들이 내 앞에 있다면 나는 슬픈 세상에 살고 있는 것이다. 그때 당연히 내 기억은 슬픈 이들로 채워질 것이고, 기억이 내생을 만드니 곧 슬픔이 나의 내생을 만들게 되는 것이다. 따라서 나는 반드시 슬픈 세상에 태어나 슬퍼하게 될 것임이 분명하다. 그래서 스승님께서는 그들을 무시할 수 없으신가 보다. 아무리 "너희는죽지 않는 허공이다."라고 소리쳐 가르쳐줘도, "죽지 않으니 당당하게 살아라."라고 일깨워줘도 찬밥 한 덩이 던져주는 이 없는 이삭막하고 악한 세상에서 아무 조건도 없이, 아무 대가도 없이 전법을 행하시는 스승님의 가슴이 떠오른다.

어쩌면 스승이란 가장 외로운 자리일지도 모른다. 가장 아프고, 가장 슬프고, 가장 절실하면서도 아무에게도 위로받지 못하는 가장높은 곳.

근거와 이치를 설명하며 죽지 않는다고 말하는 것을 듣고도 정작 자기가 죽는 것을 가장 두려워하면서 "왜 내가 죽지 않느냐, 나는 반드시 죽는다."라고 끝까지 우겨대고 싶어 하는 중생의 습성은 고쳐줄 방법이 없다. 미친 이에게 약을 먹이려고 하지만, 미친 이는 절대 약을 먹으려 하지 않는다. 왜냐하면 미쳤기 때문이다. 이것을 어떻게 해결할 것인가. 약을 먹지 않으면 미친 채 고통 받고, 고통을 없애주기 위해 약을 주려고 하면 미쳤기 때문에 먹지 않으려 하는 것이다.

사람을 죽이고 건물과 차를 폭발시키는, 내 인생에 아무런 이익도 없는 영화 한 편에는 두 시간에 만 원씩 던지며 온 국민의 절반이 모여들곤 한다. 하지만 바로 나를 위해, 나의 내생을 위해, 아상을 버리고 중생을 위해 설법하시는 스승님께 와서 지갑 속의 천 원짜리와 만 원짜리 지폐 사이를 오가며 복전함 앞에서 갈등하는 것이다. 이 얼마나 우스운 일인가.

더욱이 이제는 진실로 나의 보시를 아름답게 승화시켜 줄 깨달은 스승도 찾기 힘들다. 복전함에 들어간 나의 만 원짜리 지폐가 어디에 쓰이는지 생각하지 않는 것이 좋은 이유는 스님들을 위해서가 아니라, 그 내용을 알고는 치받혀 올라올 자신의 분노에 무너지지 않기 위해서다.

20만 원에서 100만 원을 호가하는 '중급(中級)' 90g짜리 보이차(茶) 한 통이, 장사에 이력이 난 갑부와 재벌이 아닌, 평생을 맨발에 빈 발우를 들고 누더기를 걸친 채 설법하신 석가모니 부처님의 제자들에게 팔린다는 사실을 알면 땅을 치며 통곡하는 것밖에는 도리가 없다.

　이제는 피어날 만다라화의 씨앗이 사라졌으며, 만다라화가 피어
날 땅조차 썩어버렸다. 그저 일부의 스님들의 행태일 뿐, 아직도 올
바르게 공부하는 푸른 눈의 납자들이 많이 있을 것이라는 생각은
정말 모르고도 모르는 먼 나라 얘기다. 오늘은 사진을 쥐고 눈물 흘
리는 외국인 노동자의 떨리는 손에 물든 생사의 비참함과, 돈이 없
다며 일제(日製) 찻잔을 기울이는 스님의 풀 먹인 적삼 자락에서 석
가모니 부처님의 위대함을 보았다.

귀 움직이기

스님, 귀 움직일 줄 아세요?
얼마 전 저녁공양을 하다가 거사님 한 분이 내게 물었다
나는 대답 대신 귀를 쫑긋거려 보았다

"스님, 귀 움직일 줄 아세요?"

얼마 전 저녁공양을 하다가 거사님 한 분이 내게 물었다. 나는 대답 대신 귀를 쫑긋거려 보았다. 곁에 있던 스님들도 따라 하였지만 움직이지 못하는 분도 있었다. 귀가 따로 움직이는 사람은 아직 진화가 덜 된 것이라는 말을 어디선가 들은 적이 있다. 물론 농담 섞인 말이겠지만, 제 손이 닿지 않는 포도는 신 포도라고 말하는 여우의 심술궂은 마음도 엿보인다.

사실 전혀 중요하지 않다고도 할 수 있는 귀 움직이는 법을 알려 주고 싶어졌다. 온 대중이 저녁 밥상 앞에서 서로 마주 보며 귀를 쫑긋거리는 모습을 상상하니 재밌어졌다. 하지만 어떻게 가르쳐 줘야 하지? 방법을 생각하려고 노력할수록 아득해졌다. 움직이는 것

을 어떻게 움직인다고 말해야 할까? 왜 움직인다고 말해야 할까? 손가락 하나 접는 작은 움직임도 나는 설명할 수 없다. 손가락을 한 번도 움직인 적 없던 누군가가 나에게 '어떻게 해야 손가락을 구부릴 수 있습니까?' 라고 묻는다면 나는 손가락을 움직여 보이며 '이렇게' 라는 말 외에는 설명할 방법이 없다.

나는 내 몸이면서도 그것에 대해 알고 있는 것이 거의 없다. 아니, 전혀 모른다고 해야 옳은 것 같다. 눈을 깜박이는 것조차 남에게 설명할 줄 모른다. 그저 보여줄 뿐이다. 그리고 따라할 뿐이다.

중고등학교에서는 두뇌가 신체 각 부분에 명령을 내리기 때문에 운동이 일어난다고 가르쳐준다. 하지만 나는 단 한 번도 나의 두뇌가 내 팔과 다리에 '움직여라.' 라고 명령을 내리는 순간을 보지도 듣지도 못했다. 그전에 나의 두뇌가 존재한다고 스스로 인식해본 적도 없다. 내가 느끼지 못하는 내 안의 제3자가 내 몸에 명령을 내린다고? 이해할 수 없다. 그렇다면 그 명령의 배후에서 다시 그 명령을 내리도록 지시하는 이는 누구인가?

나아가 나는 더욱 어려운 문제에 봉착하게 되었다. 일어서고 앉고, 걷고, 말하는 모든 행동들은 내 기억을 바탕으로 하고 있음이 분명하다. 앉았다는 기억을 하지 못하면 일어설 수 없다. 전에 일어선 기억이 없다면 이제 걸음마를 새로 배워야 한다. 그것은 자전거를 못 탄다는 말이 자전거를 탈 줄 아는 기억이 없다는 말을 의미하는 것과 같다. 또한 엄마의 입술을 만지며 배웠던 단어와 감정, 지식들을 배제하면 나의 언어생활도 없다. 그렇다면 나의 삶을 자유롭게 드러나게 하는 것은 기억의 힘이고 다시 거두어 돌아가는 곳 역시 기억의 자리임이 분명한 것이다. 이렇게 다시 내가 부딪친 문제란, 기억을 떠올리는 일이 숨 쉬는 것보다 쉽고 가볍고 빠르지만, 역시 그 방법을 알 수 없다는 것이다. 과연 마음속의 어떤 버튼을 누르기에 부모님의 모습을 떠올리고 그리워할 수 있는가. 이것은 연필이고 저것은 지우개라고 기억해내는 것은 어떤 마법사의 주문인가.

고등학교 졸업식을 떠올려보라. 친구들과 선생님을 기억해보라. 눈을 살짝 치켜뜨고 내 마음속 어둠의 어딘가를 바라보기만 해도 그때의 교정이, 교복이, 선생님과 친구들이 다시 생명을 가지고 태어난다.

내 행동도, 기억도, 그 사이에 마음속에서 수없이 생겨나고 사라지는 한 조각의 생각마저도 나는 그 누구에게 설명할 수도, 보여줄 수도, 가르쳐줄 수도 없다. 마치 자동차를 타고 달리고 있지만, 내가 타고 있는 것의 이름이 무엇인지, 모습이 어떠한지, 무게가 얼마며, 연료는 무엇인지, 어떻게 가속하고 멈추는 것인지 아무것도 모르는 것처럼 말이다.

삶이란 오직 나의 세계인가 보다. 다행인지 불행인지 나는 단 한 순간도 '나'라는 것을 벗어나 살아본 적이 없다. 남이 될 수 없었다. 아무리 타인을 잘 알고 이해한다고 해도 내 눈을 보고 내 기억으로서 판단하고 내 깜냥으로 이해하는 것이다.

　남도 마찬가지다. 그 사람 역시 오직 '나' 라는 세계 속에서만 존재한다. 그 세계의 극히 일부분도 다른 사람에게 설명하지 못하면서 말이다. 표현할 수 있는 그 어떤 수단도 거부하면서, 일체를 표현하는 '이놈.' 아, 도대체 이놈은 무언가. 알 수 없다. 정말 알 수 없다.

배운 것, 그리고 배우지 못한 것

촛대의 초가 짧아지고 다시 길어지고 다시 짧아지는 것을 보며 멍청히도
시간이라는 것에 대해 무뎌지곤 하는 것이다

벌써 날씨가 더워졌다. 별이 반짝이는 새벽에 더듬거리며 다기 물을 떠올리는 데 걸리는 시간이 점점 짧아지는 것을 보니 내가 이곳에 머물렀던 시간들이 결코 적지 않다는 생각이 든다. 아직도 자고 있을 세상 사람들을 생각하며 법당의 불을 켜고, 초와 향을 올릴 때마다 하루하루가 정말 신속하게 지나가버린다는 것을 실감한다. 촛대의 초가 짧아지고 다시 길어지고 다시 짧아지는 것을 보며 멍청히도 시간이라는 것에 대해 무뎌지곤 하는 것이다. 하지만 날로 두꺼워지는 일기장과, 보지 않고도 척척 쌓아올리는 과일과, 이제는 익숙해져버린 행자복을 볼 때마다 이렇게 기뻐지는 것은 무얼까. 그것은 아마도 내 마음속에 이곳을 떠나 다시 돌아갈 '나의 스승님'이 계시다는 믿음 때문일 것이다.

그동안 무얼 배웠나. 먼저 남의 잘못을 들추지 말라는 말씀을 배웠다. 다른 스님들이야 어떻게 살든 나만 잘하고, 나만 잘 먹고, 나만 존경받으면 된다고 배웠고, 아무리 못된 놈을 봐도 모르는 척 신경 쓰지 말라고 배웠다.

또 밥 먹을 때 말하지 말라고 배웠고, 수저를 집을 때 소리 내지 말라고 배웠으며, 두리번거리며 먹거나 소리 내어 음식을 씹지 말라고 배웠다. 발우를 묶을 때에는 항상 오른쪽 끈이 위로 올라가야 하고, 전발(展鉢)[36]할 때에는 꼭 양손 엄지를 사용해야 한다고 배웠다. 또 잘 때도 언제든지 다시 일어나 바로 일할 수 있도록 행자복을 입고 행전[37]까지 모두 치고 자야 한다고 배웠고, 머리는 2주에 한 번씩 면도칼을 이용해 깎아야 한다고 배웠다. 제사 지내기 전에는 그 음식을 먹어서는 안 되고, 사과나 배는 꼭지가 아래로 향하게 쌓아올려야 하며, 반드시 부침은 영가 왼쪽에, 나물은 오른쪽에 놓아야 한다고 배웠다. 중단 「반야심경」이 끝나기 전에 잿밥이 올라와야 하고, 수위안좌진언(受位安座眞言)을 외울 때 국을 내리고

---

[36] 스님들이 발우공양을 할 때 묶었던 발우를 펴는 것을 말한다. 묶는 것은 수발(收鉢).

[37] 바지나 고의를 입을 때 정강이에 감아 무릎 아래 매는 물건. 반듯한 형겊으로 소맷부리처럼 만들고 위쪽에 끈을 두 개 달아서 돌라매게 되어 있다.

숭늉을 올려 밥을 세 번 덜어내고 젓가락과 숟가락을 모아 그릇에 담아야 한다고 배웠다.

어두워지기 전에 쪽문을 닫고 공양실 외등을 켜야 하고, 자기 전에 모든 창문과 출입문을 잠그고 소등하라고 배웠다. 공양실에서 공양 준비를 할 때 수저에 그려져 있는 꽃이 빨간 것은 은사스님 수저고, 파란 것은 사형스님 수저라고 배웠으며, 밥 먹고 "잘 먹었습니다." 하고 인사하는 것은 속인(俗人)들이나 하는 짓이니 중은 합장만 하면 되는 것이라 배웠다. 공양주보살님에게는 너무 잘해주지 말고 뭘 사다주지도 말며, 절에 찾아오는 신도들 앞에서는 신심(信心)이 떨어지니 화장실 가는 모습도 보여주지 말라고 배웠다.

은사스님의 차는 일주일에 한 번 왁스칠을 하여 세차해야 하고, 스님께서 출타하셨을 때에는 차고의 자물쇠를 풀어놓고 문을 한 뼘 정도 열어놓아야 한다고 배웠다. 스님의 골프장 예약은 항상 일주일 전에 마쳐놓아야 하고, 스님께서 목욕탕에 가셨을 때에만 스님 방과 지대방 청소를 해야 한다고 배웠다.

이것 외에도 너무 많은 것을 배웠기 때문에 일일이 적을 수는 없지만, 내가 스님들 눈에 거스르지 않을 만큼 바뀐 것은 사실이다. 하지만 내 마음이 보이지 않아도 너무나 위대하고, 그래서 죽지 않는다는 말씀은 단 한 번도 듣지 못했으며, 더 깊은 얘기가 있다는 말은 많이 들었어도 그 깊은 얘기가 어떤 것인지, 부처님 말씀에 깊고 얕은 말씀이 있는 것인지에 대해서는 한 번도 듣지 못했다. 부처님께서 깨달으신 열반이 나와 무슨 상관이 있는지, 매 순간을 어떻게 살아가야 부처님의 법을 따르는 제자의 모습인지에 대해서 역시 배우지 못했다.

아무리 이곳이 편하고 풍요롭다고 하더라도 나는 여기에서 머물수 없다. 내가 이 안일하고 반복적인 일상에 물들고 있음이 느껴질 때마다 몸서리가 쳐진다. 가슴을 째면 참고 참았던 괴로움의 신음들과 무명의 비명이 뿜어져 나와 온 세상을 울릴 것 같이 간절했던 초심을 찾아볼 수 없는 내 자신이 두려워지곤 한다.

나는 이 길 외에 행복이 있으리라 확신할 수 없고, 불도를 모르고 살아갈 자신이 없다. 불도를 모르면 반드시 죽게 되고, 자신의 죽음을 당연하게 믿어버리는 순간부터는 살기 위한 전쟁을 피할 수 없기 때문이다. 내가 성공하기 위해서는 상대를 죽여야 하고, 나에게 짓밟히는 그가 친구가 되었든 친척이 되었든 그 이름은 나중 일이 되어 버리는 잔인한 독에 취하게 되기 마련이다. 버릴 수도, 그렇다고 내가 원하는 길로 안아 이끌 수도 없는 자식들이 생겨나고, 영원히 내 마음과 같을 줄 알았던 아내가 날로 독해지고 짜증스러워질 때 나는 무너지고 말 것이다. 그것이 인생이라면 인생은 하루 빨리 때려치워야 할 매일매일 밑지는 장사다.

불도를 외면한 채 행복할 수 있는 길이 없다는 것은 잘 알고 있다. 다행이고 또 다행이다. 어찌되었든, 내가 깨닫든 못 깨닫든, 온 우주를 꿰뚫든 못 꿰뚫든, 나에게는 불도의 씨앗이 심겨졌다. 그리고 죽지 않는 마음이라는 것이 곧 나임을 알았다. 그래서 행복하다. 감사하다. 언젠가는 더 크게 느끼겠지. 지금은 다만 순간순간에 최선을 다할 뿐이다. 그것이 지금 내가 할 수 있는 전부이기 때문이다.

은사스님의 여행

떠나는 이의 분주함은 머무는 이에겐 즐거운 구경거리다

내일이면 은사스님께서 중국으로 여행을 떠나신다. 스님과 동행하기로 한 17명의 선발된 모범신도들은 모두가 각자 자부심에 짐을 꾸리느라 무척이나 바쁜가 보다. 나름대로 듣고 기억한 중국에 대한 근거 없는 말들로 티격태격하며 서로 내 말 좀 들어보라고 난리다. 떠나는 이의 분주함은 머무는 이에겐 즐거운 구경거리다.

은사스님께서도 마음이 들뜨셨다. 소풍을 하루 남긴 어린아이처럼 방에서 무언가를 부스럭거리며 챙기는 모습을 보고 공양주보살님과 나는 뒤에서 웃고만 있었다. 아무도 모르는 나만의 물건을 챙겨가 도착한 다음 '짠!' 하며 자랑하고 싶은, 기대에 가득 찬 손길이다. 얼마 전 구입하셨던 디지털 캠코더가 당연히 1순위 준비물이었다. 손에 캠코더를 들고 잠시도 한자리에 앉아 계시질 못할 스님의 모습이 눈에 선하다.

중국에 가면 뭐도 있고, 뭐도 있고…. 맞다. 여기에서 볼 수 없었던 것들을 구경하기 위해 가는 거지. 사람들은 자신들이 알지 못하는 것, 보지 못한 대상에 대해 무척이나 궁금해 하고 알고자 한다. 그건 새로운 기억을 하나라도 더 쌓고 싶어 하는 것이고, 마치 물방울들이 서로를 끌어당겨 하나가 되려고 하는 것과 같다. 한순간도 멈춰져 있지 않은 자신임을 자각하지는 못하지만, 그 원리에 대해서는 예외 없이 인정하고 따른다. 자신의 손에 들려 있는 것이 삽인 줄은 모르지만 열심히 땅을 파는 것과 같다. 보통은 그것을 모르기 때문에 물에다 삽질을 하며 뜻대로 되지 않음에 슬퍼하기도 하지만 말이다.

나는 중국을 가본 적이 없지만 중국에 무엇이 있는지 안다. TV를 보지 않아도, 신문, 책을 보지 않아도 알 수 있다. 심지어 중국인도 알아채지 못했던 모든 것까지도 알 수 있다. 석가모니 부처님께서 나에게 가르쳐주셨기 때문이다.

중국 어디를 가도, 중국이 아니라 전 세계, 아니 육도윤회 하는 모든 세계를 가도, 그리고 나의 꿈속을 가도 그곳에는 색깔이 있다. 소리가 있다. 냄새와 맛이 있으며 감촉과 그만의 의미가 있다. 그 여섯 가지의 절묘한 조합이 '자금성'이 되고 '만리장성'이 되며 처음 먹어보는 역겨운 향료의 음식이 되기도 하는 것이다.

나아가 우리는 그 중 어느 하나도 가질 수 없다는 것까지도 알고 있다. 그래서 사람들은 조금이나마 그 여섯 가지의 환상을 붙잡고 싶은 욕심에 기념품을 사고, 은사스님과 같이 사진과 영상을 남기고자 노력한다. 스승님께서 말씀하셨듯이 지옥에 가도 진근식이며, 천상도, 그리고 내가 느끼는 지금 여기도 마찬가지다. 지옥과 천상이 따로 있어서가 아니라 바로 이 글을 쓰는 찰나가 지옥과 천상을 모두 안고 있기 때문이다. 그것을 깨닫지 못하고 있다면 지옥에서 반드시 고통 받게 될 것이니 지옥의 모든 세상이 환상인지 알지 못한 견해이기 때문이다.

근(根,감각)은 허공과 같아 영원히 무너지지 않는다고 했다. 하지만 비록 음식으로 만들어진 제2의 오근(五根)[38]이라 할지라도 이곳의 인연을 따르는 그 감각들이 망가지지 않게 조심히 다뤄서 부처님의 가르침을 듣고 볼 수 있는 인간의 눈과 귀를 가지고 있어야 하는 것이다. 파리도 눈을 가지고 있고, 개도 인간보다 더 훌륭한 청력의 귀를 가지고 있지만 도를 닦을 수 있는 감각은 오직 인간뿐이기 때문이다.

은사스님께서는 중국에서 돌아오신 다음 나에게 분명히 색깔에 대해 말씀하실 것이고, 소리에 대해, 냄새에 대해, 맛에 대해, 감촉

주38) 제2의 오근은 육신에 있는 눈, 코, 귀, 혀, 피부를 말한다. 제1의 오근은 당연히 꿈속의 세상을 느끼는 마음의 눈, 코, 귀, 혀, 피부를 말함이다.

376 베짱선

과 뜻에 대해 말씀하실 것이다. 아무리 특별한 것을 말씀하셔도 그것을 벗어날 수 없다. 그리고 돌아오신 후에는 하나도 남아 있지 않은 그것들에 더 특별한 의미를 두어 자랑하실 것이다. 나는 그것을 알고 있다.

수지독송하면 정말 복을?

사람들은 큰 거짓말일수록 잘 믿는다

오전에 지장재가 있었다. 어젯밤에 도각사에서 보내주신 「무상게」 테이프 속에서 "단지 경전을 읽는 소리에 천도의 힘이 있다면 뭐하러 절에 오느냐. 집에서 혼자 제사지내지."라고 웃으시던 스승님의 목소리를 채 잊기도 전에 은사스님께서 신도들에게 말씀하셨다. "이 경은 소리 내서 읽기만 해도 영가가 천도되고 해탈하는 겁니다. 자손들은 모든 사업이 잘 되고, 몸에 병이 없이 건강하게 잘 사는 거라고요. 좋죠? 크게 읽어야 영가님이 듣는 거예요."

하긴 불경에 나와 있다. 수지독송(受持讀誦). 수지(受持). 받아들이고 지닌다. 매 순간 내가 깨어 있다는 조건 하에서 나는 끊임없이 수지하고 있다. 받아들이고 기억하는 것이다. 이 흐름(經)을 인식하고 기억하기에(受持) '흐른다.'라는 세월의 이름을 느낄 수 있게 되었다. 그러나 '지금'이라는 단 한 찰나의 도화지 위에 그림을 그리지만 화가와 물감의 재료가 다르듯이, 인생이라는 작품은 모두 같은 모습일 수 없다. 개미는 개미로서 세상을 읽어내고, 사람은 사람으로, 부처님은 부처님의 견해로서 세상을 읽고 있는 것이다. 실제로 마음에는 개미나 사람이나 부처님이라고 말할 수 있는 어떤 모양도 나뉘어 있지 않지만 말이다. 결국은 자기가 믿고 있는 정체성 그대로가 자기가 되는 것이다.

이렇게 수지 즉, 읽혀진 세상이라는 이름은 모두가 내게 외워져 깊은 믿음으로 남는다. 불은 뜨겁다. 밥은 음식이다. 교회는 싫고 절이 좋다 등등. 그 사연이 무엇이 되었든 자신의 사유를 통해 얻어진 결론은 곧 나만의 진리가 된다. 그것에 대해 의심하는 일은 결코 없으며 타인에 의해 그 믿음이 흔들릴 때 우리는 자존심의 상처를 입는다고 말한다. "나는 사람이다."라는 결론에 대해 의심해본 사람이 온 세계에 몇이나 될 것인가. 이것이 독송(讀誦)이다. 노력하지 않아도, 배우지 않아도 세상의 모든 마음들은 하나같이 '이 경(經)을 수지독송(受持讀誦)'하고 있다. 바로 이 경. 시경(是經)을, 차경(此經)을 말이다. 그리고 동시에 수지독송하기에 이 경이라고 이름 붙일 수 있는 자신만의 인생이 만들어지는 것이다.

이 수지독송을 '소리 내어 읽고 외우는 것'이라고 해석하는 것이 해동불교의 현주소이다. 마치 속 썩이는 아들 녀석에게 어머니가

"내 가슴이 찢어진다."라고 말하자 아들놈이 찢어진 어머니의 가슴을 치료하기 위해 외과 의사를 찾는 것과 같다. 자기의 어리석음을 발견하려 하기 전에 남들이 마구 떠벌려 놓은 근거도 이치도 없는 풍문은 어찌도 그렇게 잘 믿는지. 누구나 '나는 죽는다.' 라는 엄청난 거짓말을 맹신하고 있지 않은가.

히틀러가 말했다. "사람들은 큰 거짓말일수록 잘 믿는다."

죽음에는 예의가 없다

내가 눈감아주고 허락하던 무명만큼
정확히 그만큼 나는 비굴해지고 슬퍼지리라는 것을 안다
그럴 순 없다 절대 그럴 순 없다

오후에 손님이 한 분 오셨다. 서울 근교에서 20여 년 전부터 내과 병원을 열어 돈을 무척이나 많이 벌어들인-사람들의 표현은 항상 이런 식이다-의사라고 한다. 이 절에 계신 공양주보살님도 병원에 입원해 그 의사에게 진료를 받은 적이 있다고 했다. 하지만 지금은 타인의 병을 고쳐주는 의사인 그가 심근경색, 뇌졸중 등 이름만 들어도 왠지 무서워해야 할 것 같은 병들에 걸려 오른쪽 뇌를 병원 냉장고에 꺼내놓았다고 했다. 그래서 왼손을 전혀 사용하지 못하고 정신도 가끔 온전치 못한 모습을 보인다. 가만히 지켜보면 뭐든지 참견하고 싶어 하는 마음에 세상을 무척이나 궁금해 해서, 소싯적에는 이곳저곳 많이도 돌아다녔을 성 싶다. 이곳에서는 이틀을 지내다 간다고 한다. 서울에 있는 집이 이사를 하는 바람에 그동안 불편하지 않게 절에 있겠다고 하여 딸이 모시고 왔다.

나이 50도 안 되어 새하얗게 세어버린 머리카락에는 그동안 그가 악물었던 고통들이 스며 있었다. 시간이 지나며 굳어질 '나' 라는 모습이 청정한 정신이 아닌, 거울에 비춰지는 몸뚱이라면 죽음은 결코 피할 수 없는 인생의 숙적이다. 절대로 예외일 수 없다. 세상을 알아가면 알아갈수록 가장 급하고 중요한 공부가 무엇인지 알 것 같다. 죽음에게는 '예의(禮儀)' 라는 것이 없어서 위아래를 몰라본다. 어른부터, 노인부터가 아니라 '누구든지' 이다. 무자비하고 냉혹하여 변명도 사정도 필요 없다. 끌고 가는 그대로 끌려갈 뿐이다.

솔직히 오늘 오신 병자 앞에서 나는 그리 당당하지 못한 내 모습을 발견했다. 적어도 '지금' 이라는 이 순간을 바라보는 눈에 있어, 나는 그보다 간절하고 긴박하지 않았다. 그가 살고자 노력했던 열정만큼 나는 간절히 공부하지 않았다. 내가 눈감아주고 허락하던 무명만큼, 정확히 그만큼 나는 비굴해지고 슬퍼지리라는 것을 안다. 그럴 순 없다. 절대 그럴 순 없다.

자비와 사랑

불이 성인인가 물이 성인인가
왼손이 성인인가 아니면 오른손이 성인인가
나는 그 전부다 그 자체다 그 살이다

 책을 읽다가 발견한 자비의 해석. 옮겨본다.

자(慈)-maitri, '벗'이라는 의미의 mitra에서 전성된 추상명사

비(悲)-karuna, 원뜻은 '탄식'

자비가 다른 종교의 이상인 사랑과 다른 점은, 어떤 경우에도 중생을 버리는 일이 없고, 따라서 증오가 수반되지 않는다는 점이다. 기독교의 사랑은 그것이 아무리 큰 것이라고 해도, 이를 끝내 거역·배반했을 때는 '영원한 죽음'이라는 벌이 따른다. 그것은 심판이라는 조건이 붙은 사랑이다. 이는 조물주를 전제하는 이상 불가피한 일일 것이다. 그러나 불교의 자비는 무한정 계속되는 것이라

그것이 대자(大慈)·대비(大悲)라고 불리는 까닭이 여기에 있다.

아니다. 기독교도 아가페를 말하고 원수를 사랑하라고 가르친다. 단지 그 사랑의 대상이 타 종교인이 되었을 때는 얘기가 달라지지만 말이다. 스님들도 마찬가지다. 자비가 무한정 계속되는 사랑이라는 말에는 큰 함정이 있는지도 모른다. 길을 걷다 마주치는 몇 안 되는 성직자들을 붙잡고 물어보라. "내가 당신을 때려도 무한정 계속되는 사랑으로 나를 바라보실 겁니까?" "네."라고 대답하면 이유도 없이 얻어맞기 위해 종교에 귀의한 바보요, "아니요."라고 대답한다면 그것은 복수를 다짐하는 사랑이다.

반푼이가 되라고 강요하는 종교는 공중화장실에 붙어 있는 색바랜 '오늘의 명언' 그 이상도 이하도 아니다. 허공은 웅크리고 겨울을 나던 씨앗을 달래 싹을 틔우고 꽃을 피우게도 하지만, 여름철 수천 명의 수재민을 만드는 파괴의 장본인이기도 하다. 태양을 만들어 만물을 길러내기도 하지만 암흑을 통해 그들에게 휴식을 제공하기도 한다. 보이지도 않는 허공으로 남기도 하고, 변화무쌍한 대지를 키워내기도 하는 것이다.

왜 반푼이 바보를 성인의 표본으로 삼는가. 불이 성인인가, 물이 성인인가. 왼손이 성인인가, 아니면 오른손이 성인인가. 나는 그 전부다. 그 자체다. 그 살[체]이다.

60억 분의 1로 자기를 축소시킨 소인배는 결국 온 우주에 닿아 있던 허공을 한 평 남짓한 잔디밭에 묻고 떠난다. '이것[是]이 나로구나.' 하는 생각도 도적이라 했건만, 구만 리(里) 떨어진 짚더미를 나로 삼듯이 몸뚱이가 아까워지는 비참함은 가장 두려운 마구니요, 악마다. 그것은 바로 나라는 생각[我相]이다.

다행입니다

너는 이렇게 아름다운 존재다. 맞지?
네. 맞습니다 행복합니다 가르쳐 주셔서 감사합니다
이렇게 물을 이도 대답할 이도 아직 보지 못했다

저녁공양을 하기 전에 사형스님께서 오셨다. 저번 주
에 은사스님과 다투신 후 휙 떠나버리셔서 돌아오실지 궁
금했는데, 결국은 다시 오게 되었다. 하지만 아직 은사스님 뵙기가
어색했는지 스님께서 다음 주 월요일 오후에 입국하신다고 하니 점
심공양만 하고 가겠다고 하셨다. 요즘 사형스님은 상당히 불안하
다. 특히 나를 바라보는 눈에 자신이 없다. 아니, 잘 바라보질 못한
다. 하루에 서로 두세 마디 하는데도, 그마저 다른 곳을 보며 말한
다. 내가 잘못한 것도 없고, 사형스님도 나에게 실수하신 것이 없는
데도 나를 어려워하신다. 부자연스럽다. 호탕하게 웃으면서 서로
장난칠 수 있는 사형이 한 분 있었으면 했는데, 욕심이었나 보다.
아직은 내가 하는 말, 행동, 눈빛을 이해하기보다는 나 자체가 어려

운가 보다. 가끔씩 자기의 기준에 벗어나는 내 모습을 보았을 때, 자신 있고, 짐짓 진지한 얼굴로 나에게 충고를 하지만, 몇 마디 하지 못하고는 또 밑도 끝도 없는 얘기 속으로 빠져버린다.

자신을 적나라하게 발가벗겨 드러내야 할 종교인들이 그렇지 않은 사람들보다 더 큰 비밀과 안일한 사생활을 안고 살고 있는 요즘이다. 알면서 하지 않는 그들은 모르는 이들에게 할 말이 없어야 하지만, 그 앎이 마치 자신의 뱃속에서 나온 것인 양 자신의 전유물로 미화시켜 특권을 누린다. 가장 당당해야 할 이들이 가장 은밀한 나만의 생활을 가지고 침해받지 않길 원하며, 좋은 말을 해준다는 핑계로 다른 사람들의 깊은 상처와 과거를 듣고 밝혀내길 좋아하면서 오히려 스스로의 아픔은 숨긴다. 더욱이 종교인 자신의 아픔과 불안함을 자각시켜주는 존재가 나타날 때, 그를 선각자가 아닌 원리주의자나 심지어 정신병자로 매도하는 그들이다.

"너는 이렇게 아름다운 존재다. 맞지?"

"네. 맞습니다. 행복합니다. 가르쳐 주셔서 감사합니다."

이렇게 물을 이도, 대답할 이도 아직 보지 못했다. 스스로의 기억을 '나'로 삼는 이치로 인해 깨달음을 얻어 수승한 견해를 가질 수도 있지만, 역으로 어떠한 모습으로서의 상(相)을 세워 진실로 가슴 저린 금구성언(金口聖言)을 어리석게도 놓쳐버리는 것이다. 나에게 그러한 상(相)을 뭉개버리게 해주신 스승님과 다른 스님들께 진정 감사의 삼배를 올린다. 어른들의 말씀이 당시에는 틀린 말이라고 생각되더라도 무조건 듣고 따르도록 회초리를 들으시고, 결국에는 그 분들의 선견지명이 옳았다는 것을 확인할 수 있도록 자상한 충고와 증명을 아끼지 않으셨던 그 스님들의 교육이 없었다면, 나는 아마 시대의 이름뿐인 수행자가 되어 헤매고 있을 것이 분명하다.

앞으로 어떤 모습으로, 그리고 어떤 향기로 남아야 할 것인가에 대한 나만의 모래탑을 쌓고 있을 때, 밀려오는 불안과 두려움이 없는 것은 아니다. 어른들의 간절하신 눈물과 이 세상이 뱉어내는 추악한 가래침, 그 둘 사이의 협곡이 너무나도 깊다는 것을 느낄 때면 나도 모르게 그 모든 것이 꿈이라는 사실을 망각하고 만다. 꿈속인데 아무려면 어떠랴. 내가 왕인데 말이다.

시간이 지날수록 스승님께서 우리들을 이끌어 이 자리까지 이르게 하신 그 힘이 놀라울 따름이다. 내가 내 주위 사람들을 어리석고 안타깝게 느끼듯이, 스승님께서는 훨씬 더 한심해 보이셨을 텐데…. 하지만 이러쿵저러쿵 입으로만 나불댈 수밖에 없는 것은 아직 한눈에 우주를 꿰뚫을 수 있는 지혜가 없는 미혹한 내 깨달음의 과오다.

화는 어디에서 오는가?

마음이라는 것이 찰나에 사라져 과거로 지나가버리는 것이라면
그것을 따라 생겼던 죄라는 것도 사실은 존재하는 것이 아니다

아침에 사형스님과 『계초심학입문』 공부에 관한 대화를 하다가 '죄'에 대한 애기가 나왔다. 스님은 화내는 마음이 남 때문에 있는 것이냐, 아니면 자기 때문에 있는 것이냐고 내게 물었다. "일반적으로 생각하길 화는 남 때문에 생겨나는 것이라고 하겠지만, 모두 나 때문에 생겨난다." 이것이 스님이 내게 바라는 대답이고 견해이며, 오늘날 불교의 수준이다. 내가 어떤 공부를 하고 어떤 눈으로 세상을 바라보고 있는지 알지 못하는 사형스님에게 "죄는 남에서 생기는 것도 아니고, 나에게서 생기는 것도 아닙니다. 나와 남이라는 생각 그 중간에서 생겨나는 것입니다. 하지만 마음이라는 것이 찰나에 사라져 과거로 지나가버리는 것이라면 그것을 따라 생겼던 죄라는 것도 사실은 존재하는 것이 아니라고 『천수

경」에 나와 있습니다(罪無自性從心起 心若滅時罪亦亡 罪亡心滅兩 具空 是則名爲眞懺悔)."라고 말해 버렸다. 그러자 스님은 "이상하 게 생각하지 마. 화는 나 때문에 생기는 거야. 네가 어디서 그런 말 을 들었는지 모르겠지만 괜히 이상한 걸 배우면 안 돼."

'이상한' 이라는 그 말 바로 앞에 사형스님이 스승님을 떠올린 것 을 알고 있다. 그리고 저 녀석은 그 스님의 제자였고 지금도 맹목적 으로 따르고 있다고 생각하는 것을 안다. 또 내가 드리는 말씀이 곧 스승님의 말씀을 듣는 것 같아 내 말에 대한 설명이나 이유를 듣기 싫어한다는 것도 안다. 단지 이 사바세계의 아무것도 모르는 많은 중생들이 말하는 동분망견(同分妄見)[39]으로 얼렁뚱땅 밀어붙이려 는 마음도 알고 있다.

적어도, 아무리 고집불통이라도 "왜?"냐고 되물을 줄 알았다. 이 유를 들어봐야 무엇이 잘못됐는지 설명이라도 할 것 아닌가. 말도 되지 않는 그런 외도의 말을 어디서 들었느냐고, 하다못해 그런 말 씀이라도 하실 줄 알았다.

화가 나에게서 나온다면 나를 화나게 만드는 남이 없어도 나는

주39)
중생이 참된 성품을 잃어버리고, 모든 허망한 경계에 대하여 다 같이 괴로 움과 즐거움을 받는 것을 말한다. 다시 말해, '태양이 지구 주위를 돈다.' 라고 믿는 사람이 상대적으로 월등히 많고 그 내용을 유년기부터 교육받으며 또, 오 래된 책에 그렇게 쓰여 있다면 우리는 단 한 번의 의심도 없이 그것을 무조건 믿어버리는 것과 같다. 그리고는 그것을 부정하는 사람을 오히려 비난하는 어 리석음. 부처님께서 말씀하시는 가장 큰 동분망견은 바로 '죽음' 이라는 중생들 의 상식이었다.

평생 혼자서 화만 내고 살아야 한다. 또 남에게서 온다면 잠들었을 때라도 원수가 잠든 내 앞에 나타나면 벌떡 일어나 화내야 하고, 죽은 다음에도 계속 화가 나 있어야 한다. 하지만 이상하게도 꼭 남과 내가 만났을 때만 화내거나 사랑할 수 있다.

말로는 나에게서 화가 생긴다고 말하고 그 말이 무척이나 훌륭한 말인 듯 착각하고 있으며, 자기는 마치 중생들과 다르게 그 경지마저 벗어나 있는 듯 턱을 치켜들고 가르치지만, 아직도 그들이 남에게서 화가 생긴다고 생각하고 있음을 나는 잘 알고 있다. 마치 "한쪽 뺨을 맞으면 다른 쪽 뺨을 내밀라."고 가르치는 이들 중 나에게 따귀를 맞았을 때 다른 쪽 뺨을 내밀 사람이 단 한 사람도 없는 것과 같다. 또, 아무것도 가지지 않는 것이 무소유의 청렴한 삶이며 우리가 지향해야 할 인생의 모델이라고 미화하는 매스컴의 다른 채널에서는 주식과 증권 강의가 방송되고 있는 것과 같다.

언제나 마음만 먹으면 훌쩍 떠날 수 있는 사람은, 그리고 피곤해진 몸과 마음을 쉴 곳이 있음을 알고 있는 사람은 아무래도 지금의 자리에 소홀해질 수밖에 없는 것 같다. 나름대로 맡은 바 소임을 충실히 해나가고는 있지만 아직도 옳고 그름이 분명한 나의 어리석은 눈으로는 나만의 자리를 찾아 오늘날 불교 발전에 동참할 날이 쉽게 올 것 같지는 않다.

지렁이라는 생각

지렁이 이 한 마디에 눈물을 흘리며 도망간다
한 걸음만 비껴도 밟을 일이 없는데 참 멀리도 간다

은사스님께서 중국에서 돌아오시면 분명히 화를 내실
거라며, 공양주보살님이 도량의 풀을 뽑자고 말했다. 요
사채며 법당 청소까지 모두 깨끗하게 해치운 뒤였다. 도량 진입로
와 은사스님 정원, 주차장과 계단에 앉아 풀을 뽑았다. 뿌리가 허
술해서 이런 뿌리로 어떻게 줄기며 잎을 키워낼까 싶은 놈도 있는
가 하면, 이미 상상할 수 없는 곳까지 자신의 영역을 넓혀 주위의
식물들을 죽이고 있는 놈도 있었다. 죽겠다, 살겠다, 좋은 놈, 나쁜
놈. 그들에게 이런 의미만 주어진다면 법당 앞 잔디밭도 우리와 같
은 사바세계다. 그들이 고요한 것은 스스로 의미를 짓지 않기 때문
이다.

법당과 계단을 끝내고 밭으로 왔다. 길에 있는 풀이라고 그냥 두

면 어느새 은근슬쩍 밭으로 침범해서 애써 갈아놓은 땅을 좁힌다. 풀을 가차 없이 잡아 뽑는데 풀뿌리에 지렁이가 딸려 올라왔다. '지렁이구나.' 하는 생각이 드는 순간, 내 눈앞에는 색깔이, 귀 앞에는 소리가 있는 듯 드러나는 바로 지금, 이 찰나가 느껴졌다. 색깔과 내 눈, 그리고 소리와 내 귀가 정녕 하나가 아니라면, 어떻게 지금을 느낄 수 있을까. 평소에 허공이라고만 생각하던 그 허공이 바로 나의 감각이었구나. 내가 그동안 허공을 벗어나 보거나 들은 적이 있었나 돌이켜보면 적어도 내가 생각하고 있는 시간 동안은 어디에서나 허공과 함께였다. 다시 말해서 내가 허공 안에 있는 것이 아니라, 지금 이 느낌, 이 순간, 이 하나의 생각과 깨달음이 바로 허공인 것이다. 그 허공에는 좋다, 싫다는 의미가 본래 없다. 단지 흔적도 없이 수많은 의미를 만들어내고 또 거두어갈 뿐이다. 허공이 만들어낸 의미를 있다고 해야 하나, 아니면 없다고 해야 하나.

내 뒤에서 열심히 풀을 뽑고 있는 사형스님과 공양주보살님을 돌아보았다. 그들의 눈에 비춰진 세상이 어떤 모습인지 왠지 알 수 있을 것 같았다. 내가 공부하기 전에 보이던 세계, 바로 그것이다. 이곳이 온통 부처님의 세계인 줄 짐작도 하지 못했던 나의 눈 그대로일 것이다. 안타깝고 또 감사하다. 이 사실을 알지 못한 채, 죽음을 경험해보지도 않으면서 '나는 죽는다.' 라고 온 마음을 다해 절실하고도 절실하게 믿고 있는 그들이 안타깝다. 그리고 도대체 어떤 선업(善業)을 지었기에 아무도 닿지 못했던 이 길로 들어설 수 있었는지 내 자신의 업연에 감사한다. 유(有)라는 것. 그것마저 자각하지 못하고 살아가는 세계 속에서 단지 60억분의 1로 살아가고 또 죽어가는 인간이란, 그저 밝고 어두움만 분간하며 땅 속에 온몸을 파묻고 살아가는 지렁이보다 나약하고 교만할지 모른다.

공양주보살님은 지렁이를 정말 싫어한다. 호미질을 하다가 지렁이가 나오면 비명을 지르고 도망가다가는 헛구역질을 해댄다. 그런데 가끔은 바로 발 앞에 나와 있는 지렁이를 발견하지 못할 때가 있다. 그럴 때는 내가 알려준다. "지렁이." 이 한 마디에 눈물을 흘리며 도망간다. 한 걸음만 비켜도 밟을 일이 없는데 참 멀리도 간다.

보살님이 싫어하는 그 지렁이는 아무 죄가 없다. 구역질은 지렁이에게서 나온 것도 아니고, 보살님 눈에서 나온 것도 아니다. 만약 지렁이에게서 구역질이 나온다면 내가 말해서 알기 전에도 발 앞에 있던 지렁이 때문에 구역질을 해야 하고, 눈에서 구역질이 나온다면 어떤 동물을 보아도 똑같이 속이 뒤집어질 것이다. 하지만 보살님은 반드시 지렁이와 눈이 만났을 때만 공포를 느꼈다. 어디에서 와서 어디로 가는지도 알 수 없는 그 공포의 정체는 도대체 무엇인가. 눈과 지렁이 중 어떤 것 때문이라고 말할 수 없지만, 그 둘이 없으면 결코 구역질이 없는 것은 분명하다.

이 얘기를 해드리고 싶었다. 환상에 속지 말라고. 생처(生處)와 멸처(滅處)를 알 수 없는 그저 도깨비 같은 생각일 뿐이라고. 하지만 아직은 그렇게 하나하나 들을 수 있는 여유가 보살님에게는 없

비탈선

다. 마음의 주름보다 이마의 주름을 더 심각하게 고민하는 그분이기 때문이다. 그래서 그만두었다.

오후에 은사스님 승복을 모두 빨아서 풀을 먹이고 다림질을 했다. 은사스님 승복을 먼저 세탁하고는 무명천 주머니에 밥풀을 넣고 승복에 문지른다. 밀가루풀보다 밥풀이 더 좋다고 생각하시는 은사스님이기에 반드시 밥풀을 먹인다. 옷감이 상하지 않게 문지르면 밥이 으깨지며 승복에 풀이 묻는다. 그리고는 뭉친 곳이 없이 잘 펴서 직사광선이 없고 통풍이 잘되는 곳에 말린다. 옷이 거의 다 마르기를 기다려 다림질을 시작한다. 잠깐 잊어버려 너무 말라버리면 나무껍질처럼 단단해져 다릴 수가 없다. 보통 승복은 주름을 잡을 일이 거의 없지만, 장삼은 다르다. 잡아야 할 주름이 수십 개는 되는 것 같다. 풀을 먹여 빳빳해진 승복은 쉽게 다려지지 않는다. 공양주보살님은 언제나 다림질을 할 때는 나에게 다리미를 넘기곤 한다.

장삼을 주름잡아 꾹꾹 눌러 다리며 보살님과 둘이 앉아 이런저런 얘기를 나누는데 문득 얼마 전에 보살님에게 사형스님이 고기 먹지 말라고 하던 것이 생각났다. 그래서 조심스럽게 말을 꺼냈다. "보살님 성함이 뭐에요?" 경옥이란다. "스승님께서 말씀해 주신 겁니다." 하고 나는 말을 이어나갔다. "보살님 태어나기 전에 이름이 뭐였는지 아세요? 그때는 이름이 아무것도 없었는데 엄마 아빠라는 사람이 자꾸 경옥아, 경옥아 하고 부르니까, 보살님이 경옥이가 된 거잖아요. 그렇게 항상 내가 아닌 남이 들어와서는 내가 되는 법칙이 있거든요. 밥 먹는 것도 마찬가지에요." 하면서 밥상 위의 밥과 반찬은 내가 아니었는데 몇십 년 지나고 보니까 이 몸은 다 밥상에 있던 남들이 모인 거 아니냐고 했다.

"밀가루를 조금씩 반죽해서 사람을 만들어놓으면 그건 사람인가요, 밀가루인가요?"

밀가루라고 한다.

"맞아요, 그래서 돼지고기를 자꾸 먹으면 내가 뭐로 만들어집니까. 돼지로 만들어지는 거예요. 그럼 다음 생에는 뭐가 되겠습니까? 돼지가 되는 거죠. 지금도 돼지로 나를 만들고 있는 거 아닌가요?"

보살님이 경악을 한다.

"그래서 먹지 말라고 하는 거구나. 아니, 그렇게 설명을 해주고 이해를 시켜줘야지, 무조건 먹지 말라니…." 하며 무척 좋아하신다.

하지만 더 중요한 얘기를 하지 못했다. 보살님은 몸이 아니라 마음이라고. 그래서 돼지랑 상관도 없으니 걱정 말라는 말을 못했다. 그리고는 돼지의 몸과 마음도, 보살님 몸과 마음도 서로 떨어진 자리가 없으니 모두 허공과 같다는 말을 하지 못했다. 비교할 수도 없을 만큼 중요한 얘기를 들려주지 못하고 껍데기만 말했다.

그래도 보살님이 조금씩 참을성 있게 들을 수 있는 여유가 생기는 듯하다. 사형스님은 워낙 횡설수설하며 끝없이 말을 하니, 보살님은 듣다가도 "아니, 왜 이렇게 더워." 하면서 계속 중얼거리는 사형스님을 버리고 나가버린다. 그럴 때마다 사형스님의 말씀을 주워 담는 상대는 내가 되곤 했다.

어떻게 보면 공양주보살님이 이 절에서 가장 솔직하고 진실한 사람일지도 모른다. 싫으면 싫다, 좋으면 좋다, 모르면 모르겠다, 알면 알고 있다 하고 말할 줄 아는 유일한 사람이니까 말이다. 싫으면서도 훗날을 염려하여 좋은 척, 좋으면서도 상대방이 나를 무시할까 봐 싫은 척, 모르면서도 자존심이 상해 아는 척, 알고 있으면서도 음흉하게 모르는 척, 이것이 내가 사회와 출세간을 오가며 한결같이 느꼈던 인간의 당연하면서도 숨겨진 기본 자세다.

제자는 스승보다 독하다

너는 공부의 시작이 잘못되어 번뇌만 많다고 하시며
공부는 천천히 오래오래 하는 거지
너처럼 독을 품고 하는 것이 아니라고 말씀하셨다

아침에 『계초심학입문』을 마쳤다. 매일 조금씩 외우고 뜻을 익히며 공부해온 하나의 작은 과정이 끝나자 마음이 조금 편해졌다. 책을 덮고 은사스님께 감사의 삼배를 올린 후 그동안 혼자 가지고 있었던 궁금증들이 있으면 물어보라는 말씀에 질문을 올렸다.

"일체 중생이 본래 부처라면 처음에는 하나의 생각마저도 사라진 무념의 상태였을 텐데, 저는 언제부터 생각을 하기 시작했는지 궁금합니다. 그리고 그 최초의 생각이란 무엇이고 왜 생겨나는지 알고 싶습니다."

호통이 떨어졌다. 너는 공부의 시작이 잘못되어 번뇌만 많다고 하시며, 공부는 천천히 오래오래 하는 거지 너처럼 독을 품고 하는 것이 아니라고 말씀하셨다.

독(毒). 언제나 배우는 제자는 스승보다 독하고 악하다. 근거도 없는 생사를 끝까지 우기고 있으니 독하고, 죽지 않기 위해 남을 죽이니 악하다. 그 독과 악에서 벗어나기 위해 누구나 처음 발심하는 것 아닐까. 그리고 스승님의 피와 살로 그 독과 악을 녹여내는 건 아닐까. 나는 언제나 나의 스승님보다 독하고 악하다. 그러나 그로부터 벗어나고 싶은 나의 마음은 독하거나 악하지 않다. 이해가 가지 않으면 묻고 또 묻는 나의 의욕이 독이라면, 6년을 고행하신 부처님은 정말 독하고 독해서 도를 닦지 못했어야 한다. 공부는 천천히 오래오래 하는 것이라는 스님의 말씀이 지칠 줄 모르는 구도심을 표현한 것인지, 아니면 시간이 갈수록 나태해져 그저 목탁 치고 공양 받는 안일한 일상의 반복을 표현한 것인지는 생각해 보아야겠다.

이 세상에는 무엇보다 진지하고 값진 의문과 고민을 가진 사람들이 많다. 그러나 그 의문과 고민을 해결해줄 비상구는 '없다.' 도를 닦는 목적이 석가모니 부처님의 그것처럼 생사로부터의 해탈인지, 아니면 가벼운 호기심에서 비롯된 취미생활의 일부인지, 아니면 먹고사는 방법 중 하나인지 그 선명한 색깔을 구별해 낼 수 없는 내 주위의 수많은 수행자들. 그들이 나의 의문을 해결해 줄 것인가. 아무것도 없는 허공에서 이렇게 고통이 피어나는 이치를 설명해 줄 것인가.

그러고 보면 내 사형스님은 참 담담하다. 벌써 스님께 머리 깎고 지낸 지 5년이 넘었는데도 질문 하나 없었다. 그저 하루에 1,000배씩 쉬지 않고 엎드렸다 일어서는 '작업'이 그분의 수행이라고 했다. 그 수행으로 한 치도 보이지 않는 인생의 앞길이 밝아진다면, 그리고 절대로 벗어날 수 없는 이 무색(無色)의 감옥이 무너진다면 정말 좋겠다. 하지만 은사스님의 잔소리가 언제나 사형스님의 비위를 상하게 만들고 가끔은 땀에 젖은 염주를 집어던지게 만드는 것을 보면 하루에 1,000배로는 어림도 없나 보다.

천도재가 끝나고 나면 신도들에게 "내가 보니 영가가 좋아하며 떠나더라."고 말씀하시는 은사스님을 보며 사형스님은 가끔 나에게 묻는다. "행자는 영가가 있다고 믿어?" 그게 지금까지 내가 본 사형스님의 유일한 질문이었다. 만약 내가 은사스님께 그런 질문을 드렸다면 난리가 났을 거다. 어수룩하게 넘어가지 않고 얼버무리는 것 같으면 오히려 자꾸 캐묻는 내 질문이 무척 성가신가 보다. 결국에는 욕을 먹고 마지못해 나오는 "잘 알겠습니다."는 대답 뒤에, 이미 그럴 줄 알고 있었다는 듯한 내 눈빛이 정말 소름끼치듯 따가운가 보다.

상좌가 귀먹고 눈이 멀어 점점 바보가 되어가는 모습을 좋아하실까. 아니면 스님처럼 '평생공부'라는 미명하에 "다 사는 게 그렇지."라는 인류 공통의 명제를 깨닫기 바라시는 건 아닐까.

내가 처음 출가해 들은 말이 있었다. "중은 신비감이 있어야 한다." 그래서 신도들 앞에서는 화장실도 가지 말고, 음식도 함부로 먹지 말라고 배웠다. 그러나 신비감은 그렇게 만들어지는 것이 아니다. 보통 사람들의 눈으로는 보이지 않는 천상의 세계를 여실히 바라보고 설명해주는 스승에게서 저절로 풍겨 나오는 향기다. 비밀을 안고 숨기는 것으로 신비감을 조성하는 것은 약장사나 환술사일 뿐이다.

이제는 옳다 그르다 이런 말들이 무덤덤해졌다. 될대로 되겠지. 무슨 일이 생겨도 부처의 법칙 그대로겠지. 자기가 알든 모르든, 어찌 됐든 이곳은 꿈의 세계요, 환상으로 만들어진 한 편의 영화이니까 말이다. 내가 처해 있는 순간이 진실이요, 진리의 작품이다. 이미 벌어졌다면 완벽한 불보살의 법칙에 의해 이루어진 것이다. 거기에는 단 하나의 오차도 없고 미련도 없다. 그렇게 '지금'은 아름답다. 그렇게 '지금'은 완벽하다. 나는 그것을 놓치지 않을 것이다. 나는 그것을 반드시 깨닫고 알려줄 것이다.

스승은 제자가 만든다

개망나니 같은 제자는 스승의 명예를 실추시키지만
뛰어난 제자는 사이비 스승을 고승으로 만든다

스승은 제자가 만든다. 석가모니 부처님께 단 한 명의 제자도 없었다면 누가 스승이라고 부를 것이며, 당신 스스로도 스승이라는 생각을 가질 수가 없을 것이다. 자식이 부모라는 이름을 만들 듯 제자는 스승이라는 큰 이름을 자신의 용맹정진심을 통해 꽃 피운다. 개망나니 같은 제자는 스승의 명예를 실추시키지만 뛰어난 제자는 사이비 스승을 고승으로 만든다.

내가 어떻게 하느냐에 따라 나의 지혜를 낳아준 깨달음의 부모가 결정된다. 마치 3이 있어 2를 알고 2가 있으니 다시 1이었음을 아는 것과 같다. 우리는 언제나 제자만 본다. 그 제자가 밟고 일어선 스승의 쓰린 가슴을 알 수 없는 것이 끝으로 달려 나간 중생의 눈이다.

비밀선

생각이 있음을 보았다면 그 생각은 마주한 듯 가운데서 공연히 생겨났음을 안다. 그러나 그 둘은 떨어진 곳이 없는 둘이기에 하나라고 이름해야 하지만 분명히 나와 남을 만드는 생멸의 법칙을 가진다. 그것은 다시 말할 수도 없고, 있다고도 없다고도 할 수 없는 완전한 하나의 세계로 귀속되니, 3이 곧 2이고 2는 다시 1이며 그 셋은 모두 '여기' 있다. 안전하다. 완벽하다. 불변이다. 하지만 그 모든 것은 이렇게 달려 나온 번뇌의 끝에서만 성립되는 논리이니, 진정한 마음을 그 누구에게 드러내 보일 수 있겠는가. 이 모두가 하나의 놀음이지만 그것을 말하려면 이미 나는 또 다른 샛길로 빠져 앞을 보며 분별하고 있을 뿐이다. 이것 역시 제자가 스승의 존재를 암시하지만, 곧 그 스승은 내보일 수 없는, 감추어져 버리는 이치인가 한다.